一念虎彻

〔日〕山本兼一 著
李庆保 译

ISSHIN KOTETSU by YAMAMOTO Kenichi
Copyright © 2007 by YAMAMOTO Hideko
All rights reserved.
Original Japanese edition published by Bungeishunju, 2007.
Chinese (in simplified character only) translation rights in PRC reserved by Chongqing Publishing House Co. Ltd., under the license granted by YAMAMOTO Hideko, Japan arranged with Bungeishunju Ltd., Japan through YOUBOOK AGENCY, PRC.

版贸核渝字（2019）第151号

图书在版编目(CIP)数据

一念虎彻／（日）山本兼一著；李庆保译.
—重庆：重庆出版社，2020.1
ISBN 978-7-229-14545-3

Ⅰ.①一 Ⅱ.①山…②李… Ⅲ.①长篇历史小说—日本—现代 Ⅳ.①I313.45

中国版本图书馆CIP数据核字（2019）第234726号

一念虎彻
YINIAN HUCHE

[日]山本兼一 著　李庆保 译

责任编辑：李 子　李 雯
装帧设计：刘沂鑫
责任校对：杨 婧

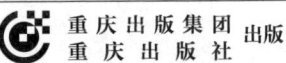

重庆出版集团 出版
重庆出版社

重庆市南岸区南滨路162号1幢 邮政编码：400061 http://www.cqph.com
重庆出版集团艺术设计有限公司 制版
重庆一诺印务有限公司 印刷
重庆出版集团图书发行有限责任公司 发行
E-mail:fxchu@cqph.com 邮购电话：023-61520646
全国新华书店经销

开本：880mm×1230mm 1/32 印张：13.75 字数：380千
2020年3月第1版 2020年3月第1次印刷
ISBN 978-7-229-14545-3
定价：69.80元

如有印装问题，请向本集团图书发行有限公司调换：023-61520678

版权所有　侵权必究

目录

一		/ 7	十四		/ 113
二		/ 14	十五		/ 118
三		/ 23	十六		/ 126
四		/ 30	十七		/ 133
五		/ 42	十八		/ 138
六		/ 48	十九		/ 145
七		/ 59	二十		/ 153
八		/ 67	二十一		/ 162
九		/ 74	二十二		/ 170
十		/ 81	二十三		/ 179
十一		/ 89	二十四		/ 193
十二		/ 99	二十五		/ 203
十三		/ 104	二十六		/ 215

二十七	/ 223	四十四	/ 359
二十八	/ 236	四十五	/ 364
二十九	/ 242	四十六	/ 368
三十	/ 249	四十七	/ 378
三十一	/ 264	四十八	/ 382
三十二	/ 273	四十九	/ 392
三十三	/ 283	五十	/ 398
三十四	/ 292	五十一	/ 404
三十五	/ 300	五十二	/ 409
三十六	/ 311	五十三	/ 415
三十七	/ 318	五十四	/ 419
三十八	/ 324	五十五	/ 425
三十九	/ 329		
四十	/ 338	鸣　谢	/ 432
四十一	/ 343	主要参考资料	/ 433
四十二	/ 347	虎彻　铭文变化	/ 434
四十三	/ 353		

一念虎彻

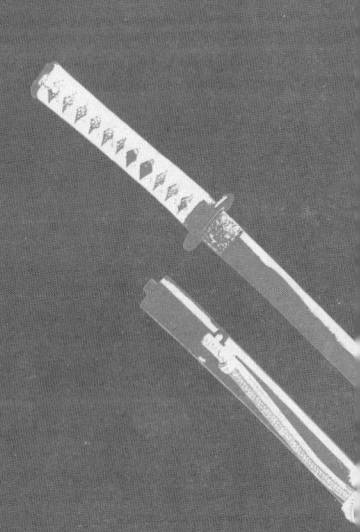

这天,碧空如洗,寒气逼人。

长曾祢兴里(即后来的虎彻)匍匐跪拜于大堂之上,殿内深处传来了说话声。

"此刀当真锋利无比?"

问话人的语气带有几分严苛。

"确是如此。再坚硬的铁盔,一刀下去便劈为两半。"

兴里俯首答道。

"既然如此,就请你当场一试。"

"遵命!"

话音刚落,一身武士装扮的侍者便走下台阶,端来三宝献盘,将一把白刃置于兴里面前。

一看便知是自己所锻之刀,气势非凡。尤其是刀胚做功精良,刀面闪耀着清冽的寒光,好似从坚铁的深处透出一般。

"是由在下来试吗?"

"没错。是你说的锋利无比,那就由你自己来动手一试吧。"

兴里咬紧了嘴唇。

"试刀之物早已备好了。"

兴里转身一看,夯得结结实实的土坛上,五只黑黢的铁盔一字排开。

这几只竖条铁盔看起来很眼熟,没错,正是兴里自己曾经亲手一锤一锤打造的。

这是要我用自己锻造的刀,来劈开自己打造的铁盔吗?

"你一个打盔甲的匠人,却不知天高地厚。"

严苛的声音再次在耳边响起。

"明明不是锻刀师,却妄言锻出了天下无双之名刀,实不可恕!你若果真劈开了这铁盔,我便饶恕你,如若不然,我让你当场人头落地。明白了吗?"

"在下明白!"

兴里高声答道。

他对自己锻造的刀抱有绝对的自信,因为那是倾注他全部心血打造而成的。虽说铁盔的锻造也属上上等,但毕竟这把刀所用之材不同,所付出的心力也不可同日而语。不用说区区铁盔,就是大炮也照样能一劈两断。

兴里就地迅速绑起袖子,摘下武士帽,扎上头巾。

他紧握刀柄,举起手臂,向天而立。刀身长两尺三寸(约71厘米),浅浅的弧度,寒光凛冽,透着霸气。沐浴在苍穹之光下,刀刃的光芒更带了几分温润之感。

兴里起身向殿内行了一礼,转身朝土坛前走去。

五只铁盔整齐排列着。

铁盔下面是五副面孔,分别是他的四个孩子和妻子阿雪。每个人都脸色苍白,紧闭双眼。

锋利无比、锋利无比,世间之物,皆可斩之!

兴里在心中默念着,排除一切犹疑,将刀高高举过了头顶。

他气沉丹田,像是要斩断心中一切杂念似的果断地砍了下去。只见铁盔和下面幼小的头颅立刻像西瓜似的被劈成了两半。

第二个、第三个、第四个,铁盔和头颅一个接着一个被劈开了。

轮到最后一个,铁盔下面是妻子憔悴的面庞。

阿雪已经心如死灰,异常平静,那端庄的模样叫人心生怜悯。

对不起了。请原谅我这个刀匠的执念吧。

兴里一边在心中双手合十,拜了一拜,一边举起了手中的刀。

就在他将刀举过头顶的瞬间,发现阿雪的面颊上划过一道泪痕。

兴里一下子僵直在那里,无法动弹。

"怎么啦?还不快下手!"

头顶传来了斥责声,可是任凭油汗淋漓,身体却丝毫动弹不得。

只见他身体僵硬,喘气越来越粗,使劲挣扎却动不了,全身已经湿透。他使尽了全身力气,身体却像被捆住了似的,只是稍微颤抖了一下。他越挣扎,身体就被看不见的魔咒束缚得越紧,动弹不得……

忽然,他睁开了眼睛。

他感到身体变轻松了,手脚也能动了。

周遭是寒冷的黑夜和无边的静寂。

他睡在往常的草席上,身上裹着破旧的棉被。根据气味和情形判断,这应该是在越前福井的自己家中。破屋的门窗被腊月的寒风吹得呀呀直响。

他在一片黑暗中伸出手去,碰到了睡在旁边的妻子的脸庞。凭指尖都能感觉到阿雪面色的苍白。

"你怎么啦?"

"没事,做了个梦。"

"是吗?"

"你怎么样?"

"今晚还好。"

兴里知道她在撒谎。阿雪从昨晚开始就一直咳嗽不止。

"阿雪……"

"怎么了?"

"我们去江户吧。"

"……"

"江户有名医,可以治好你的病。"

"……"

"我要在江户做刀匠,锻造天下名刀。事到如今,唯有这一条活路。"

四个孩子都极其瘦弱,最终病死了,说到底都是因为没米没钱。

关原之战已经是久远之前的事情,知道大坂战役的也只剩下那些上了年纪的武士了。长曾祢兴里是一位出色的盔甲工匠,但是,在如今这太平之世却无用武之地。

再加上这时又发生了大饥荒,农民好多都饿死了,就连武士也是吃不饱饭。乡下的盔甲匠大多过着上顿不接下顿的日子。

即便如此,兴里的铁匠铺里却从未断过炉火和打锤声。

在如此穷困的情况下,只要手头稍有宽裕,他还是不惜高价购买优质的铁和炭。就算没人预订,他依旧要锻造出最上等的铁盔。这是作为盔甲匠人的一份执着。

对于如此固执的丈夫,妻子阿雪也一直默默地支持着。终于,她撑不下去,病倒了。起初她还瞒着丈夫,可是从她的眼神可以看出她一天比一天衰弱,咳嗽都没了力气。

"去江户,锻刀!就这么定了,你看如何?"

"……嗯。"

妻子的声音很微弱,但兴里听得很真切。他知道去江户会让妻子跟着吃很多苦,但是,就这样待在越前的话只会越来越穷困,最终会成为饿死鬼。

黑暗中,他再次将手伸向妻子。

手指所触摸到的这个女人的生命,已经脆弱如即将熄灭的灯火。

一

白雪覆盖的出云谷中,远远可见一片高大的屋顶。虽然周边积雪足有两尺(约60厘米)深,那高殿上却冒着热气,木板屋顶上湿湿的,泛着黝黑的光泽。

山谷中,夜幕已经降临。浅墨色的云烟在空中飘动,火星从屋顶的烟囱中不断喷出。

长曾祢兴里抬头望了望飞舞的火星,迈出了已经冻僵的双脚。

时间是庆安二年(1649)一月中旬。同越前一样,这里的深山中春色尚早。在去江户之前,兴里无论如何也要来一趟这出云谷,因为只有在这里才能看到自神代①以来的秘法。

所谓秘法,当然是指铸造之法。

"请!"

带路的仆人把高殿的板门打开,立刻一股热浪扑面而来。兴里跟在后面,刚往里面瞅了一眼就呆住了。

只见高高的屋顶下面,巨大的火焰正熊熊燃烧。

"火势这么大,简直如八岐大蛇②一般!"

兴里不由自主地叹道。仆人也点了点头。

"这是借助于风箱的力量形成的火势。据说在遥远的神代,都是直接在野外生火,人们从远处望去也许真的像一条大蛇呢。"

仰望着巨大的火焰,兴里那结实的臂膀微微颤抖了一下。虽然因为贫穷而伙食简陋,可兴里的胸膛宽厚,手臂粗壮,这都是长年累月挥锤打铁的结果。对于火和铁,他早就习以为常,但眼前的火焰却让他觉得非同一般。

---

①神代:神话时代,即神武天皇即位前诸神统治日本的时代。
②八岐大蛇:《古事记》神话中的出云国八头八尾大蛇。

基床是一个经过夯实的干土堆，土堆上有一个用黏土做成的长方形风箱炉，就像一个巨大的石棺。约摸长一丈（约3米）、宽三尺（约90厘米）、高四尺。这比兴里所使用的炼炉火力强万倍也不止！

风箱炉的两侧是脚踏式风箱，各有四个只缠着兜裆布的壮汉，双手抓着钢绳。每当他们踩到厚厚的踏板上，炉内的火焰就高高地燃起。

那震动地面的风声一遍遍地重复着，听起来仿佛一只巨大怪物的呼吸声。

在兴里看来，这风箱炉就像一只魔兽。

为了生出铁来，魔兽呻吟着，挣扎着，翻滚着。

那火势就是如此的威猛。

"这满满的炉子里得有几百包炭吧？究竟用了多少炭和铁砂呢？"

只见两个汉子一边在炉子两边来回走动，一边将篓子里的炭一点点往里添加。看得出来他们都非常注意让炉内两边的炭保持均等。

可以看见炉里通红炽热的炭火。黑色的新炭扔进去以后立刻燃烧起来，蹿起了火苗。

"这样的炼炉，生一次火大概要用掉三千五百贯（约13吨）的炭和三千贯（约11吨）的铁砂。每过四分之一个时辰（约30分钟）添加一次，风箱三天三夜不停送风。"

三千五百贯的炭，如果用通常四贯一包的稻草包来装的话将近九百包。往高殿的后方望去,有两处堆放炭包的地方,高度直逼屋顶。

"这简直难以置信……"

金色的火焰在风箱有规律的扇动下,呼呼地直往上蹿。虽然被热气炙烤得感觉眉毛都要焦了,可身上却直起鸡皮疙瘩。面对这猛烈的火焰,兴里那粗壮的骨头都在颤抖。

火,即是风。风扇动着火,使火焰更加猛烈。

若非盛夏的太阳般的烈焰,是不能熔化铁砂的。

兴里自然是清楚这个原理,但在面对如此规模的火势时,他感觉好像触碰到了神代的幽玄。那些转动风箱的汉子,与其说是在鼓风炼铁,看起来更像是在侍候火神。

"这哪里是什么大蛇、怪物啊,这明明是盛大的祭火仪式。请来火神,炼制出世间最强韧的钢铁。"

一旁的仆人看到惊得瞪大了眼睛喃喃自语的兴里,冷冷地笑了一下。此人身着窄袖短摆的黑色单层和服,用一条黑色的手巾包裹着脸颊,眼神锐利。

"这位就是技师长辰藏师傅。这位是来自越前的铁匠,经常在安来[①]的供货商永井孙兵卫老板那里购买我们铸铁的客人。"

仆人低着头,把兴里介绍给辰藏。兴里就是通过那个熟悉的供货商知道这里的。

技师长点了点头,拿下裹头巾擦了擦汗。

[①]安来:位于日本岛根县东端的港口。

"惊呆了吧？一般的小铸造看到如此的火势都会吓瘫掉。"

像这样在山里用大风箱炉进行铸铁加工的叫做大铸造,利用这里生产的铁打制武器刀具的称为小铸造。

兴里虽是小铸造,但他一直自认为在炼铁方面比谁都下功夫深。然而,此刻,他的自信彻底破灭了。他从没有见过在如此巨大的炉膛内炼铁的场面。这个炼铁炉远远比他想象的要大。

"原来非得用如此的火力和风力才能从铁砂中炼出铁来啊……"

"大的炼炉才能炼出高纯度的铁,小炉子炼出来的无论如何都会有杂质。"

兴里想要知道的风箱炉制铁的秘密一定就在这里。

"最近送到越前的铁明显感到质地不一般。在下就是想要知道这么好的铁到底是如何炼出来的,所以才来到此地。原来秘诀就在于这个巨大的风箱炉啊……"

辰藏审视兴里的表情突然出现了变化。

"原来你已经发现了铁质有不同？"

"那当然。我的眼睛从早到晚都离不开铁。烧红后锤打,熔化后锤打,折断后、弯曲后、浸水后会有什么变化,软硬度的感觉,这些我这只握锤的右手都记得清清楚楚。"

"你是刀匠？"

"不,我是盔甲匠,不过我正准备改行做刀匠,我要锻造出不输于任何人的天下名刀。"

辰藏眼睛盯着火焰,嗤笑了一声。

"我劝你还是放弃这个想法吧。虽说都属于小铸造,刀剑却不同于他物。廉价的粗制刀另当别论,铸造宝刀利剑可不是你想象的那么简单。以你这个年纪,即便现在开始修炼,也不可能打出什么好刀的。"

兴里今年三十六岁。辰藏所言确实不虚,兴里也很清楚,打造刀剑不是一朝一夕的功夫。不过,对于打铁,兴里还是很自负的。

"在下已经下定决心。别说廉价的粗制刀了,我要造出五郎正宗见了都会闻风丧胆的宝刀来。总有一天,我会让天照大神①和素盏呜尊②见了我的刀都想要,从将军到游侠,全日本的武士都垂涎我的宝刀。"

辰藏一脸惊讶,皱了皱眉头。

"志气不小嘛。"

"我已经有了充分的心理准备和胆量,拥有了这两点,还有什么干不成的事情吗?"

辰藏轻轻地摇了摇头。

"本以为成了,实际上却没有成;本以为没成,实际上却成了……这就是风箱炉炼出来的铁。"

"……"

兴里像是被当头泼了一盆冷水,沉默不语了。他对这话是有同感的。

---

①天照大神:日本皇室的祖先神。
②素盏呜尊:日本神话中的神,天照大神之弟,在高天原因粗暴无礼而被流放到出云。

"铁这个东西是很难把握的,不会那么简单地如人所愿。"

确实如此,没有比铁更难对付的材料了。然而,兴里并不愿点头认可。

"请你告诉我,用这么大的炼炉是从什么时候开始的?从一开始就这么大吗?"

辰藏双手抱在胸前,摇了摇头。

"是最近一点一点增大的,我们这里造这么大的炼炉也是头一次。"

就是说,也未必能顺利地炼出铁来,是吗?

炼炉间内总感到有一种不同寻常的紧张氛围,是因为这个吗?兴里嘴里没说,心里这样想着。

"你要看就随便看吧。如此规模的火势,小铸造一辈子都未必有机会看到吧。只是,即便你有供货商的介绍信,我们这里也是不接待客人的。待在这里的话就必须要干活。帮忙运运炭什么的,想怎么看都没问题。"

"太好了。那就有劳了!"

只要能留在这里,无论是打下手还是什么,兴里都愿意干。最好是把从铁砂到炼成铁的所有工序都经历一遍,让这些化成立志做刀匠的兴里的血和肉。

兴里正对着熊熊燃烧的火焰看得入神,忽然感觉一道冷冷的视线正朝向这边。

他转过头,发现高殿的角落处站着一个怪怪的人。

大家都在忙着运炭、拌铁砂,唯独那老者周围的气氛显得怪异。

看起来是倚靠在柱子上,但站立的姿势却很不自然。头耷拉着,嘴半张着。虽然有炉火的映照,脸色还是一片苍白。

莫非是死了?

技师长辰藏发现了兴里疑惑的表情。

"他是上一任技师长,前天过世的。"

他的尸体为什么会被绑在炼铁炉旁的柱子上呢?

瘦弱的老技师长的尸体和活着的辰藏一样,也穿着窄袖短摆的黑衣,表情看起来像是在舒心地微笑。

"喂,别傻站着了,快来帮忙!往筐子里装木炭。"

"噢,知道了。"

兴里脱下出门旅行时戴的护手套,塞进怀里,用手巾包住头和脸,走到了堆积如山的木炭堆前。

二

长曾祢兴里从越前启程来出云的炼铁场大约是在半个月前,此前从未迈出过出生地越前半步。连正月都没有好好过,做好了出行的准备就匆匆出门了。

"你路上小心。"

妻子阿雪默默地低着头。

"你好好保养,我不在的时候不用烧炭,也不用打大锤,安心躺着就行了。"

嫁过来十几年,阿雪始终任劳任怨地给丈夫做助手。

刚来的时候,徒弟众多,每日打铁声不绝于耳,相当热闹。阿雪接连生了好几个健康的胖娃娃,奶水也足,总能听到她的笑声。

事情发生变化是始于八年前,也就是宽永十八年(1641)的那场饥荒。

第二年,饥荒更加严重,就连盛产稻米的越前,农民们都接二连三地饿死了。耕牛因瘟疫大量死亡、火山喷发、夏季大旱、秋季的洪水和霜害,不祥的事情一件接一件。

自那以后再没有人来定做武器盔甲了。阿雪的乳汁断了,怀里的孩子夭折了,年迈的父母去世了。已经可以在身边跑来跑去的五岁的女儿死了,甚至已经长到可以挥大锤的长子和次子也相继病亡了。

即便如此,兴里仍然没有放弃打造铁盔。

等到再也没有大米和杂粮可养活弟子们后,妻子阿雪便替代了弟子的角色,劈柴担水,挥起大锤。因为劳累过度,再加上食物不足,阿雪本来红润的面颊渐渐变得憔悴苍白,经常连床都爬不起来了。

最终,铁匠丈夫提出要去江户改行锻刀。

"等开春了就叫人带你去近江①的彦根,在那之前你一定要好好休息。"

彦根城下有个渡口叫松原口,那里有个叫长曾根的地方是兴

---

①近江:日本滋贺县东北部、琵琶湖东岸地区。

里的老家。那里是以打铁为业的长曾祢家族的祖居地，现在还住着几户亲戚。兴里准备等到开春雪化了，让住在不远处的弟弟用轿子把阿雪抬到老家那边去。

弟弟劝他不要去江户，留在越前打打锄头、镰刀什么的，可兴里没有听从，只是低着头，嘱托弟弟照顾阿雪。

来到了出云的兴里，准备开春后就去近江，在那里与阿雪会合，然后背也要把她背到江户去。趁着阿雪现在还能动弹，否则过不了多久，阿雪会越来越衰弱，如果就这样下去的话，阿雪会像露珠一样从这个世界上消失。

兴里从越前的敦贺坐上了往西去的船只。

历经海面上的大风大浪后，终于在出云的安来码头上了岸，兴里便马不停蹄地去拜访生铁供货商永井孙兵卫。因为船在海上遭遇风浪摇摆，兴里走在地面上仍然觉得在摇晃。

"这位就是长曾祢师傅吗？真是一点儿也不觉得是头次见面啊。承蒙经常惠顾，非常感谢。"

永井孙兵卫老板穿着一身上等的绸缎服走了出来，看起来与兴里年纪相仿。兴里每次给他发去订货的信函，都能收到他笔迹遒劲有力的回信。因为通过买卖关系的交往时间不短了，兴里也觉得不像是第一次见面。

"承蒙贵店送来优质的生铁，才打出了上乘的头盔，非常感激！"

兴里打制的头盔在越前地区评价非常高，这也是因为有出云所产的铁。

"我们一直在想,长曾祢师傅到底是怎样一位可怕的人啊。像他那样要求细致入微的订货信实在是罕见,一会儿说铁质太软了,一会儿又说太硬了,一会儿说气孔太大,一会儿又说韧性不够。"

兴里对于铁材的要求总是详细地在订购信里列出,经过比较各家供货商的铁的品质,最终只有永井孙兵卫一家能够始终提供符合要求的铁材。

"要想锻造出好的铁盔,必须得有高质量的铁。所以,提出详细严格的要求不是很正常吗?难道别家铁匠铺都不提要求吗?"

"是的,我们提供什么样的铁他们就用什么样的铁。"

兴里感到不解,他想,对原材料没有要求的铁匠肯定也打不出什么像样的东西来。

"好不容易来一趟,请您让我看一眼钢锭吧,我早就想看看质量上乘的钢了。"

"没问题,早就准备好了。"

孙兵卫点头道,随即拍拍手,命手下抬上来一个浅口木箱,看起来沉沉的。

箱子里面有二十来个小格子,每个格子里面都放着一块拳头大小的钢锭。

这是将风箱炉中炼出的巨大铁块切碎后选出来的钢块。

刚炼出来的铁块重达千贯,根据不同的部位分为铁、钢和铣铁,质量相差很大。将铁块破碎以后,选出质量上乘的钢,分量就没多少了。对于兴里来说,能够一次性将这么多不同产地的钢放在一起比较还是头一次。

顺便提一下，铁、钢、铣铁是根据含碳量来区分的。在当时，人们并不知道碳元素这个概念，但是铁匠们根据多年的经验，他们知道通过怎样的处理来调整碳的含量，从而获得适合不同用途的强度和韧性。钢在日语中又写作"刃铁"，被认为是最适合于锻造刀剑的一种坚韧的材料。

"知道是眼光挑剔的长曾祢师傅来访，所以我们准备的都是八方白这种最高级的钢。"

果然，木箱中的钢块个个比银子还要洁白铮亮，闪闪发光。不光从四面，从八面来看都是洁白闪光，所以被称为"八方白"。

兴里取出一块来看，上面有一些像海绵一样的气孔，但是放在手掌上感觉沉甸甸的，很有质感。打开拉门，映照在雪后初晴的阳光下，简直比纯金还要耀眼夺目。可能是稍含一些杂质的原因，有些地方还闪耀着五彩的蓝、红、橙、黄、金等颜色。

在出云的这片山里，从事炼铁行业的还有好几家，他们被称为铁师。产出的钢的质量，会因为风箱炉和技师长的不同而稍有区别。

产钢的地方当然还不止出云这一地。石见的出羽和播磨的千种都是自古以来有名的产铁地，近来都能生产出高质量的钢来。

由于不同地方所产的铁砂质量有别，风箱炉的炼法也各异，所以钢的质地会有微妙的差别。但是，同属质量上乘的山阴地区所产的钢中，兴里尤其为出云钢耀眼夺目的质感所倾倒。现在这么多上乘的出云钢摆在面前，要想知道到底哪个铁师炼出来的钢最好，还是颇费思量。

兴里将钢块一个一个拿起来仔细品味。凑近观察,用手掂掂重量,抚摸抚摸,有时还用舌尖舔一舔。最后将钢块都放回去,再总体观察比较。

兴里不顾寒冷来到明亮的走廊下仔细端详了约一刻钟,正在这时,中途离开的孙兵卫回来了。看到仍在为哪一块钢更好而举棋不定的兴里,感到很吃惊。

"还在选吗?真够执着的啊。你到底准备打出如何特别的头盔啊?"

要想精心锻造一只能使钢刀都能弹回去的头盔,最重要的就是对钢材的挑选。但即便如此,兴里的执着程度也太不同寻常。他仍目不转睛地盯着那些钢块。

兴里一边凝视着钢块,一边摇了摇头。

"不,我已经不再当盔甲匠了,我要打刀。"

"这……"

孙兵卫把后面的话咽了下去。

他是卖铁的,深知铸造行业哪门生意最兴隆。

孙兵卫也知道,自从宽永末年的全国大饥荒以后,盔甲匠为了挣口饭吃很不容易。

"可是,像长曾祢师傅这样的本领,放弃做头盔甚是可惜啊。"

两人所在房间的壁龛①处,放着一个兴里打造的十六瓣竖条铁盔。

---

①壁龛:和式房间客厅里,为悬挂挂轴和摆放花瓶等装饰物而略将地板加高的地方。

铁盔呈稍显古旧的南瓜形,面颊两侧没有护甲。盔身稳重,微微隆起,呈现优雅的曲线,同时还具有恰到好处的紧张感,显得精悍有力。

浅浅的前檐和稍细的护颈甲显得格外秀丽。

由头盔顶部向下呈放射状的十六条接缝被金属镶边包裹着。其做工之精细程度,令人百看不厌。

头盔前方镶嵌着一个小小的由铜打制的狮脸形装饰物,张着大口,眼珠上施以镀金,有一种飘逸脱俗之感,别有一番趣味。雕饰物一般会由专门的金属工艺的工匠来做,而当孙兵卫得知这个做工酣畅的狮子头是由兴里自己所雕时,他感到无比吃惊。

每次看到这只乌黑发亮的竖条头盔,孙兵卫都感到全身一紧。

同样是以铁为素材,不同锻造者所制的武具,其质地会有天壤之别。兴里所打制的竖条头盔,由于将钢材延展得很薄,非常轻巧易戴。

实际上,当初孙兵卫刚收到这个特地从越前的兴里那订购的头盔时,对其质地的轻薄感到一些失望。

这么薄,打仗时是起不了作用的。

他很看不起这个头盔。

孙兵卫心想,这个每次只买很少量的钢却还挑三拣四的越前的铁匠,到底能有多大的本事?于是他特地花重金让对方寄来一只头盔,看样子果然只是笔头上虚张声势而已。孙兵卫很恼火,打算将这只头盔一劈为二后送还给兴里。

孙兵卫在院子里垒了一个土坛,请来了善于劈砍静止物的武士来劈这只头盔。

由于半球形的头盔内部是空的,反弹性强,无论怎样的宝刀,如果直接砍的话只能砍进去一点而已,会被弹回来。因此,试刀时将土坛垒得圆圆的,使头盔内部填满土,并压实。

然而,头盔无事,刀断了。这把刀的质地并不软,而是一把刀背和刀身都很厚实的大刀。兴里的头盔虽然薄,却是经过精心细致的打造的,一刀结结实实地砍下去,只是稍微瘪下去一点而已。而让同一个武士拿来相似的头盔试了一下,当场就被劈开了。

自那以后,孙兵卫将兴里的来信拿出来反复重读,直到把每字每句都记住为止。他认为,再也没有哪个铁匠比兴里对铁更精通了,对他寄予了百分之百的信任。

"你为何要放弃当盔甲师呢?如今头盔再不好卖,像长曾祢师傅你这样的技术,还是能卖个高价的吧?"

实际上,即便能卖出高价,却要花费超出其价值的功夫,几乎挣不到钱。

"头盔我已经做够了,我想锻造刀剑。"

兴里放弃在越前的盔甲师的工作,要去江户做刀匠,不完全是因为贫困和妻子的病。

其实还有另外一个很大的原因,但他不想说出来,眼睛仍然紧盯着那些钢块。

今年三十六岁的兴里出生在盔甲匠家庭,还未懂事时就拿铁锤当玩具,从此便走上打铁为生的道路,从未厌倦。然而,现在的兴里却好像是在一个没有出口的迷宫内徘徊。

铁与铁的激烈碰撞。

头盔与刀的碰撞便是交战。

如果能打一把可将自己所制的最好的头盔劈开的刀来，我自身将变得更加强大。

兴里一边锻造因贫困而无人订制的头盔，一边这样想着。虽然有迷惘，但是要想摆脱这种绝望的境地，就必须要打破满足于作为盔甲师在越前地区的小小名气的心态，向前迈出一步。为了超越之前的卑微的自己而选择去打刀，这是兴里内心的想法。

"就这个吧，这块最好。"

兴里从箱子里挑出一块放在掌上。初春的阳光下，如白银般明亮的钢块现出了一道七色的彩虹。

"果然还是选中了这一块啊。"

"这是出自哪家的炼炉？"

"位于仁多郡上阿井的可部屋。"

兴里点了点头，他知道这个名字。虽然是几年前才刚开业的，但他们的印有"菊一"记号的铁板的锻造质量是非凡的。

铁板是将风箱炉炼出的铁块打碎，在很大的锻造间内经过锤打延展而成的。根据加工情况可分为菜刀铁和左下铁（钢）。由于是烧到通红后用大锤敲打，去除了里面的杂质，所以可以直接用于锻造刀具、枪筒以及各种工具等。既然是这家生产铁板的炼铁场，钢的质量也应当是最上等的。

"这是一块好钢，好到让人感到害怕。"

这话并不是讽刺。可部屋的钢，往好里说是纯度高，熠熠生辉，往坏里说则是过于闪亮耀眼了。打个比方，就像是一个妖媚的妓女，不断地勾引着匠人的心魂。

用这个钢做刀会怎么样呢？没有什么锻刀经验的兴里还不是很清楚。

"近来，各处炼炉的铁质都变得越来越好了，但是可部屋总是能炼出最好的钢来。"

兴里请永井孙兵卫写了封亲笔信，从安来出发走了四天雪中的山路，终于来到了可部屋所在的山谷中。

兴里先去本家的宅邸见了掌柜的，掌柜告诉他正好今早炉子刚刚点火。兴里马上提出先看看炉子，于是由男仆领着往山谷的更深处走去。

长曾祢兴里被风箱炉的火焰所征服，他感到了作为一个铁匠从未有过的热血沸腾。

三

盯着风箱炉的火焰看着看着，兴里忽然感觉这里不像是人世间了。出云的山谷也许是与神国或者是冥界相连的吧。

我是不是误入了黄泉之地了？

在这个死亡支配的黄泉之地，风箱炉这个妖兽正在扭动着身躯，挣扎着欲生出铁来。映照在火焰中的炼铁场就是这样一个能使人产生妄念的不可思议的空间。

这大概是为了产铁而进行的祭火仪式吧？

绑在柱子上的老人的尸体,正不断推动着祭火仪式走向高潮。

"快点装炭啊!"

一个满脸乌黑的烧炭的男人命令道。

"噢!"

兴里迅速应了一声,抓起筐子就往里面装炭。与小铸造喜欢用的较轻的松炭不同,这里的炭是用杂木烧制的大而重的榁炭,而且不切割,整块烧。两个烧炭工分别从两端一点点往里面加炭,炉子里火星飞扬。

高殿的一角是堆放铁砂的地方。技师长辰藏正在用一把长柄的平木锹仔细地搅拌着铁砂。辰藏的旁边还有另一个技师长。与负责炉子正面的技师长辰藏相对应,是负责炉子另一面的技师长。他也在搅拌铁砂。只要辰藏递个眼神,另一边的技师长就会以同样的节奏用木锹抄起一贯(约3.75千克)左右的铁砂。

两位技师长一左一右,在炉火的炙烤下一边来回走动,一边往炉子里添加铁砂。炉子的两侧共重复四次相同的作业,将铁砂一点点均匀地覆盖到整个炉内。

活儿暂告一段落后,辰藏返回原地。当他摘下黑色的包脸手巾时,散发出一股棉花烧焦的味道。

"你是来自越前的吧。现在开始学锻刀,是想拜下坂为师吗?"

兴里使劲摇了摇头。

"拜那样的傻瓜为师是毫无作用的。"

说起当今越前地区的刀匠,首先会想起下坂康继的名字。

此人是德川将军家和越前的松平家共同雇佣的刀匠,从家康的名字中获赐了一个"康"字,并且获准在刀上刻德川家的葵纹家徽。

下坂虽然名震天下,但是在兴里看来却是个平庸的刀匠。第一代还算好,不久前去世的第二代简直是一个无法无天的游侠,而且作为刀匠的技术太差。

下坂康继家依旧担任御用刀匠,现在上一代的弟弟和儿子正在争夺第三代的继承权,很难想象他们会全身心地投入到锻刀中去。

"那你准备拜谁为师呢?"

"谁也不拜。依靠我锻造盔甲的技术,只要锻造出能劈开我铁盔的刀,便是古今无双的名刀!"

"真够自信的啊……"

技师长辰藏嘀咕了一句,好像对兴里不再感兴趣,眼睛盯着炉火。

从火焰的颜色和状态来判断炉子内的情况——这种基本功无论是小铸造使用的火炉还是巨大的风箱炉,都应该是一样的。

壮汉们仍然在不断地踩着风箱踏板,他们轮流小睡,保持三天三夜不间断踩风箱送风。

一前一后两个技师长、烧炭的、打杂的,他们都只能小睡一会儿,炼铁一直会持续到第四天的黎明。

火焰既不太红,也不太蓝,也不发黑,恰好是金黄色。可是技师长辰藏好像并不满意,面露疑色。

辰藏贴近炉壁蹲下身,竖起耳朵听着什么。

"声音么……"

兴里小声嘀咕道,烧炭工点了点头。

"应该还没有滴炭,还处在第一天的笼火阶段,不会有明显的滴炭现象。"

"滴炭……笼火……?"

"小铸造大概听不明白吧?"

"请你告诉我,我想要知道。"

听兴里这么率直地求教,烧炭工稍显得意地说了起来。

"烧得通红如饴糖一样熔化的铁砂,从一块木炭往另一块木炭滴落时会发出嗞嗞的声音,这就叫做滴炭。听这个声音就能大致了解锅内的情况。起炉子第一天叫做笼火,添的全是一些易熔化种类的铁砂,好让锅底蓄存热量。打个比方说,锅就像是个子宫,里面装着熔化的铁水。明天日出时分开始,就会形成红彤彤的钢块,不断覆盖锅底的土,越变越大。这个时候,如果没有大量的滴炭就不会形成钢块。"

炉内的这个奇异的变化过程,对于小铸造来说,简直难以想象,而且,他把炉子称为锅的叫法,听起来还挺形象。

"让我也听听。"

兴里正要往炉边走去,立刻被烧炭工拦住了。

"这是秘传,哪能让你听。探视口也不能让你看的。"

"真是小气的技师长。"

每侧风箱的下方有二十根左右的管道,呈扇形排列通向风箱炉的底部。管道是由打通竹节的竹子卷上纸、涂上泥做成的,叫木吕管。风箱的风就是通过这里送入炉内的。

木吕管上方的炉壁上，插有和管道数目相同的木栓。技师长辰藏蹲下身，拔下木栓往里面看，从探视口观察炉内的情况。

"那个也不让看吗？"

"也未必因为你是外人就不让你看，毕竟就算看了也学不去的。"

兴里有些生气，不愿低头求人，心想，后面还有三个晚上，应该有偷看的机会吧。

他侧着耳朵，听着风声。

火由风生，风决定火势。风如果停了，火也就小了。火小了，炭就烧得不旺，铁砂就不会熔化。

仿佛地底下的妖怪呻吟般的风箱声中，总感觉夹杂着一点浊音。

"是不是风道哪里堵了？"

兴里问烧炭工。对方摇了摇头。

"这个我不知道。我们只是奉技师长之命干活。万一失败了炼不成钢，遭勒脖之刑的也是技师长，不会责怪于我们。我们唯独有这一点好处。"

看来有时也会有操作失败而没有炼成钢的情况。因为会浪费大量的铁砂、木炭以及劳动力，如果遇到这种情况，技师长要不连夜逃跑，要不只能被吊死。据烧炭工说，出云地区的大山里有很多埋在地下的因炼制失败而作废的铁块。

"踩风箱的力度如何？与平时一样吗？"

兴里问当班的人。

"那能有什么区别?"

那么多人一起踩风箱,很难捕捉到出风的微妙的差距。

要是兴里在越前使用的手拉式风箱的话,通过送风时微妙的感触,就能感受到炉内的状况。如果火炉内部的出风口附近有木炭堵住的话,异样的感觉会通过拉风箱的手柄传递到手上。

"技师长在担心什么呢?"

只见技师长辰藏将耳朵贴在炉壁上,眼睛朝探视口里面探望,脸上显得若有所思。他还不时皱着眉头与另一个技师长商量着什么,一定是什么地方出了状况。

"到现在还没有出炉渣,早就应该出炉渣才对。"

烧炭工小声道。

"炉渣啊……"

也就是废弃的铁渣,这么大的炉子,理应会出现大量的铁渣。

"风箱炉吃进巨量的炭和铁砂,也会排出巨量的铁渣。不排出渣滓,也就不会产生钢。"

兴里点了点头。只有从铁砂中去除杂质,才能获得优质的钢,所以才用这么巨大的炉子。

"三千贯(约11吨)的铁砂大概能炼出多少粗钢呢?"

风箱炉所炼出来的是称为粗钢的巨大铁块。

粗钢是所有钢铁的原型。花费三天三夜一点点加入铁砂,就好比在炉中孕育胎儿,让粗钢不断变大。

粗钢中包含碳素量高的铣铁、钢(碳素量在 0.03%—1.7% 的铁)、不含碳素的纯铁以及木炭、未熔炼的铁砂等,材质不均。这些知识兴里都从钢铁商那里听说过,但粗钢的实物还从没有看过。

"造这么大的炉子也是头一次,所以不好说,出五百到七百贯的粗钢应该是可以的吧。"

虽然这个数字也着实让兴里感到吃惊,但他更在意的是前面的话。

没错,之前技师长也提到了,这么大的风箱炉是从未有过的。可部屋的风箱炉越造越大,这也许就是他们炼钢的秘密所在。

"这么巨大的铁块,该如何处理?"

"你傻呀!你知道每次造炉需要用多少黏土,又要花费多少工夫吗?如果一次不炼出大量的钢来不合算啊。"

烧炭工的话让兴里大吃一惊。

"什么?这么大的土炼炉每次都重新造吗?"

烧炭工露出一脸同情的样子。

"你们小铸造真是啥也不懂啊。如果不拆炉子,底部的钢块怎么能取出来呢?"

确实如此。要想取出花费三天三夜炼出来的巨大的粗钢块,除了拆掉炉子别无他法。兴里像是被眼前炽烈的火焰给迷惑了,连这么简单的道理都没想起来。

"大风箱炉炼出来的钢更亮,听说刀匠会更喜欢。我们也不太清楚。"

兴里再次把视线转向风箱炉。这样一个喷出巨大火焰的怪物,每造一次就要破坏一次,这种无常之感更让人联想到祭火仪式。

拿着一根长长的铁棒正在朝炉底的洞口里捅的技师长忽然喊了起来。

"出来了！铁花出来了！"

兴里赶紧跑近一看，只见如婴儿脑袋大小的洞口里明晃晃地发出像初升的太阳般的光芒。熔化的通红的炉渣正缓缓地流动。

炉渣流经斜面上的沟槽，像龙宫里的珊瑚一样展开枝丫，发出明亮的红光。

"这下好了，不用担心了。"

炉渣在流经沟槽的时候，变成比熟透的柿子颜色还要深的红色，不时迸出火星，燃起少量的火苗。

从朝霞色的洞口慢慢流出的炉渣呈现出亮闪闪的红、晚霞红、绯红、暗红、深红等各种色彩，千变万化。

从出渣口可以窥见炉的内部。兴里双眼紧盯着炉内灼热的火光，感到全身充满了力量。

可以！一定可以！一定可以打出宝刀！我肯定能够超越自己！完美的钢一定能打出完美的刀来，兴里的全身都充满了自信。

四

可部屋的宅邸有一种与这深山谷间不太相称的壮美之感。

从安来港出发一路来到这仁多郡，兴里见到了多个铁师的宅子，个个都是豪华壮观，连名主的宅子都无法与之相比。其中有些光仓房就有二十来间,涂成白色一字排开,可见炼铁所带来的巨大财富。

一直待在山谷里的炼铁场的兴里,听说可部屋的主人要见他,所以就回到了宅邸。他很纳闷,这样一个大炼铁场的老板找他这个小铸造会有什么事呢?

男仆领着他来到了宅邸的大门口,闻到了一股柏木的清香。这是一座刚建成不久的大宅邸,房间至少有几十间。兴里仔细拍了拍身上那件穿旧的宽竖条纹的夹层和服,掸掉身上的炭灰。

他被领到了一个铺满了崭新榻榻米的大房间。

房间的一角设有书斋,摆放有高丽青瓷的插花花瓶。涂漆的烛台上点着明亮的蜡烛。好几个火盆里,炭火烧得正旺,烘得房间内暖融融的。

出现在房间里的是可部屋的主人樱井三郎左卫门直重,剃着月额[①]头型,是个皮肤白皙的美男子,大概才三十来岁。

听安来的铁铺老板说,可部屋是几年前刚从安艺的可部乡搬到这仁多的山谷里来的。

铁师搬家可是一场规模巨大的大迁移。风箱炉炼铁需要数量庞大的操作人员,有专门采铁砂的采砂师,有负责伐木烧炭的烧炭工,有炼铁场的技师长和焚炭工,有负责踩风箱的,有负责将炼出来的粗铁进行破碎的,有将粗铁锻造成菜刀铁等的大冶炼场的冶炼师,有将炼好的铁从山里运出去的马夫等等,算起来相关人员不

[①]月额:日本室町时代之后,男子将额头至头顶中央的头发剃掉的习俗。

下几百人。要想组织起这么多人来，没有相当高的声望和才能是不行的，非这矿山中的头领不能担当。兴里本想象着可部屋的主人应该是一位中年以上的人物。

年轻的主人亲切地开口问道：

"长曾祢阁下，你和才市家是亲戚吧？"

"才市是我舅父。您认识我舅父？"

"虽然没见过面，但是自我们在安艺的时候，就通过直接订购买过我们大量的铁。哎呀，这个人对铁的好坏很挑剔的。当然，有这样的客人也激发了我们的干劲。遇到质量好的铁时会给我们送来感谢信。"

舅父才市确实是这样的人，兴里心想。

才市离开越前去江户已经很久了，虽然多年未见，但兴里知道他一直以来就是一个对铁的质量很挑剔的人。

兴里已经去世的父亲也喜欢对铁质评头论足，两人经常发生争论。两人与其说是都喜欢铁，不如说除了铁以外对任何事情都不感兴趣。兴里就是在他们的影响下长大的。

长曾祢家族全都与铁打交道。

他们当中有很多做盔甲师的，擅长制作头盔、铠甲、护臂甲等，也打制刀柄的护手、刀剑上的雕饰物等。刀柄护手和刀剑雕饰物体现了家族独特的功力和雅趣，受到了极高的评价。锁链镰刀、秤砣、马嚼子、建筑用五金、铁锁等，但凡武家所用的铁器或金属器具基本上都做。

长曾祢个家族原籍在近江国的犬上郡。

在石田三成的佐和山城下,有一座名为长曾根的繁华小镇。这是一座面向琵琶湖的港口小镇,听说曾被称为长曾根千户,繁荣一时。此地就是如今的彦根城码头松原口的所在地,还住着几家亲戚。兴里说好了开春就去接妻子阿雪的地方就是那里。

关原之战①中佐和山城陷落,为石田家锻造武器的长曾祢家族好不容易乘小船逃过一劫,这个故事常被兴里的父亲和舅父提起。

战乱中从琵琶湖北岸逃到越前的一族人,来到了德川家康的次子结城秀康刚刚筑起的新城北庄,定居在那里。北庄不久改名为福居(即现在的福井),变得很繁华,铸造业兴盛。

"才市师傅给德川大人当差,可是一份再好不过的差事啊。"

来到了江户的长曾祢才市虽然并非受雇于将军,但因为其出色的技术,经常为将军家做活。

他在家族中以及铸造匠人中出名是始自于为日光东照宫打制五金和铁锁。

当时众多铸造师精心打制的五金具怎么也不能让将军家光满意。

然而,由才市来打制后立刻就得到了首肯,从那以后五金具就指名让才市来做。毕竟是为将军家的祖庙干活,因此也获赐了大量的金钱,此事一直传到了越前。

多年前才市舅父曾回到越前,兴里问他具体做什么活,他说为

---

①关原之战:日本庆长五年(1600)九月五日,以德川家康为首的东军和以石田三成为首的西军在美浓国关原展开的大战役。因东军获胜,家康的霸权地位得以确立。

东照宫的唐门门闩打制龟、禅等金属雕刻物。

才市的雕刻物不光是漂亮的装饰品,更重要的是非常注重实用性。要想让一个小小的金属把手既实用、好握,又雕得漂亮,需要非同一般的审美意识和技术。

真是了不起呀。

兴里有意试探道,而才市好像并没有显示出那么得意。

那些东西嘛……

他没有继续说下去,但他想说什么兴里已经明白了。他一定是想说,做这个虽然能挣钱,但是作为工作来说,并没有多大吸引力。

铁匠的工作,最有魅力的还是打造武具。

尤其是刀和头盔,是武士们性命攸关之物,容不得半点疏忽,这也是锻造的价值所在。刀工打造出强韧的刀,盔甲师打制出更坚实的头盔,二者互不相让,相互较劲,这就是铸造师的乐趣。

兴里被这种紧迫感所吸引,急切地期待着。

眼前的年轻铁师直重像是看穿了兴里的内心似的小声道:

"看来你还是想打刀吧?刀确实是不一样的,同为铁匠,刀匠是可以当上国司的。"

锻制刀具的难度、魅力自不必说,同样是铁匠,唯有刀匠的地位被世人高看一等。曾经有铁匠就是因为刀打得好,被授予和泉国守、近江国司等称号。

"只听说有献神的神剑、宝剑,却未曾听说过有神圣的锁的讲法。所以,铁匠们想要打刀也是很自然的,不过这个铁嘛,今后……"

就在这时,隔扇背后传来了说话声,打断了直重的话。是女仆端来了饭菜。泥金的漆盘上摆放着干烤香鱼、松肉汤、从未见过的黑色菌菇的拌菜等菜肴。

"你是远道而来的客人,我也没有什么特别的东西招待你,先饮一杯吧。"

直重说完,年轻女仆便端起青荚叶泥金画图案的单嘴酒盅。

兴里不会喝酒,硬是喝的话会头痛。虽然不能喝,但他也不会不通人情到直接拒绝。他用酒杯接了女仆倒的酒,与直重一起喝了一口,不过他只是用舌尖尝了一下而已。这是一种在越前没有见过的透明的酒。

"这是产自于摄津①的池田,印有家康公官印的清酒,稀罕吧?"

"这酒比浊酒的口感好很多。"

兴里虽然不能喝,但对味道是了解的。

"那是因为脱去了米糠,只取酒樽上部澄清的部分。米也好酒也好,只要去掉其中的杂质,质量就会好很多。"

"确实如此啊。说到铁,我想打听一件事情。樱井家造那么大的风箱炉,是要准备炼出什么样的铁呢?"

兴里这么一问,直重眉目间露出了微笑,心想,果然还是对铁的话题感兴趣。

"你觉得我们为什么要从安艺迁到出云这里来呢?"

---

①摄津:日本旧国名,位于今大阪府北部和兵库县东南部。

"不是因为福岛家被剥夺官位吗?"

樱井家的上一代直胤就是在大坂夏季之战①中战死的塙团右卫门的嫡长子。

丰臣氏灭亡后,直胤跟随母亲改姓樱井,侍奉安艺城主、五十万石大名福岛正则。这些都是偶尔从安来的铁铺老板那听来的。

"那是很久之前的事情了。福岛家被剥夺官位已经是三十年前,那时我还没有出生。失去主家的父亲在安艺开始开矿山。但是,安艺和吉备的铁砂是赤目铁砂,杂质较多。这是我在给父亲当助手时慢慢注意到的。"

遗憾的是,兴里对于铁砂并不了解。越前几乎不产铁砂,自己也没有炼过铁砂。关于风箱炉炼铁的知识,兴里几乎一无所知。

"安艺和吉备的赤目铁砂土里含量多,所以易于开挖,而且熔炼温度不高,这是优点;但是这种铁砂在矿床中时就已经生锈,所以不便于使用。最重要的是,赤目铁砂在风箱炉中只能炼出铣铁来,很让人头疼。"

赤目铁砂用现代科学知识来说,就是含钛氧化物等杂质多。看起来是黑色的,用手掌搓一搓会出现红色,用这样的方法可以辨别。

直重说:"而这一带的铁砂叫做真砂,土中的含量少,但色泽黑,杂质少。能够炼出坚硬的优质钢,而不是质脆的铣铁。想必你也是在安来的钢铁商那里看中了我们产的钢的优质才特地过来

---

① 大坂夏季之战:元和元年(1615)德川氏在大坂城击败丰臣氏的战役。

的吧。"

他只说对了一半,还有另外一半。

兴里想了想,慎重地说:"说实话,我对于钢还不是太了解。当然,如果是打头盔的钢,没有我不知道的。但是,我今后准备打刀。我很清楚,打刀的钢和打头盔的钢是完全不一样的,所以我必须从头开始学。可部屋的钢不愧是出云地区第一的好钢,无论是跟伯耆、石见,还是跟哪里的钢相比,其光亮程度都是首屈一指的。所以,我确实是被它的熠熠光辉所吸引而来到这里的。

"不过,未必闪闪发光的就一定是结实的好钢吧。我想要知道的就在于此。我到这里来,就是想要知道到底什么样的钢才是最上等的好钢。"

直重将杯中的酒一饮而尽,眼里露出了轻蔑的神色。

"钢嘛,当然是光亮度高的是第一等,连这个都不知道,你不会是冒充长曾祢家族的吧?否则,这种程度的问题早就知道才是。"

"让您见笑了。我所期望的最上等的钢乃是能够打造出不折、不弯、锋利的宝刀的钢。因为亮光闪闪,所以就是好钢,恐怕也未必吧。"

"真是个糊涂的铁匠。争论无用,用证据说话。你看看用我们的钢锻造的刀就知道了。"

他拍拍手示意了一下女仆,不一会儿,二掌柜抱来了几把插在白木刀鞘里的日本刀。

"先请看这一把。"

嗖的一下子抽出刀身来,蜡烛的火焰猛然抖动了一下,刀身明亮晃眼。

"……"

兴里一时说不出话来。

确实,刀胎子异常明亮。但是——

兴里将食盘推向一边,直接用双膝移动到直重边上。

"请让在下一看。"

铁师手拿擦拭纸,将涂在刀身的丁香油擦干净,又打上擦刀粉重新仔细擦拭一遍,好让刀胎子能够看得更清楚。丁香油的甜香味让兴里的内心微微震颤了一下。

"请尽情观赏。"

兴里手握刀柄接过刀,捧着刀行了一礼。他首先将刀身笔直立起,仔细凝望。

是一把长约二尺二寸(约67厘米)的普通刀。刀身的样子是近来很常见的,弧度较浅,前半身较窄。

兴里用左手抓住和服的袖兜,将刀背置于其上,凝视起来。他想要看的既不是刀形,也不是刃纹,而是刀胎子,也就是制作这把刀的钢材。

他紧紧地盯着看,好像要看透隐藏在钢内部的某种力量。

他从刀尖到护手仔仔细细地看了一遍。为了看得更清楚,他将刀拿近烛台,眼睛凑到离刀身只有一两寸的地方。没错,刀身果然闪闪发光。

制作这把刀的钢一定也是闪闪发光的。

直重确实有他引以为傲的地方。兴里曾在安来的铁铺仔细比较过的，也是出云的风箱炼钢炉中最为光辉耀眼的，正是此钢。

然而，兴里并没有点头认可。

他还是感觉与自己理想中的钢有一些差距。

不是这个。太亮了。这个的话就跟那家伙的刀没有区别了。

这刀的光亮是刀胎子本身的光，而不是锻刀人的功劳。兴里的脑子里浮现出了越前的那位刀匠的面孔。

"怎么样？是不是很亮？一看就感觉很锋利吧？"

兴里没有说话，点了点头，但目光一直没有离开刀。他一直盯着刀胎子看，他想知道自己所担心的问题到底在哪里。

总感觉哪里不一样，总感觉哪里不满意。

这把刀的钢说得不好听一点，就像街头妓女的妆容一样，让人看出浅薄来。

"这么吃惊么？这刀与过去的刀比起来完全不一样吧？以前的刀，刀身总是模糊的，不够亮。"

铁师直重拿起另外一把，脱去白木刀鞘。

他用右手握住刀柄的下端，将刀身笔直立起来。是一把细长的大刀，弧度较深，从那优雅的姿态可以看出是很久远时代的作品。

"当今很多武士都把过去的刀称作古刀呀名刀，甚感稀罕。依我说，现在的刀的用材要好得多。在巨大的风箱炉中用真砂精炼而成的钢，发出无与伦比的光芒，比纯金纯银还要美丽悦目。"

然而，虽然只是瞥了一眼，兴里却被后面这把刀深深地吸引了。

他向手里这把刀行了一礼,然后收入鞘中轻轻放置榻榻米上。

然后默默向直重手里的刀行了一礼,接了过来。他捧着刀又敬了一礼后开始细看,目光一下子就被这把刀的胎子给吸引了。

与刚才那把新刀不同,这把刀的胎子温润细腻,看着就让人感到心境平和。没有刺眼的光芒,反而让人感到欣喜。他感觉看着看着自己的心情慢慢渗透进了这刀身之中,手握刀柄的自己也和这钢铁融为了一体。

"我认为这把刀的胎子好,有深度和韵味,与那一把相比就好像是街头妓女与天仙的区别。"

听兴里说得如此直白,直重的脸色立刻变得很难看。

"休得胡说。那是青江的旧式刀,虽说与一文字、长船的刀相比都不算差,但是用我们的钢锻造的刀,胎子断然会更好。"

"青江么……"

青江在备中[①],一文字和长船在备前[②],是锻造刀剑的几家老店。吉备路的古刀,胎子都很温润细腻,尤其是青江,一看就能感受到材质的品位之高,柔和中透出坚韧。

直重说吉备的铁砂是杂质较多的赤目砂。如果是这样的话,这种高贵的气质和优雅的格调莫非正是这杂质的功劳?

"用我这把刀与青江的刀交锋的话,断的肯定是青江的刀。"

对于直重的话,兴里露出了一丝怀疑的神色。他觉得不实际比试一下谁也不能断言。

[①]备中:日本旧国名,位于今冈山县西部。
[②]备前:日本旧国名,位于今冈山县东南部。

见固执的小铁匠怎么也不肯认可自己的话,铁师很生气。

"哼,如果说这刀不如青江,难道连康继你也看不起?"

直重所说的这个铁匠的名字让兴里心头一颤,果然不出所料。

"果然是出自康继之手啊。"

"没错,正是越前的四郎右卫门康继。你们同为越前的铸造,应该相识吧。他对我们的钢材很满意,经常惠顾,是一位很好的刀匠。"

兴里有点不是滋味。四郎右卫门康继是前几年刚去世的第二代康继的弟弟。第二代康继虽有嫡子,但是太年轻,还不具备继承家业的本领和才能。究竟由谁来继承,对于这个家族来说是个大问题。

直重将白木刀柄卸下来,让兴里看内柄。虽然离得有点远,但上面刻的家纹清晰可见。

"是把好刀吧? 不管怎么说,它是被允许刻上将军家的三叶葵家纹的。这才是天下名刀,不,是天下无双的宝刀。"

看着在烛光中闪闪发亮的康继的刀,兴里紧咬牙齿,拼命抑制着腹中的怒气。这并非嫉妒,而是身为铁匠的一股倔劲。兴里将一腔热血转换为力量,暗下决心:

无论如何也不能输给康继之辈!

他在心里这样告诫自己,然后呆呆地睁大了眼睛盯着半空中。

"你怎么了?"

直重奇怪地看着兴里。

"没什么,只是感觉自己的气量太小了,与康继什么的较劲,真是可笑之极。"

铁师眨巴眨巴眼睛,搞不明白眼前的这位铁匠的心思。

"我必须要跨过自己这道坎。当有朝一日用我自己锻造的刀能够劈开我自己打造的头盔时,那才是日本第一名刀。"

兴里的语气之坚定,连这位年轻的矿山主人也不由得被感染了,点了点头。

五

兴里连夜踩着积雪的小道回到了炼铁场。灯笼的光亮映照在路旁的雪上,竟有一丝暖意。

墨蓝的夜空中出现了火星,正从高殿的烟囱中不断喷发出来。就连灯笼的这点火光都能感到暖意,火焰大到那种程度恐怕是火神降临了吧。大概是因为这里是出云,兴里的脑子里总是想着伊邪那美命[①]所产下的火神。

"你在想什么我不清楚,但是,可部屋的钢是日本第一的好钢,唯独这一点请你不要忘了。你一个没怎么见识过好钢的小铸造,根本就不了解钢。"

走在后面的铁师樱井直重大声说道,可兴里并没有听进去。

好钢到底是什么样的?仅仅是闪闪发光就能说是好钢吗?

锻造一把不折、不弯、锋利的好刀,最适合的钢又是什么?答

[①]伊邪那美命:日本神话中的女神,伊邪那岐命的配偶神。

案兴里还并不知道,但他相信很快就会找到。

兴里刚走进高殿的大门,又不由自主地往后退了一步。

他的面前出现了一张死人的脸。从脖子到下颌到脸上,满是紫色的尸斑,浑浊的眼睛呆滞地看着兴里。

"果然小铸造连胆子也小啊。"

直重在后面笑道。

抱尸体的人向直重低头致意。他们只是听说有什么事情才回到了炼铁场,但是并没有被告知发生了什么事。

"炉内铁砂怎么也无法顺利熔化,所以将前一任技师长供奉上去。"

听了辰藏的话,直重缓缓地点了点头。

"噢,这样好。这估计也是技师长的本愿。"

"拿尸体作为供品么……"

直重回头看了一眼小声嘟囔的兴里。

"金屋子喜欢死人,就算是乡下的小铸造,这个也应该知道吧。"

说到铁神金屋子神,兴里在越前的铁铺子里也有供奉。在临走前收拾铁铺子时,他还将画有女神的护身符小心翼翼地用油纸包起来,此刻还缠在腰间。

金屋子神是位丑女,所以她嫉妒心强,不喜欢女人进入冶炼场。

贫穷的铁匠兴里连弟子都没有了,所以顾不了那么多,只能让妻子来帮忙。即便如此,妻子在月经期间是绝不会进去的。

而出云的炼铁场果然是规矩森严，连送饭的女仆都不能站在高殿的屋檐下。住在山里的女人们为了不让金屋子神嫉妒，她们不化妆，不梳头。

　　厌恶月经污秽的金屋子神，对于死亡的污秽莫如说是喜欢的。这一点兴里也知道，但他没有想到会用尸体去供奉她。

　　尸骸被放置在风箱炉的旁边。

　　铁砂堆前放着一口大锅，里面热水翻滚。直重拿起一根杨桐枝，所有人都低下头。直重用杨桐叶从锅里沾水，给尸体和周围的人净身。

　　念完简短的祈祷词后，两位技师长一人抬肩一人抬脚，抬着僵硬的尸体立在炉旁。

　　辰藏一边大声喊着"一、二、三"一边左右摇晃起尸体。

　　两人借着惯性将尸体投进了炉子里，扬起了一阵猛烈的火星。

　　很快燃起了一股蓝色的火焰，衣物立刻烧成了灰烬。干瘦的尸首烧焦了，发出一股异味，接着听到了肉身燃烧起来的声音。

　　兴里瞪大了眼睛注视着，他想看到尸体变成骨灰为止。

　　猛烈的火焰很快烧焦了尸体，蓝色的火焰下，技师长只剩下一团若隐若现的黑影。眼看着那黑影变得越来越小，那股蓝色的火焰又重新变成了熊熊的红色火焰。

　　"这回该出铁水了吧。"

　　技师长村下自语道。兴里疑惑道：

　　"这种巫术能起作用吗？"

　　"你认为这是巫术？"

铁师直重带着责问的语气。

"只是蒙骗人的吧。"

直重拍了拍手朝炼炉拜了一下,众人也效仿他拜了拜。

"真是个无知的铁匠啊。你识字吗?"

"休得无礼!一般的读写还是会的。"

"那你去读读书吧。中国的书里有很多记载。"

兴里沉默了。他虽然习过字,但对四书五经却不熟。

"古代中国有一个叫做干将的铁匠,你知道吗?"

兴里确实不知道。

"他受国王之命铸剑,铁砂总是不能熔化。妻子莫邪主动跳入炉中充当神的供品,后来铁砂顺利地熔化了。"

"这是编造的吧。"

"这不好断言。人的身体里有脂肪,还有骨头,也许骨头就有熔铁的功能。还听人说过,放入几百人的指甲和头发后铁砂熔化了。"

"不可能吧?这样就能熔化的话,那就不用那么辛苦了。"

"不熔的时候怎么尝试都不熔,所以大家很辛苦。这炉底的土费了我们多少心思,你大概还不知道吧。土里含有的某些物质有时候会促进铁砂的熔化,有时候会阻碍铁砂的熔化。如果能弄清是什么物质就好办了,但是我们却完全不知道。我们能做的只是把各个地方的土都尝试一下,用最合适的来造炉子。即便这样,铁砂也未必能熔化。"

"……"

"你知道这炉子底下到底是什么吗？"

铁师眼神严厉地看着兴里。

"风箱炉底下？难道不是土吗？"

"哼，你想得太容易了。如果这样就能炼出铁来的话，猴子都能炼铁。"

直重言辞如此激烈，兴里无法反驳。兴里切实体会到了知识不足是一件多么让人懊悔的事。

"不顺的时候，什么都得试试。如果不尝试，结果只有失败。不是这样的吗？"

兴里对于这一点是认同的。这位年轻的铁师比兴里在某些方面更了解铁，这一点不得不承认。

天天跟铁打交道的铁匠的活，失败是很平常的。稍有差错，铁就不能用了。这个活儿只能一次成功，无法重新再来。所以，为了避免返工，兴里在他的铁匠铺里也进行过种种尝试。

"等我死了，也准备让他们把我扔进炼炉里烧了，比在土里慢慢腐烂被虫子吃掉好多了。"

对于这话，兴里也点头认可。

铁师直重是抱着为铁而生为铁而死的觉悟在经营炼铁场的。若非如此，也不可能炼出能让兴里这么挑剔的铁匠满意的钢铁的。

直重站在那里盯着火焰看了好一会儿。

火焰下面的黑影变得只剩一根细树枝般大小，大概只剩下头颅了。

风箱的风照样如怪兽的呼吸一样不断地吹着。也许是心理作用吧,风听起来非常强劲。每进一次风,火焰就会高高喷起。

"熔了!熔了!"

一直蹲在洞口观望炉内情况的辰藏突然高兴地喊起来。

这是不是投进炉内的尸体起了作用,兴里搞不清楚。但是,他感觉尸体投进去后风的声音发生了些许变化。

"我可以看一下吗?"

兴里问道。辰藏点了点头。

"可以。反正你也学不会风箱炉炼铁的。"

兴里跑过去,紧贴着炉壁蹲了下来。他弓着腰,通过只有一个指头粗的洞眼朝里望去。

黏土做的炉壁比料想的要厚。上部大概有五寸厚,而接近底部的地方约有一尺厚。炉壁的另一边是一个无比灼热的世界。

洞眼越往里面越宽,所以炉子里面看得很清楚。

烧得通红赤亮的炭伴随着巨大的热量而左右摆动。下面积满了熔化了的黏稠状的铁水。铁水像一轮明亮的满月,慢慢熔化开来,因巨大的热量而微微颤动。满月熔化后一点一点从炭火间往下滴落。

兴里全神贯注地趴在洞口观看,像是被吸住了一般。

他完全感觉不到灼热。在他的面前,炉壁的另一边,是一个熔化成满月色的摇曳多姿的铁水的世界。这让他欣喜得身体都在颤抖。

"炉壁现在还很厚,再过三晚粗钢就会吞噬炉壁四周,并且出现矿渣。当粗钢块大到一定程度的时候,炉壁的底部就会变得很薄。"

"这样啊……"

兴里再次把眼睛贴到洞口,朝里面看去。比起自己所用的小土炉,这里的温度高得多,熔化的铁水也多得多。他一动不动地盯着看,好像没有要挪开的意思。

"我说你……"

听到铁师在背后说话,兴里的眼睛仍然没有离开洞口。

"你是有多喜欢铁啊。"

兴里匆匆点点头,仍然沉醉在眼前的火焰与炽热的感官之美中。

六

到了第三天,炼铁作业变得更加辛苦,已经没有时间睡觉了。

"这火焰让我陶醉啊。"

头脑已经不清醒的兴里自言道。焚炭人听了,大声笑道:

"那是因为你只是个客人,才说得这么轻松。我们要在这里干到死为止。就算干到变成了独眼妖怪也要继续干下去。"

风箱炉炼铁场将三天三夜一个作业时段称作一代,据说持续干到千代就会出现独眼妖怪。这里果然是世外魔境。

"天好像晴了。"

抬头一看,一缕明媚的阳光从屋顶的烟囱射了进来。近些日子一直是阴云密布,雪花纷飞,终于从烟囱的空隙中看到了久违的蓝天。

兴里走到屋外,使劲伸了伸胳膊。虽然锻制盔甲的活也是重体力劳动,但这风箱炉炼铁的活太过残酷。

迟来的朝阳从山谷上升起,照亮了一大片积雪。树枝上雪水滴落,像云母一样闪闪发光。兴里从脚下捧起一把雪洗了洗脸,雪立刻变成了黑色。他的眼、耳、鼻全都沾满了炭灰。

这时,忽然看见男仆踏着雪路踉踉跄跄地朝这边跑来,看起来很慌张。

"不得了啦!不得了啦!"

他扯着嗓子喊道。正在炼铁的人们从门口探出头来。

"什么事?怎么啦?"

"这、这个家伙不可不提防!"

男仆指着兴里道。

"他怎么了?"

辰藏问道。

"他、他是杀人犯!他杀了人逃到这里来的。"

"嗯?你在说什么?"

虽然洗了脸,但大脑还处于朦胧欲睡的状态。兴里使劲扭了扭脖子,听到了骨头的声响,酸胀的肩膀稍微轻松了一点。

"他是杀人犯呀!"

有人在兴里的背后阴阳怪气地说道。

"就、就在刚才,有个年轻人跑过来说这家伙是他的杀父仇人。本家老板听说了后,说如果他是坏人可以帮忙处决。老板说他马上带人过来,如果他想逃跑就把他绑起来。"

"那可不能让他跑了。大家把他按住!"

技师长话音刚落,兴里还没来得及反应,就被按倒在雪地上。他的胳膊被反拧在背后,身子动弹不得。

"干什么?放开我!"

"蠢货!放开你岂不让你跑了?"

"为什么要跑?我没有杀人,一定是弄错了。"

"你的话能信吗?拿绳子来!"

兴里的手很快被麻绳反绑了起来。

"老板来了,快起来!"

兴里被粗鲁地拽起来,跪在雪地上。

铁师樱井直重带了四五个人过来了。像是老家来的人,腰里都别着大刀、短刀,还有人手里拿着橡木棒。

其中有一个人兴里感觉眼熟。

"这不是正吉吗?说什么杀人犯什么的,以为发生了什么事,吓我一跳。你怎么跑到这里来了?"

"我是替父报仇来了!你束手就擒吧!"

正吉是越前福井的刀匠贞国的儿子,才十六七岁。兴里经常去贞国的铁匠铺观看锻刀的过程,请教锻刀的事情。当然,也认识他的儿子正吉。

穿着细筒裤,一身出行装扮的正吉拔出了短刀拿在手上,表情严肃,不像是闹着玩的。

"什么?我什么时候成了你的杀父仇人?你说说缘由,我可一点儿也不记得了。"

周围的人都没有要阻止的意思。樱井直重抱着胳膊观望着事情的发展。

"喂！快住手！我从没有跟别人结过仇结过怨，你说的事情我并不知道，肯定是搞错了！"

正吉手握短刀，眼里充满了血丝，用憎恨的眼神怒视着兴里。他那庞大的身躯眼看着就要扑过来。

"他说是你杀害了他父亲，从越前潜逃到这里来了。如果是真的，这可是不可饶恕的罪行。"

"等等！我并不知道这事。到底怎么回事，正吉？令尊去世了吗？我正月的时候还去过，当时不还好好的吗？"

离开越前之前，兴里去贞国的铁匠铺告别，并且对一直以来的指教表示了感谢。

"父亲正是那天夜里被刺杀的。兴里，一定是你干的！"

"被刺杀？这么说真的死了吗？"

"别装了！行凶的人就是你吧。插在父亲腹部的这把短刀就是最好的证据！这是你的刀！赶到你家时，说你已经出发去出云了。杀害了别人的亲人，还满不在乎地出门去旅行，实在不可饶恕！"

正吉大声怒斥。

"我的短刀……我并不知此事。贞国师傅是对我有恩的人，我向他请教了很多有关锻刀的事情。我只会感谢他，没有丝毫刺杀他的理由啊。"

"住嘴！就是你，除了你没有别人。快交出来吧，盗贼！你觊觎我家的行光短刀，所以深夜潜入我家行窃。被我父亲发觉后，你将他刺死。"

"行光短刀被盗了吗？"

"那把行光藏在神龛里面，连弟子们都不知道的，只有你见过吧。父亲是信任你才把平时绝不示人的行光拿给你看，你却恩将仇报，真是畜生的行径！快把行光交出来！交出来后我要好好处置你。"

兴里垂下了头。被人怀疑真是一件很沮丧的事情，这时除了垂头没有他法。

"你要是果断交出来，我就干净利索地一刀刺进心脏将你杀死。要是不交的话，先削掉耳朵，再削掉鼻子，一寸一寸地割下你的肉，直到你交代出隐藏的地方为止。"

"行李里面好像没有短刀啊。"

焚炭人不知什么时候已经将兴里的行李找了出来。他将褡裢里的东西通通倒在了雪上面。里面只有兜裆布、手巾、拉肚子药等几样令人脸红的东西。

"是不是藏在哪里了？还是已经卖掉了？"

"也许就藏在他身上。"

被辰藏一提醒，手上沾满炭灰的焚炭人开始在兴里的身上搜起来。他们把兴里的衣袖卷起来，把衣服的下摆掀开，连衬褂和兜裆布里面都检查了。当然，这些地方是不可能藏着行光短刀这样的东西的。

"可悲呀……"

"准备交代了吗?"

"蠢货!我为什么要杀害贞国师傅盗取行光呢?"

"你那天去道别的时候,是不是频繁地用渴望的眼神盯着行光看?心里非常想要吧?"

这倒是真的。贞国所秘藏的行光确实是把好刀,所以,恋恋不舍地让贞国给他看了又看。

藤三郎行光是大约三百年前相州镰仓的刀工。据说是五郎正宗的父亲。毫无疑问,他是代表镰仓时代的名匠。

"那行光是好刀,可以说是极品好刀。"

这把行光短刀本不是贞国这样的铁匠所能拥有的。是要价两三百两银子都会立刻有人来买的大名所用之物。

贞国有一次去京都,看到三条大桥旁有一家露天的旧货店,货物都堆放在席子上。他花了几文钱买了一把生了锈的旧刀。他用干燥的蟹爪壳仔细地将刀身根部的锈擦去,露出了"行光"字样的铭文。

对照一下刀剑铭文大全可知,那朴实的钢钎凿刻的字样,确实为行光所刻。

即便没有铭文,行光的刀最好的是刀胎子的质地。它的品质,内行的人一看就能鉴定是行光所作。

既明亮清澈,又有一种绝不会让人感到过分耀眼的温润和气度。看到这样的刀胎子,脑海里就会浮现出为了锻造精良的刃钢而费尽一生精力的正直、敬业的刀工的形象。这把明亮清澈、只有八寸五分长的短刀,令兴里终生难忘。在出发的前一天,他又请求贞国拿给他看,始终赞叹不止。兴里完全对这把刀着了迷。

"我没有杀人。虽然不是我杀的,但怀疑到我身上来是我的运气不好。你要是想报仇,就果断地下手吧。"

被反绑着胳膊的兴里衣冠不整地跪在那里。对于一月份的出云来说,是一个少见的晴朗的早晨。在这样一个清晨死去,恐怕也是我的命吧,兴里想到。

"我是要报仇,但在那之前你要告诉我把行光藏哪儿了。"

"……那个嘛,安放在我的腹中。"

"什么?你把它吞到肚子里去了?"

正吉瞪大了眼睛。

"傻瓜!你也是刀匠的儿子,动动脑子再开口!因为那漂亮的刀胎子已经深深印刻在我的眼里,所以我说把它放在了腹中。每当我观看刀胎子的时候,那把行光就是我鉴别的标准。如果是比那把还要好,肯定是最上乘之作。"

兴里的眼里能够清楚地重现那把行光短刀的样子。

那稍稍弯曲的弧度,恰到好处,实在是优雅。刀刃与刀身相连处闪耀着花纹,有一种无法言说的柔美和沉静。

刀最重要的是品味。有品味的刀才会美。

这是贞国在让兴里观赏行光时反复说过的话,犹在耳畔。

"唉!何必要特地偷过来,已经清楚地映在我的心里了。你要是想看就把我的肚子切开吧,看行光的短刀会不会出现。"

面对愤怒的兴里,正吉有些畏缩了。

一直在一旁静观的樱井直重开口了：

"杀人凶手肯定就是他。别被他正义凛然的假象蒙骗了！"

"对，就是他！这把短刀就是证据！"

正吉举起手里那把短刀。

"刺死父亲的就是这把短刀，而这把刀正是兴里所造。"

"你说什么？"

兴里挺直了身子。

"来！拿给我看看！"

"是不是很眼熟？刺在父亲肚子上的正是这把刀！"

正吉将刀伸到了兴里面前。

那刀身的弧度浅得不像话，刀胎子白白的缺乏光润，刃纹模糊无力。不客气地说，只是呈现刀的形状而已，除此以外什么都不是。

"我再怎么没有经验，也不会打出这样的钝刀子来。"

兴里也曾尝试着打了几把长短刀，但是还远达不到令人满意的境界，所以都给砸碎废弃掉了。即便如此，也不至于差劲到这种程度。

"这上面刻有你的铭文。这种东西，大概不会有第二个人有吧。"

"铭文？让我看看。"

正吉拔掉刀柄上的榫钉，取下缠绕着黑丝的刀把手，让兴里看刀身和刀柄的连接部。

确实刻有"兴里"二字。钢钎的规规矩矩的运笔手法，与兴里所打的头盔上的铭文很相似。

"很像。模仿得很巧妙。"

"那当然,因为这就是你打的刀嘛。"

"不,我还从没有在刀上刻过铭文。"

兴里认为自己离打出有资格刻上铭文的刀还很远。

"让我再看看。"

樱井直重走上跟前,看了一下刻铭文处,又仔细看了看刀身整体,歪着脑袋露出了疑惑的神色。

"怎么样?锻造水平很差劲吧?我再怎么外行,打出的刀也比这个好。这即便不是生手,大概也是一个对铁一知半解的新徒弟打造的。由于铁烧红后下锤不够果断迅速,才造成了这刀胎子如此不温不火。"

听了兴里的分析,直重点了点头:

"大概确实如此。"

"别废话了!凭这家伙的本事也就能打出这个程度来。他一定是艺不如人反生恨意,所以将我父亲杀害的!"

正吉抑制不住怒火,越来越激动。

"这家伙长着一副狡猾的面孔,一看就知道傲慢自大,令人生厌。"直重小声道。

"不用你管!长相和脾性是天生的。"

要不是被绳子绑着,兴里差点就冲上去揍他了。

"不过嘛,也不像是为了一把刀就去杀害对自己有恩情之人的恶人。"

听直重这么一说,兴里松了口气,同时也感到很意外。他能够这样想,对兴里来说,与其说感激,更多的是感到不可思议。

"而且,这把短刀仔细一看确实不像是他所制。他对于铁的了解要更胜一筹。我见过他打制的头盔,做工精良。"

这件事情还从未听直重说过。如果见过,一定是在安来的铁商永井孙兵卫老板那里见到的。虽然从未提过,但可以看出直重对于兴里还是心存敬意的。

太好了!他认可了我打的头盔……

兴里胸中的怒气缓和了很多,眼里满含着泪水。

"不,肯定是他!他为了行光失去了理智,所以行凶的。"

"我并不知此事。我会在那么丢人的刀上刻下名字吗?退一百步说,就算是我的,我为什么要丢下刀走呢?"

"因为太慌张而忘了吧。"

"不!一定是有人为了陷害我故意打的那把刀。"

兴里和正吉互不相让,僵持不下。

又到了往炉内投放木炭和铁砂的时候了,炼铁场的人都又回到了高殿里。被迫坐在雪地上的兴里,屁股本应冻透了,奇怪的是他既不感到冷,也不感到凉。

"可悲呀,可悲呀……"

他泪眼婆娑地叹息着。无论是对自己有恩的贞国被杀、自己被怀疑,还是自己被绑、行光短刀被盗,这一切都让人感到遗憾。

"我说……"

铁师一边抚摸着下巴一边思考着什么。

"行光乃是广为人知的名刀,觊觎它的人可不止这家伙一个。"

正吉把怒视兴里的目光收了一下。

"虽说藏得很隐秘,但因为名声大,总有几个人知道吧。"

"确实请过人磨光,还让人制作了刀鞘……但对磨刀匠和刀鞘匠都叮嘱过,让他们切不可外传。这都是听父亲说的。"

如果知道哪里有行光,恐怕连藩主也想要吧。被人知道家里有行光,肯定会招来麻烦。

"藏在神龛里的话,谁都有可能找到啊。"

"……"

正吉的眼神黯淡了下来,身体微微地颤抖着。

"这个人也许是个坏人,但是从他对打铁的专心程度来看,应该不会走上歪路。杀害你父亲的凶手会不会另有其人呢?我是这么认为的。至少在这山谷里是不许复仇的。"

铁师的话让正吉怔住了。

他止不住地颤抖着,然后放声痛哭起来,屈膝扑倒在雪上。

直重帮兴里解开了绳子。

兴里搂住了正吉的肩膀。

"一定是有人陷害我!真是卑鄙的伎俩。杀害对我有恩情的贞国师傅的人,我也不会饶恕他的。一定要把他找出来,替你父亲报仇。请你相信我!"

正吉趴在雪地上不断地哭泣。

悲痛的哭声响彻山谷。

七

出云的大山里，狂风裹着雪花不断地吹着。

看着低垂厚重的乌云和顶着积雪的枯木，兴里有一种错觉，仿佛自己走进了水墨画的世界。寂寥中又有一种令人怀念的安详。可能是因为这纷纷扬扬的鹅毛大雪，与自己出生成长的越前的雪一样，显得湿重。

转过山谷再走一会儿，眼前是一片完全不一样的景色。那里既无树木也无积雪，只有褐色的土壤裸露在外。这是一片寸草不生的不毛之地。

"这里是采矿场，风箱炉中所用的铁砂就是在这里采掘的。"

走在前面的铁师樱井直重回头道。

看不到积雪是因为这里都变成了垂直的陡崖。

只见一帮人正在崖底挥动着铁锄。

他们不断地将锄头挥向大概有四五丈（12—15米）高的悬崖的底部。过了一会儿，整个悬崖就会从上面崩落下来。

崖土像沙子一样松脆。

把底部挖掉了，上面没有了支撑，大量的砂土就会垂直崩落下来。由于巨大的重量，落下的速度会很快，一不留神挖掘的人就会被砂土埋掉。所以，一边挥锄一边要瞅准崖体崩落的时间，迅速躲避。

"我本以为铁砂矿的土会更黑一点。在我看来这就是含砂子多一点的普通的土嘛。"

兴里蹲下来捡起了脚边的一个土块。略微发白的砂质土,介于石头和砂子之间的感觉,用手指一捏就碎成了砂子。

实际上,这一带的山体全是风化的花岗岩,其中所含的磁铁矿颗粒杂质少,从全世界来看都是品味很高的。正因为有这么优质的铁砂,才炼出了著名的出云钢。

"你以为这只是土吗?真是可怜的小铸造。在我眼里,这是挖之不尽取之不竭的宝藏啊。"

直重一脸同情的样子。但兴里并没有感觉到恶意,所以他立刻对自己的无知感到了羞愧。

"宝藏……"

兴里仍然没有什么实感。

经过精心锻造的优质钢,比春光明媚的蓝天还要光彩照人。

而此刻眼前的砂土世界,与它简直是天壤之别。

从这荒凉的山中怎样才能提取出熠熠生辉的钢呢?任凭兴里怎么想象也无法将二者联系在一起。

抬头看天,云层低沉,雪仍然在下。模糊的光线下,出云的山显得很灰暗。

"铁砂也不是到处都含有吧?"

一直蹲在地上拨弄砂土的正吉开口道。

"两百贯的砂土才能洗出一贯(3.75千克)的铁砂。不是用眼睛就能简单找到的。"

正吉吃惊地咂咂舌头,把手里的土块扔了出去。他一边拍着手上的灰一边用怨恨的眼神看着兴里。他还是怀疑兴里是他的杀父仇人。

"能够识别出这片山是一座宝藏的直重大人,真是独具慧眼啊。"

这话并非讽刺。兴里看了看樱井直重,再次目睹了一下这位铁师的风采。

他既没穿蓑衣也没戴斗笠,连短布袜也没穿,只穿着草鞋笔直地站立在雪地上,让人感觉是一位非常可靠的人。他能在这毫无特殊之处的山里寻找到优质的真砂的矿床,真是不得不佩服他的本事。

"并不是我有慧眼。在久远的神代就有人发现出云一带是铁的宝库……"

直重抬头望了望厚重的乌云。

"你知道这雪是从哪里来的吗?"

兴里不明白他想说什么。

"雪当然是从天上来的啊。"

正吉接过话道。

"越前的降雪云也是从北面的海过来的吧。"

听直重这么一说,正吉缓缓地点了点头。

"确实如此。"

到了寒冬季节,降雪云会从北边跨海而来。一直到春天来临,越前的天空都会被厚厚的乌云所覆盖。

这乌云是从哪里来的,正吉却没有考虑过。

"我每次抬头看这雪云都会想,这云是不是从遥远的大海的另一边,那个叫做韩的国家飘过来的呢?这一带有一个传说,在遥远的神代,这里曾经有过渡海而来的韩国的铁匠。韩国铁匠们所乘之船是不是和雪云一起是被北风吹过来的呢?"

兴里并不知道在遥远的神代曾有韩国的铁匠渡海而来的事情。

"发现出云铁砂矿的功绩是他们的。如果不是这些韩国铁匠的到来,也许没有人会发现出云的富饶。"

雪仍在不停地下着。抬头看天,无数的大片雪花纷纷飘落。仰头站立的兴里感觉自己好像也要飘上空中似的。他不由得缩了缩肩,比起寒冷,他更感到的是自己的渺小。

将山里的矿土中所含有的少量铁砂甄选出来,在风箱炉中炼成粗钢。再将粗钢块弄碎,锤炼锻造出强韧的刃钢。

如果知道这个过程,感觉不过是很普通的作业。然而,在上古时期就有人发现了这个工艺,进而还有人渡海而来,将这门技术传到了出云。想一想这个过程,着实令人惊叹。

正因为有了这门技术的代代相传,小铸造兴里才学会了打制盔甲和刀具。

"如何从这土里遴选出肉眼看不见的铁砂呢?"

正吉很好奇地问道。兴里也想知道。

"有没有看到那条水路?这并不是原来就有的河流,而是从远处的山上引的水，中途还得挖涵道。造了一条长达好几里①的人工水路。"

在矿床的掘进面的下方，确实有一条小河一样的水路。考虑到这里是半山腰，水源必须是在更高处的山上，所以应该是从很远的地方引来的水。

有人拿着长柄锄头默默将崩塌下来的砂土引到水路里冲走。虽然穿着蓑衣戴着斗笠，但因为是要站在水里的工作，所以赤脚穿着草鞋。穿着皮革防水袜的兴里忽然感到了不好意思。

"这样干活会冻僵的吧。"

"夏天干就好了。铁砂堆放在那又不会烂掉。"

对于正吉的说法，铁师直重摇了摇头。

"进行流水洗砂时，铁会将河里的水染红。染红的水会使稻田里的庄稼枯死，所以，松江的藩主制定了法度，规定只有在秋分到春分期间才能进行作业。出云的山中有九家铁师，全都接受藩侯的统治，并不可以随便挖山炼铁。"

统治出云地区的是松江藩主松平直政，是过去的福井藩主松平忠直的弟弟。与行为古怪的哥哥忠直相比，直政要英明得多。因为藩主时常造访樱井家，所以特地为他设了一个专用的豪华的大门。

"由于开山挖土，土流到河里后有时候会造成下游河道淤塞，发生洪水。为了防止这样的事情发生，我们必须小心。"

---

①里：日本的长度单位，1里约3.9千米。

直重沿着水路向前走，正在洗砂的工人向他深深低头致意。在这本来就很冷的山里，还要把脚浸在水中，一定是寒冷彻骨吧。

直重也点头致意：

"辛苦了！回去后让老婆给暖暖。"

那人抬起头笑了。他是个年轻男子，一定是刚娶了媳妇。

直重继续往前走，工人们都向他低头致意。直重都一一点头回敬，还和每个人都聊一两句。母亲的病情怎么样啦？孩子的伤好了吗……他对每个人的家庭情况都知道得很详细。

"你对每个人都很了解啊。"

对于这个比自己年纪还小很多的铁师，兴里心存着敬畏。

"正是因为他们忍受着严寒的劳动，风箱炉里才能炼出铁来。不尊重他们的艰苦劳动会遭报应的。"

"你赤着脚穿草鞋就是因为知道洗砂工人的辛苦吗？"

"那倒并不是有意的。"

直重没有认同，继续沿着水路旁边的小道快步朝下方走去。到处都有人挥动着锄头在水里洗砂。

水渠中染成了褐色的浑浊的水并非都是沿着山谷流下去。有些地方是通过引水槽横穿山谷的。

继续走一会儿，发现水路中的水流到了一个贮水池。

贮水池有四层，相互间有一定的落差。

"就在这个洗砂池里沉淀铁砂，去除砂子。"

冰冷的池水没过了洗砂人的膝盖，他们正用铁锹捞取池底的白砂，送到旁边的引水槽里。

据说要经过四层贮水池反复这样的作业,铁砂和砂子被分选出来,到最后的乙池,只剩下黑色的铁砂了。

最下方的乙池旁边,是一个有几人高的小山。工人们将从水底捞起的铁砂堆积在那里。

兴里拨开上面的雪,用手捧了一把铁砂看了看。

感觉沉甸甸的,因为太冰凉,手都麻木了。

里面还混有极少量的沙,比罂粟籽还细小的铁砂粒乌黑的,质感很好。

正吉也蹲下来看铁砂。

小铸造虽然一辈子都和铁打交道,但是能够看到山里采掘铁砂现场的机会还是不多的。

看着眼前的现场情景,兴里感觉到从身体的深处涌出了一股巨大的力量。

正吉也有相同的感觉,果然是刀匠。他好像已经忘掉了替父报仇的事,出神地看着面前的铁砂。

"将这些铁砂用风箱炉炼成钢铁,很费工夫吧?"

"那当然。"

"烧炭也费工夫,因为要烧很多。"

"用炭量一定是很惊人的吧?"

"你觉得炼一次铁需要砍伐多大一块山林的树来烧炭?"

听说炼一次铁要用掉三千五百贯(约13吨)的炭,但是想象不出来烧这么多炭究竟需要砍伐多少森林。

"一町步①。"

相当于十反,也就是三千坪,大概相当于一座小一点的山头。炼一次铁需要一座山头。

"我们一年要炼六十次,光这就需要六十町步。你知道一棵栎树长成需要多少年吗?"

这个兴里也不知道。

"没有三十年到五十年是长不到可以烧炭的程度的。所以,没有三千町步的山林,是不可能持续放心地从事炼铁的。在砍掉树的山上栽下新的树苗也是我们的工作。"

铁师樱井家同时也是当地的大地主。兴里第一次知道了自己平时所使用的钢是如何从土里面提取出来的。知道以后,心里很震撼。

"没想到会如此复杂费事。真是钦佩!"

"钦佩什么的就不用啦。请用我们的钢锻造出好刀来,这才是最好的回馈。"

"知道了。一定会的!"

"老板,哦不,樱井先生,我有一事相求。"

正吉手捏着铁砂猛地站了起来。

"什么事?"

"我正吉虽是无名小辈,但也是铁匠出身,我决心一辈子从事打铁工作。可能会给你们添麻烦,能让我在这矿山的掘进现场帮

---

①町步:面积单位,1町步等于1平方町,约合9920平方米。

忙吗？我知道只有通过开山挖掘矿土，才能接触到铁的本质。所以，我想要亲手挖一挖。这也是作为铁匠的一种修行吧。"

正吉的父亲贞国是一位认真诚实的刀匠，儿子也继承了他的这种品性。正吉的脑子里早已没有了复仇的念头，而是涌起了一股对于铁的热情。

"对了，长曾祢师傅也是这么想的吧？"

正吉想要邀兴里一起。

"说得好，正吉。我也认为这才是打铁工作根本中的根本。直重先生，拜托了！请让我们来帮忙吧！"

兴里低头请求道。直重苦笑了一下。

"真是两个好事的小铸造。我要回府了，这事就交给这里的头领茂平安排。你们想怎么挖就怎么挖吧。"

八

尖尖的鹤嘴锄把手很长，对于不习惯的人来说很难使用。兴里一锄头下去，锄尖却没怎么吃进土里。

"你那样欠身弓腰的怎么行！"

兴里被领头的茂平骂了一顿。

茂平做了个示范，看起来好像并没有使多大力气，矿面上却立刻凹进去一块，上面的土落了下来。

师傅们都纷纷嘲笑他们，可是过了一会儿大家也似乎都厌倦了。兴里和正吉除了碍手碍脚什么忙也帮不上。

茂平命人将他们带到矿面的最边上去。

"你们在这里随便怎么挖吧。"

那人给他们做了几次示范后就回到自己的位置上去了。

雪仍然在下。

兴里搓了搓冻僵了的手,紧紧握住锄柄,起了个势子狠狠地一锄头下去,可还是只有锄尖的一点点吃进了土里。肯定还是没有掌握要领。

"你还没有上年纪吧,腰怎么用不上力。让我来!"

正吉握紧了锄头,使尽了全力连续向矿面掘去。虽然有几尺高的矿土崩落了下来,但是与师傅们的技术比起来还差得很远。

他们每掘进一次,都会从矿面的最顶端一下子落下来大量的矿土。用正吉这种挖法,只会大量消耗体力,很快就累垮掉了。

因为腰疼,兴里将上半身向后面仰了仰,直了直腰。就在这时,鹤嘴锄锋利的锄尖从他眼前飞快地掠了过去。

"怎么回事?累得没力气了么?"

兴里以为是正吉踉跄了一下。

"别傻了!就让我在这里报了杀父之仇吧。行光短刀藏在哪儿了?快说!不说的话就一锄头要了你的命!"

正吉的眼里闪现了一道光芒。对于兴里,他既非信任,又没有死心。

兴里犹豫了一下,没有喊人,他不想引起骚动。他只是感觉被人怀疑真是一件无比悲哀的事情。

"请你好好想想,我为什么非得杀掉贞国师傅呢?"

"我不想听你老调重弹。你不招也可以,那我可就不客气了!"

正吉步步逼近,兴里退到掘进面底部凹进去的地方站着。这个地方其他人很难看见。

正吉手握鹤嘴锄扑了过来。

"住手!"

锄尖没有命中,落空了。尖锐锋利的鹤嘴锄,沉甸甸的,如果砍到头上,必将穿透头颅,脑浆迸出。

兴里被逼到了绝境,背后是冰冷的矿土,无处可逃。

锄头从正面向头上袭来。

兴里一躲闪,锄头嵌进了土里。正吉马上拔出锄头,再次砍下去。就这样反复了两三次,矿面上的土开始发出嘎吱嘎吱声。

"危险!要崩了!"

兴里弯着腰向正吉扑过去。

他想把正吉推开,可是没站稳,自己跌倒滚向了一边,而正吉手握着锄头被落下来的矿土砸中了。

伴随着巨大的轰鸣声,大量的砂土崩落了下来。

落下来的土堆积得比兴里人还要高,已经看不到正吉的影子了。

"你在哪儿?"

正吉被埋在了最底下。必须要呼喊求助了。

"喂!快来帮忙啊!有人被埋啦!"

听到呼喊声,挖矿师傅们都跑了过来。

"就是埋在这儿!求你们帮帮忙,他是我的恩人的儿子,不能见死不救!"

"拿平头锹来!"

按照茂平的指示,大家马上行动起来。

"快一点!里面无法呼吸,迟了就没命了。"

"知道了!"

"把锄头借给我!"

"你傻呀!锄头是铁做的,砸到头上不反而要了他的命吗?这种时候用木制的平头锹来铲土是最好的。"

茂平用手开始扒土,兴里也扒,但很快手指头就磨破流血了。

几把平头锹拿来后,进展快多了。大家拼命往外铲土,而兴里仍然在用手往外扒。

"正吉,很快就来救你了,你要挺住!"

"知道大概在哪里吗?"

"在最里面的底下。"

茂平舔了舔嘴唇,那表情似乎是想说已经没救了。

"你的意思是他已经死了吗?"

"拼命挖再说!"

周围干活的人都跑来帮忙,大家聚在一起往外铲土。

虽然都在拼命地挖,但是每当看到白白的鹅毛大雪落到土堆上,兴里的心就一紧。

"坚持住!一定要坚持住!"

兴里忍不住大声喊起来。

"喊吧!也许土里面可以听得见。"

就在崩落下来的砂土被清理得差不多的时候,终于看到土里出现了青灰色的条纹图案。

看到和服领子了!肩膀出来了!脖子也出来了!原来是脸朝下埋着的。

接下来发髻出现了,再扒一扒土,让脸露出来了。

"挺住啊!"

正吉还活着,有微弱的气息。

"轻轻挖!那儿用手扒,这儿用锹挖!"

茂平给大家发出了具体的指示。肩膀以下的部分还埋在土里。用锹铲开周围的土后,终于看到腰部了。

"不好!"

茂平急促地喊道。

"又要崩了!快跑!"

兴里抱着正吉的上半身往外拉,可是大腿以下还埋在土里,拽不出来。

"跑啊!"

茂平的话音未落,兴里就感到背上被重重地砸了一下,接着眼前一黑,很快就失去了意识。

醒过来时,发现自己在一个昏暗的小屋里。感觉胸口憋闷喘不过气来,嘴里全是砂子。

"能自己漱一漱吗?"

兴里发现茂平正端着一个碗在看着他。

"正吉呢?"

问过以后,兴里喝了一口碗里的水含在嘴里,然后吐到旁边的桶里面。就这样漱了好几次后,嘴里仍然还有很多砂子。

"活着呢,放心吧!"

茂平朝一边努努嘴,兴里翻了个身,发现正吉就躺在对面。只见他张着嘴,脸色苍白,身体不时地颤抖。确实还活着。

正吉身上穿着一件打满补丁的麻布衣服,大概是特地给他换上的干衣服吧。

"他现在还不能说话。"

"是吗?太好了!还活着就好!"

兴里心中的担心一下子消散了。

"幸亏第二次崩落的土不多,你们被埋得不深。看看身上有没有哪里疼?"

兴里躺在床上从手指开始,将各个部位活动了一下,除了关节处有些疼之外,好像并没有受大伤。

兴里用手撑着坐了起来。他扭了扭脖子,发现没有异常。

"你真是运气好啊。"

"没有大碍实在是万幸。"

说话的大概是茂平的妻子,她从地炉上的锅里舀了一碗开水递给兴里。

"活埋的事会经常有吗?"

"哪能经常有……"

兴里一边吹着一边把热水喝下去,胃里面顿时感到暖和了。

狭小的屋内有一股很重的馊臭味儿。

兴里环顾四周,发现在阴暗的角落里还睡着一位老人,身体干瘪,眼珠浑浊。旁边还安静地蹲着几个孩子。

"是令尊吗?"

茂平点点头。

"真是不可思议的事情。"

兴里歪着脑袋,等待茂平接下来的话。

"父亲在我还是个孩子的时候,有一次被砸下来的砂土活埋了。那还是在来这里之前,在安艺的时候。可能是因为土太重,腰上的筋断了。自那以后便卧床二十七年,进食和排便是他仍然还活着的唯一证据。"

兴里一下子僵住了,一动不动,也不知道该如何应答。

"他一直想死,可是凭自己又死不了。然而……"

茂平的眼睛红红的,眼眶湿润了。

"然而就在我把你们带回家时,他走了。真是很神奇。为什么呢?为什么刚好是今天走了呢……"

兴里爬到老人的身边,双手合十拜了拜。

老人浑浊的眼睛盯着半空中。兴里用手抚了抚,想让眼睛闭上,却还是睁得大大的,怎么也闭不上。

"他的眼睛就是不闭。大概是因为土里面太黑太可怕了吧。我只听父亲跟我说过这个,因为自从那次以后,除了被埋在土里的事情,他没有说过其他的。"

兴里再一次合掌祈祷。

他暗暗祈祷老人的灵魂早日成佛。

九

自这次风箱炉点火以来,已经到了第三天的后半夜。虽然外面还是深不见底的黑夜,但是黎明很快就会到来。

踩风箱的汉子们脚下攒足了力气,呼呼的风声听起来比前两天更加粗犷而有力。那是火神在经历阵痛的呻吟。

每鼓一次风,金黄色的火焰就会熊熊燃起。火焰的势头越来越猛。

风箱炉里,祭祀金屋子神的

金色币帛在舞动

用力踩呀,炼钢铁呀

米价会上涨呦

铁价很快也上涨

他们边踩风箱边唱歌,声音在炉边回响。

技师长和焚炭人脏兮兮的脸上乌黑发亮,因为睡眠不足而一脸倦容。虽然如此,可能是出于粗钢即将出炉的安心感吧,高殿内充斥着一种奇妙的氛围。

哭也好,笑也罢,到了这个时候,剩下的只有拆掉炉子取出巨大的铁块了。

持续了三天三夜的紧张氛围,此时正处于放松前的最后一刻。

白天在矿山被崩落的砂土砸中的兴里,在领班茂平的家里休息后又回到了炼铁场。

虽然身上有多处擦伤,但并没有受重伤,能够活着回来也算是幸运。

而茂平的父亲恰巧在这个时候踏上了黄泉路,这是怎样的机缘巧合啊。兴里深深地感觉到自己已经被地下的阎王召唤过一次了。

被埋在土里的那种沉重、寒冷和无边的黑暗,恐怕一辈子也难以忘记。

全身被挤压的憋闷和无法动弹的焦躁感,让他感觉好像已经看到了黄泉国的大门。兴里听说埋在自己身上的土并不多。如果是被大量的砂土长时间掩埋的话,会经历怎么样的恐怖直至死去啊?

正吉躺在高殿角落的一个木板隔间,那是焚炭工们休息的地方。他睁着眼张着嘴,呆呆地望着半空,一定非常痛苦和恐惧。

正吉被从砂土中挖出来的时候已经奄奄一息。工人们给他摩搓身体,让他暖和起来。

经过休息已经恢复体力的兴里,背起正吉准备回去,原本瘫软无力的正吉却突然使劲挣扎起来。这股力量到底是潜藏在哪里的呢? 不管怎么说,背负着仇恨总是令人不快的。

没办法只好把他丢在这儿,麻烦茂平照顾。

出了小屋没走多久,兴里又被追出来的茂平叫了回去。回到小屋,正吉的眼神始终不离兴里。肯定是看到自己被留在那里而感到了不安。这次终于老实地让兴里背在背上。

回到炼铁场后,兴里把事情的经过跟技师长辰藏说了一遍。

"让他躺着吧。"

技师长只丢下这一句话。他只顾盯着炉内的火焰,采砂场谁死谁活他并不关心。

原本笔直竖立的炉壁,现在向内侧倾斜。在接近地面的地方出现了一条长长的裂缝,可以看见炉内的火焰。可能是因为有过被埋在一片黑暗中的经历吧,兴里感觉那火焰比盛夏的太阳还要白,还要晃眼。

"炉壁向里面倾斜了。"

"因为钢块马上就要形成。"

在黏土做成的炉底,已经形成了巨大的钢块。由于其巨大的下沉的力量,将炉壁向内侧牵引,使得炉子处于快要倒塌的状态。

辰藏从炉壁的裂缝观察着火焰的颜色。忽然,他抬起双臂,大声喊道:

"停止鼓风!"

吊挂在绳索上踩风箱的汉子们立刻撑住脚下,停止了动作。风声停了,风箱板因为还没有完全停下来,发出巨大的嘎吱嘎吱的摩擦声。

在一片安静中,炉内的火势逐渐缩小成一团,火焰变成了蓝色,微微摇动。

穿着和服外褂的樱井直重不知什么时候进来的,手里捧着酒桶站在一旁。

焚炭工给每人发了一个陶制的酒具,直重挨个亲自给每个人倒酒。

"终于要出钢块了。请大家用这供神之酒去除身上的污秽。"

众人将斟得满满的酒一饮而尽,然后朝供奉金屋子的神龛拜了拜。

技师长辰藏本来就瘦削的脸绷得更紧了。虽然疲劳,却蕴藏着无限的活力。

"拔送风管!"

焚炭工们将送风用的管子一个个拔出来。因为只是插在黏土里,所以拆除很容易。直重一直在一旁关注地看着。

"拆炉子!"

辰藏一声令下,众人迅速行动起来。

焚炭工用一把长柄的铁钩钩住炉壁,然后用力往外拉。烧得通红的木炭溢了出来,一股热浪扑来。

随后用大锤将黏土的炉壁砸碎。

到处都是通红的木炭和热浪,炉壁的黏土也被烧红了。扬起了大量的火星和粉尘,好像火神在高殿内到处乱舞。

"真、真厉害啊!"

转身一看,正吉正拄着根棍子站在那儿。可能是侧眼看到那大量的炭火,再也躺不住了吧。看着这么多炽热通红的木炭,任何一个铁匠恐怕都不可能无动于衷。

通红的炭堆发出巨大的热量,汗流浃背的人们在忘我地工作着。他们将砸碎的炉壁和木炭堆积到一边。

兴里也拿着一把长柄的木耙子帮忙,皮肤被热气炙得发烫。

"钢块上的炭也要扒掉吗?"

"不扒掉钢块怎么出来呢?"

辰藏不耐烦地擦了一把汗。众人把炭扒开后,通红灼热的钢块露出来了。

"这就是么……这就是钢块呀。"

"不是钢块会是什么?你认为会出现火神吗?"

辰藏头也不回地继续干活。

"听说南蛮人①的炼铁炉里曾经出现过美丽的女神。"

樱井直重大声说道。

"不会吧?"

"是真的。据说是个皮肤白皙的绝世美女呢。"

"那后来呢?"

兴里问道。直重煞有介事地点了点头。

"可惜的是,很快就被烤焦了,成了一捧黑炭。"

大家一边说笑着,一边熟练地将钢块上通红的木炭清理掉了。下面露出来一大片整块的粗钢。

钢块占据了整个炉子底部,通红炽热,仍在嗞嗞地沸腾,表面上还有火苗,迟迟不灭。

钢块的下半部埋在炉床里面。

但是,形状清晰可见。是一块很大的凹凸不平的长方形,看起来和魔鬼砧板②很相似。

"生出来了!在一片黑暗的地面下诞生出了鲜红的钢铁!"

---

①南蛮人:日本江户时代对来到日本的葡萄牙人和西班牙人等的异称。
②魔鬼砧板:位于日本奈良县高市郡明日香村的花岗岩石造遗迹。

兴里站在那里，膝盖止不住地颤抖。

"是块好钢。太好了！"

直重自言道。

"是吗？光看一眼就能知道是好钢吗？"

"嗯，能知道。你看钢块的两端是不是隆起，像端着肩膀一样？如果是那样的就没错。"

兴里点点头。他默默地将在这里学到的东西都刻在了心里。

"诸位辛苦了！快去休息一下吧。辰藏，你也辛苦了！毫无疑问，和平时一样是块好钢。今后还要有劳你！"

直重将众人慰问一遍后回去了。

技师长辰藏露出了安心的表情，眼睛湿润了。几天不分昼夜的辛苦，终于让铁砂粒变成了钢块。

大家回到木板隔间里，横七竖八地躺下了，有人马上就呼呼地睡着了。说是等冷却一段时间后，他们还要把钢块拖到高殿外面去。

兴里走到仍然通红的钢块前面仔细凝视。他越看越感觉喜爱，简直想要用脸去蹭一蹭。

这样的钢，肯定能打出好刀来。

现在想想，兴里为自己当初不懂装懂，对樱井家的钢的好坏说三道四感到很羞愧。

从如何开山挖铁砂，到如何连续三天三夜用风箱鼓风炼出钢铁，兴里对这其中的智慧由衷地感到钦佩。

钢铁，只有在人和自然的搏斗中才会产生。

这样想来,兴里的心开始颤抖,热血开始沸腾。他深深感觉到了打铁这份工作的深奥和巨大价值。

忽然,他感觉到身后有人,便转过头去。发现正吉正站在背后,已经变得朦胧的钢块的红光照在脸上。

"怎么样?是块好钢吧?"

兴里像是在说自己的东西一样自豪。

正吉的面容是扭曲的,很难看。

他突然扑上去想要把兴里按倒。

兴里将正吉的双手反按到两边,用力抵着。这个时候如果倒向后面,将会被灼热的钢块烫成重伤。

正吉也用力抵住地面,使劲往回推,两人扭成一团。正吉使出了难以置信的力气,一步步将兴里向回推。

兴里已经被推到了钢块的边缘了。

要不要就势将他摔出去?

这样的话正吉就会迎面扑到钢块上去。

两人将身体下沉,四条腿死死地撑着。

"蠢货!"

兴里从丹田处涌出一股力量,连脚趾头上的力气都使了出来,终于将正吉推了出去。

"不是说了我不是你的仇人吗?你怎么就是不听呢!"

"我不会死心的,绝不死心!"

正吉坐在地上,恨恨地瞪着兴里。

天已经亮了。打开高殿的大门一看,外面天气晴好,眼前是一片银白色的世界。

钢块已经呈现黑色,但是在早晨的光线的映照下,里面仍然隐现出炽热的红色。

垫上滚木,众人一起用撬棍推,看起来岿然不动的大块头慢慢地动起来了。粗大的滚木因为钢块上的热量而燃烧起来。

沿着缓缓的斜面滑动,当钢块被推到外面的雪地上时,响起了一阵嗞嗞声,雪地上冒起了热气。

"大家辛苦了!回去好好休息吧!"

技师长辰藏毫无忌惮地仰天打了个大大的哈欠。

十

向阳处的雪已经融化,款冬已经发芽。转眼间,春天已经来到了身边。

"我已经告诉过你不许在这山里报仇,你听不见我的话吗?"

铁师樱井直重严厉地斥责正吉。

"可是,他是父亲贞国的仇人……"

"这件事是否属实,在这里无法查清楚。你要是不听,请你立刻离开这里。"

在铁师宅邸的大门口,穿着长外褂和武士裙裤,装束整齐的直重手拿斗笠正要出门时,技师长辰藏把兴里和正吉带了过来,说正吉又攻击兴里了。

"兴里也是的。这是对你有恩的刀匠的儿子,你却无法证明自己的清白,也怪你自己的德行不够。"

兴里和正吉坐在地上。

夫人、掌柜和二掌柜、女佣等站成一排,为主人送行。

"不能说服正吉,确实是我的德行不够,我深感惭愧。"

兴里低下了头。可能真的是因为德行的欠缺吧。他在贞国家看到行光短刀时的眼神,肯定是显得过于贪婪和渴望。

"我要出发了,没工夫和你们纠缠了。辰藏,后面就交给你了。拜托!"

"不,对于这两个人,我实在是束手无策啊。我把他们带过来请您帮忙处理也是万不得已之举。如果再这样下去,连炼铁都会受到影响。您要是交给我处理的话,我只能把他们赶走了。"

"滋事者不可让他久留。请正吉离开吧。"

"不,并不是正吉的错……"

兴里很自然地为正吉辩护起来。

樱井家的主人一脸威严地看着二人。

"那就请你们都离开这里,下了山以后尽情地去复仇。"

直重重新系了一下草鞋带子。一身走山路的装束,腰上别的短刀很是威严。另有三人同行,个个都是壮实而精明的矿工模样。

"我要走了,你们也赶快离开这里,不要在这山里闹事!"

戴上斗笠,丢下这句话后,直重便准备走。

"多谢关照!感谢您让我仔细地观看了风箱炉炼铁的整个过程。今后在锻刀时我一定会回想起在这山里的经历,集中精力,全力以赴。这样就一定能打出天下名刀……"

已经走出几步的直重又回过头来。

"你说你看到了整个过程?"

"感谢让我看到了难得的场景,现在火神好像已经进入了我的体内。这样如果还打不出好刀……"

"真是个傻铁匠啊。你怎么就这么愚呢?"

直重愤愤道。

"您怎么这么说呢。我本以为对于钢铁已经无所不知,但在这里我开了眼界。哪里傻了?"

"你跟他说了炉床的事情?"

直重问辰藏。

"没有。关于风箱炉炼铁说了很多,但是炉床下面的秘密绝没有透露。"

辰藏摇了摇头道。

"炉床下面……秘密……难道风箱炉的底下会有什么吗?"

莫非地下饲养着妖魔? 兴里开始了幻想。

直重眉头紧皱,怒视着兴里。

"好吧,真是个烦人的铁匠。你跟我一起来,赶紧准备一下。"

天气晴朗,一行人走在残雪未消的山路上。

出云的森林绵延不断,让人感觉怎么走都走不到尽头。

流经谷底的雪水冰凉清冽,树木的枝头就快要冒出新芽。

"不知不觉中季节已经转换了啊。最近没能好好睡觉,光在看炉火,都没注意到已经是春天啦。"

兴里边走边自言自语道。走在中间的樱井直重一脸的无奈状。

"真是个没心没肺的小铁匠。你一定会长寿的。"

"杀人犯会长寿的话,那就是世界末日了。"

走在前面的正吉愤愤道。

"我已经说过,这一带的山全是樱井家的,不许轻举妄动!"

直重严厉斥责道。

"噢……"

正吉只好顺从。直重还有三个强壮的随从,他不敢有丝毫过分的举动。

"你们两个都用山谷的清水把眼睛好好洗一洗。在自以为是之前先看看风箱炉底部地面之下的部分吧。"

听到地面之下这个词,正吉感到了后背发凉。他想到了自己被埋在砂土下面的经历,虽然没有受伤,但是经历的恐怖应该是远远超过兴里的。

"你是说炉床底下的秘密吗?"

"就在那里,马上就让你们看看。如果不知道这个,绝不要说什么自己了解风箱炉。为此才特地带你们过来的。"

路旁有几间新建的小屋,几个孩童在化了雪的泥路上玩耍。穿过这个小村落,不远处就是谷底,有一块平坦的台地。

"就是那里。"

放眼望去,许多人正在那干活。好像正在进行什么工程,堆放着很多石头和木材。

"劳驾您特地过来!"

在场的所有人都向直重低头致意。

"噢,挖得相当深了嘛。"

只见平坦的台地中央挖了一个很大的坑。是一个深度大概有两丈(约6米)、长宽各有两丈左右的四方形空间,四面用石头垒砌加固,底部铺了一层碎石子。

"炉床底下做成这样就可以放心了。"

一个看起来像是负责人的男子边说边让直重看图纸。虽然年纪轻轻,但从脸上就可以看出来其内心的坚毅。跟铁打交道的人,有着与武士阶层不一样的精神觉悟。

"这个坑穴是为了防止风箱炉的潮气的。这里正在造一个新的风箱炉吧?"

兴里知道与铁有关的作业最怕潮气,他一直钦佩在湿气这么重的出云的山里竟然能炼出这么好的钢来。今天第一次看到风箱炉的地下构造如此之深,兴里惊得全身直起鸡皮疙瘩。

"是的,没错。这点道理你还是懂的嘛。"

直重轻轻一笑。

"非得挖这么深么?"

正吉朝坑穴看了看。

刀匠、盔甲师的炉子,一般只在地上挖一尺(约30厘米)左右,然后填入黏土。这是为了隔开潮气,防止热量散失。

考虑到风箱炉的大小,确实得挖这么大才行。即便如此,看到后还是相当吃惊。

"在底部的中央凿一条沟,四边埋上圆松木。现在刚刚在大石子上铺完碎石子,接下来要在上面铺一层木炭。"

"这上面还要铺一层炭吗?"

"是的。然后再堆上厚厚的黏土,黏土上面才用石头砌炉床。炉床里面也填满木炭,这样炉子里的热量就不会散失了。"

"原来这么复杂啊。"

正吉不由得发出感叹声。小铁匠好像已经抑制不住内心的兴奋了。

"还不光如此哦。在炉床的两侧还要造两个我们称为小船的石砌的坑穴,里面填满木头然后烧掉,形成空洞的构造。这样,地面的湿气就会都被这两个小船吸收掉。"

方才那个年轻男子得意地解释道。

"因为这次的炉子大,小船我们考虑要弄两对。"

"对,给我好好想办法,动脑子,这样就一定能炼出好钢来。"

直重满意地点点头,然后转向兴里。

"俗话说铁砂七里炭三里,铁砂可以运到很远的地方,但是一年得消耗几十万贯的炭,运输起来非常费事。在这个山谷里新建个炼铁场,可以大量减少烧炭工的数量。他叫德三,已经成长为一位不错的技师长了,所以我把这个任务全盘交给了他。怎么样?没有想到炉床下面会是这样的吧?"

"这是妖怪的子宫吗……"

兴里自言道。

"子宫?"

"如果没有这个构造,钢块就很难产生。风箱炉经过三天三夜的孕育,最后铁砂变成了钢块生产了出来。所以,这不就是子宫吗?"

一脸疑惑的直重点了点头。

"确实也可以这么说。"

"我输了!输得心服口服。"

兴里当场双膝跪地,像是要祈祷什么。

"输?输给谁了?"

"大山、铁师,还有技师长,我输给了你们所有人。"

"你一直以为你胜了么?"

兴里摇摇头。眼泪不自觉地涌了出来。

"当我第一次看到风箱炉时,被那巨大的火焰给震撼了。后来在里面帮忙,发现钢块的出现就像是地底下的怪物在生孩子,惊讶不已。但是,意识深处还是没有当回事,总认为这只是把普通的炉子放大了而已。"

"现在觉得想错了吗?"

"是的,错了。并不是这样的。现在我的内心完全臣服了。"

"向谁臣服?"

"智慧,你们炼铁人的智慧。我惊讶于风箱炉的设计,更惊讶于这炉床底下的巨大而复杂的构造。如果不这样做,潮湿的山中是炼不出铁来的。我被出云地区传承千年的智慧彻底打败了。"

但是兴里并不感到懊悔,而是感到心情舒畅。在这出云的大山里,值得小铸造虚心学习的东西很多。

"真是个夸张的家伙!有那么吃惊吗?"

直重感到有点意外。

"嗯,很吃惊。没有想到会有这么复杂的构造。正吉,你也很惊讶吧?"

正吉像是在看珍稀物种似的盯着兴里。

"这个炉床下面的构造确实令人吃惊。不过,我觉得你更让人吃惊。不就是炼个铁吗?至于说得那么夸张吗?"

正吉打心眼觉得兴里这个人太奇怪。

"不许说什么不就是炼个铁。你不知道为了锻造出好铁,一个铁匠要付出多少辛劳。没有智慧炼不出好铁,没有运气打不出好铁。就算是呕心沥血拼了命地修行,也不一定能把握得好,这就是铁。知道这个道理却还要努力精进的,就是我们打铁人。是吧?喂,难道不是吗?"

周围的人鸦雀无声,都在认真地听兴里说话。

"要想打出好铁来,必须将父母孩子都要抛到脑后,从早到晚想的都是铁才行。要专心致志只考虑铁的事情。休息的时候看着铁休息,玩的时候拿铁玩。如果不能这样,便成不了好铁匠。"

一阵风吹过了山谷。小溪的潺潺水声悦耳动听。

正吉垂下肩,叹了口气:

"你赢了。如果说你输给了出云,那我就输给你了。虽然不甘,但我确实是这么想的。我真的服了你如此直白地表现出对铁的痴迷。"

直重插了一句:

"他是个感受力很强的人。只看了一眼坑穴的深度就知道了我们是如何通晓铁的特性,让人不寒而栗。"

"是吗?"

"这个人一定能锻造出好钢来,肯定会成为一位好刀匠。你觉得这样的人会杀害你的父亲吗?"

正吉歪着脑袋,摸了摸剃得光光的半月额。

"也许会吧。但是,我还不太确定。"

"你看他既不跑也不藏吧?如果你也准备以打铁立身的话,跟着他怎么样?成为他的徒弟,仇随时都可以报啊。"

直重爽朗地笑道。

"等等!徒弟哪能是随便收的。我准备和妻子一起去江户的,带着这么个惹是生非的徒弟怎么去?"

这个对铁极其敏感的铁匠急得喊了起来。

"看来你的仇人想要逃跑了。在他腰上系根绳子不要松开,想杀他随时都可以。"

出云的铁师樱井直重越发高声笑道。

兴里和正吉继续在炼铁场帮了一段时间的忙之后,便向直重及众人告辞了。

十一

从出云前往妻子所待的近江,兴里选择了经过备中的路线。虽然山路崎岖,但是每过一座峰或一道岭都能感受到春意更浓。

包括备中和备前的吉备路地区,也是自古以来有名的铁的王国。

兴里被在樱井家看到的那把备中青江所深深吸引。那刀身的纹理确实如清澈幽深的碧水一般。

兴里本想看一看那里的打铁现场，但听说青江地区已经没有铁匠了。

"听说大概在应永年间（1394—1428）过后，那里的铁匠们就四散而去了。"

樱井直重遗憾地说道。虽然自认为自己家熠熠生辉的钢是一等品，但他也并不小瞧那些名匠的劳动。

青江的刀匠们是不是遇到了什么特殊的情况呢？兴里从那些刀匠的命运联想到了自己的境遇。即便换了地方，也一定还是在哪里继续锻制名刀吧？

踏着崎岖的山路，进入了备中境内。

经过几个小村庄后，沿着山谷的小路往上走。明明是晴好的天气，却发现上空有风在刮。

一直登上山顶以后，发现风刮得很大。顶上视线很好，眺望远处，群山重叠，沐浴在春天的阳光里。

"斗笠都要被吹跑了。在这种地方休息不合适吧？"

正吉把装水的竹筒递给了兴里。也不知是否相信了兴里，几天来一起行路，好像对兴里并无杀意。

"我就觉得这个山岭的名字奇怪，原来和这风有关啊。"

昨晚投宿在一个樵夫家，樵夫告诉他们明天要过风箱岭，这里应该就是了。

吹过备中群山的风,好像是集中在下面的山谷里,然后再吹向山上。随着山谷越来越窄,风越来越大,直接吹向了山岭上。

两人站着吹了一会儿风后,看到一个挑着担子的老翁带着一个孩子走上来了。

老人与兴里他们互相点头致意后没有停留,直接往旁边一条长满大叶竹的小路走去。

"那边也有村子吗?"

兴里问道。老人摇摇头。

"没有。"

"那去那边干吗?"

"炼铁。"

兴里只是随便一问,却听到了极其意外的回答。

"什么?那里有风箱炼铁炉吗?"

正吉大声问道。

"当然有。"

老人已经踏上了小路。

"能带我们去看看吗?我们是越前的铁匠,既然这里有炼铁炉无论如何也想去看看。"

正吉追上了老人。

"越前的铁匠为什么会在这里?"

"我们去了一趟出云,看了风箱炉炼铁。只要是有关铁的,我们都想了解,都想学习。"

正吉所说的正是兴里想说的话。

"出云的风箱炉？听说那里的炉子非常大吧？"

"嗯，当然很大。这儿的呢？"

"我的炉子就是这个。"

老人停下来，卸下了肩上的担子。

这是一块朝向山谷的山脊处，风尤其大。有一小块砍掉了竹子的平地。

地上立着一个一抱左右的黏土的炉筒，口径大概还不到两尺（约60厘米），高约到胸口处。

"就这个？这就是风箱炉？"

"是的，风箱炉。"

"用这个能炼出铁？"

"不许乱说！当然能炼。金之助爷爷是风箱炉炼铁的名人。还会用炼出来的铁打砍柴刀呢。"

那个十岁左右的孩子一边帮忙放置货物，一边生气地说道。挑上来的是堆像小山一样的木炭。

"我说错话了，对不起！向你道歉！"

兴里郑重地低下了头，孩子的态度这才转好了。

"金之助好像生来就是要当铁匠的名字啊。"

"我是庚申日出生的，与打铁没有关系，与金钱也无缘。"

传说庚申日出生的孩子将来会成为小偷，所以父母大概是想在名字里加一个"金"字，这样就不愁钱了，也就不会做小偷了。

"炼铁和打铁是在哪儿学的？"

"都是跟我爷爷学的。因为砍柴刀和锄头都很贵，买不起，所以都是用铁自己打。我像这孩子这么大时就一直在一旁帮忙,所以就记住了。"

"砍柴刀带了吗?"

"带了。"

"能让我看看吗?"

老人犹豫了。

"刚才说了你们是铁匠是吧？看我这个外行打的东西也没用啊。"

"不,想看！请让我们看看吧。"

兴里不肯罢休。从寥寥几句对话中可以看出老人是一个非常认真的人。

铁如其人。

这才是兴里从出云那里学到的东西。

只有非常认真的人才会认真地创造条件,认真地炼铁、打铁。这样才能赢得金屋子女神的微笑。要想得到满意的铁,除此之外别无他法。

金之助把系在腰间的砍柴刀解了下来。

"外行打的,不要笑话。"

兴里用双手接过刀,举过额头鞠了一躬。

脱去用樱树皮卷的刀鞘,看到的是一把漂亮的柴刀。

兴里将刀举向半空来看。

与这春日午后的天空不相上下,闪着蓝光。兴里挺身站立在风中,凛然不动。

"这一点儿也不像是外行的技术。"

禁不住正吉的央求,兴里把刀递给了他。正吉看后也对这把精美的柴刀赞叹不已。

"首先,这刀刃的纹理太漂亮了,令人惊叹。没想到这山中也有高手啊。"

柴刀上有黑黑的石斑和锻造时的瑕疵,一看便知非行家所作。然而,即便如此,刀胎子那清澈之美,颇有古刀的味道。不仅是因为发光而已,而是因为钢铁本身所具有的幽深的清澈感。夸张一点说,它具有和在樱井家见到的青江以及贞国所收藏的行光类似的韵味。如果对铁的特性不是非常精通,是不可能锻造出这样的刀胎子的。

二人反反复复看了很久才把柴刀还给了金之助。

"现在就要用这个炉子炼铁了吗?"

"是的,不过还得运些炭来。"

"就跟这孩子两个人吗?"

金之助点了点头。

"那让我们也来帮忙吧。恳请让我们学习一下这个炉子的炼铁方法。"

四人先回到山下的村子里,将剩下的炭和工具运到了岭上。风仍然很强。

孩子开始在炉子里生火,烧柴将炉壁的黏土烘干。

火焰蹿得很高。

圆筒状的炉子本身就是个排烟口,火焰呼呼地往上蹿,送风的效率很高。

"原来这来自山谷的风就是风箱啊……"

兴里对把炼铁炉建在这里的老人的智慧感到敬佩。

炉子底部开了一个洞,为了让从山谷吹上来的风能够吹进去,在炉壁上造了一个风道。

"春天刮南风,所以现在这个季节是最好的。我的爷爷也是在这里炼铁的。听说他的爷爷以及他爷爷的爷爷也曾在这里炼铁。

"如果挖一下这一带的地面,会挖出来很多铁渣的。曾经还发现过这么一大块呢。"

孩子张开双臂自豪地说。

"那大概是炼失败了造成的。"

金之助慢慢地往炉子里加炭。

转眼到了春日的傍晚时分,远处山谷中到处升起了炊烟。

西天的太白星明亮耀眼。不一会儿,这里将会处在满天繁星之下。

"要是下雨怎么办?"

这个野外的炼铁炉毫无遮挡。

"哪个傻瓜会不预测一下天气再来炼铁?"

老人拿出一个由木板和皮革做成的风箱,把前端的管子插进炉子的底部。尾部有一个手柄,推一下就能送风。

"这是天羽吹?"

在出云的时候听说过古代的风箱就叫做这个名字,大概也是韩国的铁匠们传过来的工具。

"名字叫什么我不知道。大风箱没法搬上来,所以就带这个来。光靠山谷的风,风力不足。"

孩子一推风箱,炉里的火就往上蹿。推风箱的节奏掌握得很好,看起来很熟练。他知道利用风的方法。

金之助把木箱的盖子打开,里面是铁砂。

只见他仰头朝着暮色中的天空拍拍手拜了一拜,孩子有样学样地模仿,兴里和正吉也低下头。西边橙黄色的天空逐渐变成了深蓝色。

老人用勺子舀起铁砂,从炉子上方轻轻注入。

夜空中飞扬起火星。

"平时耕种一点贫瘠的土地,非常辛苦,偶尔这样炼炼铁才感觉到生活还是很美好的。"

在炉火的映照下,金之助的脸上显露出了安详的岁月的痕迹,与他的年纪很协调。

"整个晚上都在这天与地之间焚火,感觉自己与天神无比接近。"

打听得知,铁砂是取自沉积在河底的赤目砂,炭是自己烧的,帮手只有孙子一个人。听老人说,每当地里的活闲的时候他就为炼铁做各种准备,这是他最大的乐趣。

老人像给婴儿喂粥似的,非常轻柔地往炉里添炭、注铁砂。兴里和正吉轮流着推风箱。正如老人所说,这星空下呼呼上蹿的火焰,看起来就像是对天地间精灵的祈祷。

添炭、注铁砂、推风箱。

不久,炉底的洞口出现了矿渣。慢慢流出的赤红的铁花,好像是天界的曼珠沙华。

二人整夜都在推风箱,保持火势旺盛。

可能是因为有满天的星星而精神清爽吧,竟然一点儿也不觉得困倦,反而觉得推风箱非常愉快。

当东方的天空泛黄时,火焰变成了透明色。

"风箱可以停了。"

当一轮朝日从群山那边升起时,金之助下了命令。

拆除炉身,扒开炭灰后,出现了一个南瓜大小的铁块。

铁块显得孤零零的,呈熟柿子一样的红色,但是总觉得有点黯淡。

"这是生铁吗? 不是粗钢而是生铁吗?"

"是的,生铁。"

兴里本以为风箱炉炼出来的是含有钢的粗钢块,而老人这个小风箱炉炼出的却是生铁。

碳素含量高的生铁硬而脆,不适合直接锻造,只能用于铁锅等铸造物。

不过,有一种锻造法可以降低碳素含量,将生铁精炼为有韧性的钢。

"金之助先生的柴刀是用这种方法锻造的吗?"

在大冶炼场,一般用捶打生铁的方法脱碳,但并不是只有这个方法。用小炼炉将生铁熔化也可以。

通过这样的方法加工后,不适合锻造的生铁就变成适宜打制刀剑的钢了。

作为盔甲师的兴里最擅长这个技法。

富有深韵的铁之美，就是出自于这个过程。

"金之助先生的柴刀就是用生铁这样锻造的吧。"

就像樱井家那样，近来比较容易能炼出那种光度很好的优质钢了，所以现在的刀匠很多都直接用它来锻制刀剑了。但是，经过生铁加工的钢，实际上要远比前者更具深韵。

"是的，将这个风箱炉炼出来的生铁破碎成小块，再进行炼制、锻打。"

"能让我再看看吗？"

金之助拔出了腰间的柴刀。

也许是知道运用了生铁脱碳技法的原因吧，越发感觉这把柴刀韵味深厚。

"是不是很像昨晚的夜空？"

金之助的语调中带有一些自豪。

"你是说满天的星星吗？"

兴里以为老人是在说天上若隐若现的银河。

"不，是星星背后的深邃的夜空。昨晚的夜空特别明朗清澈，你没注意到吗？"

兴里情不自禁地拍了一下腿。

"是呀！"

确实，同样是黑暗的夜空，有时候略显浑浊模糊，有时候干净透彻。金之助说的正是这个。

"我在打刀的时候一直在祈愿,一定要达到像昨晚的夜空那样透彻、深邃。"

兴里真想把金之助的话刻到骨头里。

"简直像是读了天界的秘传的感觉,非常感谢!"

"爷爷的技术果然厉害吧?"

"厉害!令人折服的高手!"

清澈的夜空……

如果能打出这样的铁来,简直是神韵飘渺,作为刀匠乃是至高荣誉。

多亏来到了出云和备中,让兴里见识了完全不同的两种铁。

樱井家炼的耀眼夺目的钢。

金之助所炼的深邃幽玄的钢。

兴里现在还想不出自己要锻的刀会是什么样子。

不管锻造什么样的刀,知道了这两种差异巨大的技法应该大有益处。

"还不还给我吗?这可是我的宝贝,我可不会送给你的啊。"

顺着金之助的声音回头一看,明亮的朝阳的光线下,正吉正捧着柴刀看得出神。他的眼神若有所思,显然已经被这把柴刀给迷住了。

十二

近江的湖面上升起了春天独有的朦胧的雾霭。二人从备中出发,经过备前、播磨、大阪、京都一路走来,樱花已经盛开。

来到彦根城下的长曾根,找到了远房亲戚家,看到妻子阿雪正坐在走廊里。温暖的阳光照在身上,她什么也没做,静静地闭着眼睛。院子里有一棵盛开的樱花树。

"我来啦!"

阿雪缓缓地睁开眼睛,看了看兴里的脸,过了一会儿才露出了满脸的笑容。

"你终于来了啊!"

"嗯,你怎么样?路上没有遇到麻烦吧?"

"没有,他安全地把我送来了。"

"他呢?"

兴里是委托弟弟把阿雪从越前送到这里来的。

"已经回去了。他还说'我可不能像哥哥那样老是在外面游荡'。"

兴里点点头。不管他怎么说,现在自己只有感激之情。

"好像有什么好事吧?"

阿雪小声道。

"你怎么知道?"

"当然知道,我是你媳妇嘛。你脸上一直洋溢着喜悦之色,是不是又学到了很多东西?"

"是啊,学到了很多,多得像山一样!真想让你也见识一下风箱炉的火。那火势真是不得了!是吧,正吉?"

"是啊,那火势大得简直可怕!"

"哎呀，正吉也在啊。"

听到妻子这么一说，兴里像是被当头泼了一盆冷水。正吉一直站在兴里旁边，阿雪却没有看见。看来她的视野已经变得很窄了。

"你的眼神好像比以前差多了吧。"

阿雪摇摇头。

"没事的，我看得见。对了，听正吉说是你杀了贞国师傅……"

"这你不用担心，误会已经消除了。贞国师傅真是可惜啊。正吉，你还是早点回到越前，好好照顾你母亲吧。报仇的事虽然我力量有限，但会帮你留意的。"

"不，我决定不回去了。"

"你说什么？"

"我决定不回越前了。打铁铺和母亲还有哥哥他们照顾，不用急着回去，没关系。"

正吉有两个哥哥，作为刀匠基本可以独当一面了。凭他们两个，继承贞国的手艺，重振家业应该是没有问题的。

"不回去准备干什么？"

"去江户。"

"什么？"

"和兴里师傅一起去江户。"

兴里像是确认似的看着正吉的眼睛，但是看不透他在想什么。

"去江户做什么？"

"当然是打刀。"

"在哪儿打？"

"兴里师傅的铁匠铺。"

"你是说做我的徒弟吗？"

"盔甲我不会打，但是刀的话我比你接触得早。你留我在身边会有用处的。"

正吉看着兴里说。

兴里仔细打量了一下正吉。体格大大的，但是仍有几分孩子的天真。从出云到近江一直是结伴而行，对他的人品也颇有了解，处事方法和技巧也不错。作为一名铁匠，资质应该说是足够了。

即便如此，还是不行。不能收他为徒。兴里用力地摇摇头。

"我不同意。你还是回到越前，澄清一下我并不是杀害贞国的凶手。大家恐怕还在担心这件事情。"

"那件事写信就可以了。恳求你带我一起去江户吧！"

"不行，我不能答应你。你会成为累赘的。我此次去江户，发誓要打出日本第一的名刀。为此，我去出云见识学习了铁的本质。今后一段时间可能连饭都吃不上，根本没有余力带你一起。"

正吉扔掉手里的斗笠，突然跪倒在地。

"求您了！拜托！通过这段时间的接触，我已经完全被兴里师傅所折服了。您是一个令人钦佩的人，将全部生命和热情都融进了铁里。我父亲也是一位好铁匠，但还不到您的程度。请求您收我为徒吧！"

正吉将额头紧贴地面，看来是真心诚意的，连用词都与平时完全不同。

"不行。"

"可是,谁来给你打帮锤呢?不管怎么说,必须得有人挥大锤啊。"

"帮锤的话,妻子……"

兴里把还没说出口的话又咽了回去。坐在廊下的阿雪病歪歪的,脸色苍白,一看就不可能拿得起大锤。

"正吉,你出生的年份是?"

"哎?我是戌年出生……"

"那你和我的大儿子同年,十六了吧?"

阿雪听到这里突然抬起了头。

四年前死掉的长子是不是戌年出生,兴里不记得了。如果还活着,大概也长这么大了吧。

"老实说,我一直认为当刀匠,天天与铁为伍很没意思。但是,见到兴里师傅以后,我的想法完全改变了。打铁是男人一辈子的工作。没有比做刀匠更有意义的事情了。我也想锻造出日本第一的好刀。再次请求您,收我为徒吧!"

"收你为徒,可是我对刀还了解甚少,你不是比我要接触得早吗?"

兴里略带揶揄地说。

"不,兴里师傅肯定能打出好刀的。这一点从你在炼铁场时的目光中可以看出。我不会看走眼的。"

"哟,真是大言不惭啊。"

兴里抚摸了一下下巴,春天的阳光照在身上很舒服。不管兴里怎么固执地拒绝,正吉都不听,真是很难办。

回头看一下阿雪,正在微微笑着。

一阵微风吹来,樱花瓣翩翩起舞。几片花瓣落到了正低着头的正吉那宽厚的背上。

兴里终于点头了。

"好吧,我收你为徒!"

"真的吗?太感谢了!"

"不过……"

"您说。"

"既然成为我的徒弟,凡事必须听从于我。我如果说乌鸦是白的,那乌鸦就是白的。能做到吗?"

"知道了!"

正吉再次弯腰致谢,久久没有直起身子。

十三

江户城里到处都是人,喧嚣嘈杂。

运货的板车、轿子等来来往往,都是步履匆匆,稍不留神就会被撞飞。

在从品川去神田的路上,兴里他们多次被人骂挡道,而且气势汹汹,像要打架似的。

"这里的人真是性急啊。"

生病的阿雪如果不是被兴里背在背上,恐怕早就被撞倒受伤了。

在兴里看来,江户是一个到处是尘土的干涸的城市。

不光是城市,这里的人也处于干渴的状态。

行走在路上的武士和町人①个个都显得很急躁,好像眼里根本就看不见别人。

在这样的城市,该要锻造什么样的刀呢?

行走在初来乍到的江户城的道路上,兴里一直在考虑着这个问题。

人越干渴就会越渴望润泽。

这里的武士一定期望有一把光润恬静、有深度的刀吧。行走在喧闹之中的兴里,脑子里想的还是铁和刀的事情。

在这人生地不熟的江户,兴里能够依靠的只有舅父才市。

他给舅父写过一封信,说想要去江户。回信是兴里去出云的时候到达福井的,妻子阿雪带来了这封信:

江户的铁匠都不行,你打的头盔在这里肯定好卖。你只要打听一下神田银町的御用铁匠才市,肯定无人不晓。

兴里不好说去江户是为了打刀。无论如何,要先打盔甲挣些钱,打刀的事情放在后面。

过了日本桥,路上的行人更多了。看到一个鱼市,拍卖好像已经结束了,但是仍有很多人来来往往。

兴里向一位行人打听神田银町在哪儿,那人告诉说:

---

①町人:日本江户时代住在城市的手艺人和商人。

"就在那里,笔直走。"

因为是江户口音,差点没听懂。

室町、十轩店、石町,走过了店铺林立的大道后,不知从哪里飘来了炭火的味道,还听到了打锤的声音。看来这一带铁匠铺众多。

"好怀念的声音……"

阿雪在兴里的背上感叹道。

正如这条街道的名字一样,有很多打制银器的店。一打听,很快就找到了才市家。

"好气派的店面啊。"

不怪阿雪感到惊讶,才市舅父家的店很大,正门很宽。门口挂着一张茶木棉的长长的暖帘,上面印有"人"字头下面一个"才"字的白色图案。要不是从涂有灰浆的墙后面传来打锤的声音,真会错认为这是一户商人家。

推开暖帘往里面看,土间①往里是一个很大的加工场地,五六个师傅正在认真地用锉刀打磨着金属雕刻品。

"欢迎光临!您有事吗?"

一位小学徒见有人来立刻站起来询问。只见他穿着竖条纹和服,系着工作围裙,有一种与乡下的小学徒不一样的洒脱感。

"才市师傅在吗?麻烦你通报一下,他的外甥兴里来了。"

小学徒郑重地鞠了一躬。

"主人正在会客,请您稍等一下可以吗?"

---

①土间:和式房屋内地面为泥地或三合土的地方。

小学徒说着送来了坐垫,兴里让阿雪靠门边坐下。虽然长途旅行非常劳累,但是在见到才市之前还不能脱去旅行的装束。

阿雪静静地闭上眼睛。虽然通向锻造间的拉门是关着的,但是仍能听到打对锤的声音。

"帮锤打得很好。"

听锤音就能知道锻造的功力。帮锤打得很熟练,一定是打得一手好铁。

兴里将目光投向加工间。

天窗是开着的,明亮的光线投射进来。因为光线好,手里的活好像都干得快些。

每个人都在认真地打磨着手里的东西。工具摆放得整整齐齐,地板上一尘不染。锻造间的打锤声停下来后,锉刀和凿子的声音听起来更加清晰悦耳。

好像有人从里间走出来了。

"不用把它想得那么难,我尽量和各个方面打个招呼。我要是被雇佣了,对才市师傅您也没有坏处。我们可以互相提供方便,互相关照。"

这声音好像很熟悉,一看脸,原来是越前的铁匠四郎右卫门康继。

"指望我没有用,我没有那个能力啊。"

才市舅父摇摇头,神色为难。

"您说哪儿的话。您的名号才市就是得将军之所赐,表才智之意①,哪能说没有能力的话。您只需帮我美言几句就行了。"

舅父舍弃年轻时的名字,改名为才市原来是这样一个由来,兴里还是第一次知道。他不是一个轻佻自满的人,所以回越前时也从没吹嘘过这件事。

"噢,已经到了啊。"

发现兴里后,才市微笑道。

"兴里?"

看到兴里后,康继皱起了眉头,脸上露出了明显的厌恶的表情。

四郎右卫门康继和兴里还有些因缘。

那是去年夏天在越前发生的事情。

因为父亲去世,年幼的松平光通成为了越前福井的藩主。他极为好武,说是为了保持家里士气高昂经常举行剑术比赛。

不仅如此,他还发出布告,要求领地内知名的刀匠和盔甲匠交上自己最为得意的刀和头盔来。他要对收集来的刀和头盔进行评定,对最出色的工匠进行褒奖。目的是勉励工匠们,重振因大饥荒而疲惫萎靡的越前人的精神。

结果,康继的刀被评为第一等。当时有流言说,作为福井藩御用刀匠的康继,为了确保自己的刀能被选上曾向阁老们行贿,事先进行了活动。

头盔则是兴里的被选中了。他送去的是最拿手的红南瓜形竖

---

①才市与才智在日语中读音相近。

条头盔。

因为受到了藩侯的亲自褒奖,二人被邀请到了城里。

那天阳光火辣辣的,非常炎热。

二人在众多武士的注视下,端坐在白州[①]之上的折叠凳上,感觉像是要受审判似的。

"你们二人手艺出色,不愧是越前数一数二的铁匠。"

十三岁的藩主用略带天真的语气对康继的刀和兴里的竖条头盔进行了夸奖。

"看了你们的刀和头盔,我忽然想起一件事。我前些天正好读了《韩非子》,你们知道'矛盾'的故事吗?"

藩主亲自垂问。

"很抱歉,小人没有文化,不曾知道。"

康继回答道。兴里也不知道这个故事。

"楚国的集市上,有个卖矛和盾的人。他对众人说,他的矛天下无双,什么样坚硬的盾都能刺破;他的盾也是天下第一,再厉害的矛也穿不透。你们认为用他的矛刺他的盾将会如何?"

年轻藩主的声音有些稚嫩且尖锐。知了在松树干上不停地鸣叫。

"不必多虑,直接回答,怎么想的就怎么答。"

康继沉默不语,粗圆的脖子上汗直往外冒。

兴里舔了舔嘴,回答道:

[①] 白州:大宅邸的门前铺有白色细石的地方。

"小人来说一下想法。自从当了天天与铁打交道的铁匠以后,就只相信眼前所见之物。矛和盾的问题,只有实际试一下才能知道答案。"

白州上面炎热难耐,简直像是被蒸煮一样。

"说得好!《韩非子》中,那人最后逃跑了。如果你夸耀天下无双,就必须相互比试一下。那个中国人真是个懦夫啊。"

兴里躬了躬身,至少知道藩主对他的回答是比较满意的。

"我决定用这把刀来试一下这个头盔。常言说得好,习武重在实践,证明胜于争论,什么都不如实际来比试一下。"

一旁的武士们很快就做好了准备工作。他们在现场垒了一个土堆,将兴里的竖条头盔放置在上面。绑着白色束衣带的武士手持康继的刀,摆好了架势,在众人的注视下一刀砍了下去。

叮!响起一声尖锐刺耳的声音。

兴里不确定结果如何,至少头盔并没有被劈开,刀也没折。

武士仔细地检查了刀和头盔,然后送到坐在宅邸内的藩主面前。

年幼的藩主认认真真地端详着,感觉时间过了很久。可以看到一旁的家老[①]们在互相耳语着什么。

"辛苦了!希望你们继续不断精进技艺!"

藩主只留下这一句话。也不知道到底是谁赢了谁输了。

后来流传着两种说法。

[①]家老:日本江户时代在大名家中统管藩政的重臣。

一种说法是兴里的头盔完好无损,康继的刀卷刃了。另一种说法是在武士正要砍下去的时候,兴里喊了句"等等!"调整了一下头盔的位置。因此刀手的注意力受到了影响,力量削弱了,所以没能劈开头盔。

至少后一种说法是毫无道理的,兴里当时并没有喊。

大概是家老们商量后的决定,同时给两人以奖赏。无论谁输谁赢,都将失去越前第一铁匠的荣誉。

自那以后再也没有见过康继。兴里从未想过会在江户遇见他。

康继绷着个脸,开口道:

"逃到江户来了啊。"

"说什么?我为什么要逃?"

兴里气得直瞪眼睛。

"是你杀了贞国吧?一定是跟我比赛输了恼羞成怒后干的。"

"输了?请你不要信口开河。我的头盔不是没有被劈开吗?"

"不,砍进去很深,几乎就要被劈开了。本来是要裁定我的刀赢的。你应该要感谢藩主不想贬低你名声的仁慈之心啊。"

"胡说!我的头盔上根本就没有伤痕。"

"我可看得很清楚哦,确实是裂开很深。"

兴里愤怒了,但这样争论下去也不会有任何结果。

"你是贞国的儿子吧?还不准备报仇吗?"

康继的目光落在了正吉的身上。

"不……"

正吉有些吞吞吐吐。他好像又想起了父亲的死,神情中露出了困惑。

"这家伙是个铁疯子,满脑子里只有打铁。只要看到了中意的铁,他杀人也要弄到手。他就是这样的人。你还不快点报了仇,否则连你都要被杀掉。"

正吉咬紧了嘴唇,盯着兴里。

"行了行了!我是他舅父,我清楚得很,兴里不会干出杀人的事情的。"

才市插了一句。正准备继续说什么的康继把话咽了回去。

"好吧。迟早会露出马脚的。才市师傅,刚才的事情就拜托你了!"

康继颔首致意后就出去了。

"他拜托你什么?"

兴里询问才市。

"我也莫名其妙。他想作为第三代传人继承康继名号,说是希望我能帮忙。"

刚才那位四郎右卫门康继是第二代康继的弟弟。

二代康继有一嫡子叫市之丞。

弟弟和儿子都想要继承第三代康继的名号。

第一代康继是被德川家康看中的,二代康继深受将军秀忠的信任。

康继家作为德川家的御用铁匠领取禄米,同时还受雇于越前的松平家,受到松平家的关照。对于铁匠家来说,这是很不一般的庇护。

因此,他们隔一年往返于江户和福井之间,为两家锻造刀剑。家族在江户的神田绀屋町拥有将军赐予的宅邸。

弟弟四郎右卫门和儿子市之丞都想承袭第三代的名号,互相争执不下。

目前,市之丞住在江户,四郎右卫门住在越前。但四郎右卫门野心很大,无论如何都想要受雇于将军家。因此,他经常来江户四处活动。

才市舅父做了如上说明。

"先不说这个了,长途跋涉肯定累了吧。先把草鞋脱掉,让脚放松一下。快,打一桶洗脚水来。"

小学徒打来了满满一桶热水。兴里帮阿雪把脚泡在水里。

"哎呀,我自己来。"

"病人不要说话,听从安排就可以了。"

兴里帮阿雪揉揉脚,阿雪的脸上露出了惬意的表情。

十四

听说骏河台有名医,兴里就带着阿雪去了。

从神田沿着坡道往上走,远远地能看到富士山笼罩在春天的霞霭之中。

幕府的御用医师狩野玄英的宅邸虽然不大,但是明亮整洁。

"虽说都是将军家的御用医生,从俸禄一千五百石的典药头[1],到实习的寄合[2]医,人数庞大。这其中,狩野医生是真正的名医。不当班的时候,他会在家里为老百姓看病。我带你们去。"

兴里听从了舅父的建议。听说才市受狩野玄英之托,经常为他打制各种医疗用具。

不少病人在外面等候,阿雪排在几个人后面,却被提前叫到了诊疗室。

过了一会儿,兴里和才市也被叫了进去。

狩野玄英五十上下,看起来是个正直的人。从那沉着的样子中可以看出他具有丰富的经验和冷静的头脑。他一边用桶里的水洗着手,一边向才市表示感谢:

"这秤非常好用,不愧是出自才市师傅之手。"

药柜前面的桌子上放着一个用黄铜制作的天平秤,大概是称少量药材时用的。为了防止托盘摇晃不定,支架是用黄铜精心制作的。

"哪里哪里。您诊断的情况如何?"

屋子的角落处,阿雪刚整理好衣服,坐到了兴里的后面。

"应该已经知道了是肺痨(肺结核)吧?"

"嗯,已经知道。"

兴里明确地答道。

因为去年夏天从福井的藩主那儿得到了奖赏,兴里把欠铁商

---

[1]典药头:管辖医药、医师的典药寮的长官。
[2]寄合:江户时代指"旗本"中的非在职人员。

和木炭商的钱都还了。而且还带阿雪去看了医生。医生诊断为肺痨,并且强调了保养的重要性。

"总之,吃一些增强精力的食物,每天静养是比什么都好的药。如果能待在温暖的地方最好,但是这也不现实。"

医生的这句话让兴里下定了决心离开越前。越前的冬天非常阴冷,如果就这么在福井待下去,阿雪的生命也将不断地衰弱下去。

江户的冬天晴朗温和。

曾经听才市舅父这样说过。所以,兴里觉得如果去江户的话阿雪也许会好起来。

关东的海是明媚的。五郎正宗等相州派的刀之所以那么明朗光亮,就是因为这个。

专心研究铁的才市也考察过各地铁匠打的刀,他对相州镰仓的铁匠们打造的刀胎子评价很高。

越前、加贺等地的刀与那里的天空一样,特点是黯淡。

兴里想要锻造出碧澄明朗的刀,所以产生了去江户的想法。

"肺痨的话保养最重要。经过长途旅行很疲劳,暂且最好是安静地躺着,多吃些鱼等养精蓄锐的食物。"

"明白了。"

剩余的那些奖赏钱,作为去出云的路费已经基本花光了。必须得马上打造盔甲,否则连买米的钱都没有。

"眼睛的问题和肺痨没有关系。已经很难看清东西了吧?"

阿雪低着头不说话。

"你老实回答啊。"

"没关系,刚才已经仔细检查过了,视野范围已经变得很狭窄了。你夫人帮你打过铁吗?"

"是的,让她帮过忙。"

自从没有徒弟后,迫不得已只能让阿雪来打帮锤。

"夫人的眼病与眼内障(白内障、青光眼)相似,但又有所不同。曾经有铁匠来看过同样的病。可能是持续注视强光导致的。"

"会如何发展?"

被兴里这么一问,玄英注视着对方道:

"有可能会完全失明。"

说完后,在场的人都陷入了长时间的沉默,连外面商贩叫卖的声音都能听见。

"很快就会看不见东西了吗?"

兴里问道。

"也不能这么说。五脏六腑的阴阳之精气都会上注于目,因此,这个病最重要的也是保养。如果阳气上升,恢复的可能性也是有的。"

"有什么药吗?"

"如果用钟乳云母散的话,必须要钟乳;如果试一试神菊丸的话,需要芝麻一石①,蒸煮三十回并磨成粉;还有一种方子是乌鸡胆,就是取中国四川地区才有的乌鸡的胆汁来点眼睛。医书上有

---

①石:容积单位,1石约180升。

很多方子,但这些药我都没有尝试过,也不知道有没有效果。"

"我说……"

"怎么了?"

兴里转过身看了看妻子。她好像很不舒服似的皱着眉头。

"我没事的,眼睛能看得见。只是两边有点看不清楚。"

"医生的话你都听见了吧?可能会完全失明的。"

"也许不会吧。"

玄英略加思索后道:

"未必马上就会恶化,还有些患者多年都维持着这个状态。"

"所以嘛……"

"不要说了!好不容易来到了江户,遇上了名医,怎么能不治一下呢?"

兴里转过头来向玄英鞠了一躬:

"药费我会想办法的,务必请您给治一下!"

"我也拜托您了!"

才市也深鞠一躬。

从骏河台回去时兴里准备雇一顶轿子,可阿雪怎么也不同意。

"还有钱,雇轿子没问题的。"

"不,难得的好天气,我想走着回去。行吗?"

兴里抬头看了看天,确实晴空万里,微风吹拂着两鬓,特别舒服。

"你恐怕还不知道打铁对眼睛有害吧?"才市舅父道。

铁匠从早到晚必须要盯着炉里的火看,就算可能因此而失明那也是毫无办法的事。

关于生病的话题到此为止,三个人慢悠悠地往前走。自从在近江与阿雪见面后,兴里的心里只想着顺利到达江户的事,和正吉轮流背着阿雪,只顾着一路往江户赶,根本没有心情去观赏景色什么的。

到达江户也有好几天了,终于有了安定下来的感觉。

转过十字路口,坡下面是一片江户街区的景象。一排排黑色屋瓦的对面,可以看到泛着银光的大海。

"好大一座城啊。"

"是啊,真大啊。"

"明媚的大海。"

阿雪开口道。

"是啊,明媚的大海!"

兴里点点头,将双手高高地举起,尽情地伸了个懒腰。

一定要成为这里最厉害的铁匠。

他在心里狠狠地对自己说道。

十五

不忍池的荷叶映照在淡粉色的朝阳的光线里。

长曾祢兴里来江户已经五年了。这是承应三年(1654)九月的一个拂晓时分。

兴里在上野的不忍池边开了一家自己的铁匠铺。今天是第一次点火。

　　天还没亮兴里就起来了,他来到井边,只穿着兜裆布,用井水冲身以洁净身体。同时精神也越发绷紧起来。从此以后,只打好刀——他一心只想着这个事。

　　不许有任何杂念。

　　兴里一边浇水一边这样告诫自己。

　　他一心只想着名刀的凛冽姿态,希望能锻造出润泽的刀胎子和婀娜的刃纹。

　　从今往后,将耗费毕生的精力在这一件事上。

　　决心已定,没有半点动摇。

　　擦了擦因浇了冷水而发热的身体后,东方的天空开始亮起来了。

　　漆黑的天空首先是慢慢发蓝,带一点深紫色后马上又变成浅红色,接着变成桃红色,再变成粉红色。

　　最后,整个天空都染上了一层粉红色。

　　不仅是天空,不忍池以及对面的上野山,目力所及之处全都笼罩在浅浅的粉色的光线里。

　　兴里不禁合起双手,朝天空拜了拜。

　　请求上天让我锻出名刀吧。

　　天地间这一片鲜明的色彩,也在为兴里的刀匠生涯的起航而祝福。

　　"好稀奇的色彩！这是祥瑞之兆啊！"

　　回头一看,妻子阿雪也正将双手合十,憔悴苍白的脸颊最近也稍微鼓了起来。庆幸的是，眼睛的状况也还好。

"天地果然是玄妙啊。"

兴里最近总在想这个问题。

天地时不时会显现出造化之妙，让人惊讶。

将万物都染成了粉色的今早的朝霞就不用说了，日月星辰的运转、四季的轮回、气象的变化，这一切在兴里看来都蕴含着丰饶之美和神秘离奇的法则。看到路边的一草一木、一颗石子都会为其中所蕴藏的美与天然的法则而惊奇。

铁匠从事的就是与天地之玄妙有关的工作。

木头可以生火，土里取出铁砂，用火熔化铁砂进行锻造，浸水后变硬再打造。木、火、土、金、水五行相生相克，才能锻造出坚硬而漂亮的刀剑。

其变化作用就是天地的法则。

铁匠不能够自以为是，否则便是不自量力。

铁匠不过是借用天地的玄妙法则，而将其凝缩为一把刀而已。

人的力量与悠悠乾坤比起来是微不足道的。

这是兴里最近的切实感受。

然而，在这样想的同时，兴里内心深处坚强的意志就会化为怒涛，好像随时都会喷涌而出。

打造出屹立于天地之间的宝刀的正是力量微弱的铁匠。

人在面对天地之无穷时，不应该只知道困惑和退缩。

应当稳稳地站立不倒，这才是人。

人可以向天咆哮，可以在大地上留下印痕。

采自于大地的钢铁哪怕只有一小块,刀匠也可以把它打制成一把刀。

这把刀即使历经千年,也能使手持它的人内心萌发驱邪匡正的勇气和永恒不变的慈悲。兴里想要锻造的正是这样的刀,唯有这样的刀。

就在兴里思绪万千之际,不觉间东边的天空已经变成了黄色,太阳已经升上了天际线,光芒四射。抬头一看,天空已经变成了蓝色。不忍池的池水泛着银光,远处的青山一片翠绿,泛着光芒。

"今后要忙起来了,不过身体可不能勉强。"

他回头看看阿雪道。可是让阿雪勉强的却总是兴里。

阿雪麻利地系上和服束带,笑道:

"勉强也要干啊。作为铁匠的老婆,开张点火的日子睡在床上会被人笑话的。"

不知是武州的气候适宜,还是医师狩野玄英的药起了作用,来到江户以后阿雪的身体状况变好了。

不过,偶尔稍有勉强立刻就要卧床。

看着阿雪的笑容,兴里暗暗在心里拜了拜,然后走进了铁匠铺。

此时的池之端处于江户城的边缘,就在不久前这里还是一大片茅草地。作为东叡山宽永寺的门前町①,最近商家开始在这里聚集。上野的山脚地带仍然是大片农田。不忍池边出现一排排出合

---

①门前町:日本中世末期以后在神社、寺院门前形成的街区。

茶屋①那是一百年以后的宽延年间(1748—1751)的事情了。

房了是一个马贩子的,现在空着。打开后门马上就来到了不忍池边,兴里正是看中了这一点,才决定在这里开铁匠铺。

兴里请工匠将马房改建成打铁间,造了火炉。朝向池边较宽敞的铺有地板的房间光线好,作为加工间。打开拉门抬眼就能看到不忍池和上野的山地。二楼有几个铺榻榻米的房间,供兴里夫妇和住家的学徒居住。

铁匠铺已经一切准备就绪。仓房里堆满了松炭,只等火炉点火了。

这五年间,兴里受雇于神田绀屋町的刀匠和泉守兼重的铁铺,学习锻刀技法。

兼重也是越前出身的刀匠,因为被晚年的藤堂高虎看中,受雇于伊势藤堂家,领取俸禄。虽然年过五十,仍然精力旺盛,专心于锻刀,技艺精湛。他的铺子很大,弟子众多。

刚去江户时,兴里暂住在舅父才市家,一边给舅父帮忙一边调查江户的锻刀行业的情况。

他到处拜访刀匠和磨刀工,看人家的刀,提出各种问题,即便被人嫌烦也毫不在乎。

"一个叫做兼重的刀匠打的刀很好,而且干劲也很足。"

兴里和舅父商量。

他想,既然要拜师,首先必须技术要好。但不仅如此,他还希

---

①出合茶屋:日本江户时代男女密会的地方,外表伪装成茶店。

望对方是一个充满干劲的人。

"他呀,我们在越前时就很熟。确实是个不错的刀匠。就在那边,我去帮你说说。"

兼重的刀匠铺就在才市舅父的银町旁边的绀屋町。

兴里跟随舅父一起前往拜师。兼重了解情况后,面露难色。

兼重身上的窄袖便服上到处是被飞溅的火星烫的小洞,令人想到挥锤打铁时的激烈场面。不过,他仍然规规矩矩地套着裙裤,戴着武士的黑漆帽,维护着作为御用刀匠应有的体面。他的手上和胸前数不清的烫伤痕迹是作为一名刀匠的荣誉。

"过了三十五岁才学习锻刀太迟了。就算你作为盔甲师技术再好,到了这个年龄才开始打刀恐怕不行了。"

兼重说话带有越前口音,而才市舅父用一口江户式的油腔滑调滔滔不绝道:

"这小子在整个长曾祢家族中,做人的姿态也是顶好的。他既然说要锻刀,就已经下好了决心。我不多啰嗦,请看他打造的头盔。"

做人的姿态——这是才市舅父经常挂在嘴边的一个词。

——做人最重要的就是姿态。姿态摆不好就无法生存下去。

兴里听见过舅父这样告诫自己的徒弟。

兴里从随身带来的盒子里取出了头盔。这是来江户以后锻造的最满意的一件南瓜形竖纹头盔。

双手接过头盔的兼重看了后大吃一惊。

他什么也没说,拿在手里仔细地看了一会儿,然后把头盔戴在自己头上,脸上露出了笑容。

"这头盔很好,你让我见识了好东西。"

兼重将头盔小心地放到盒盖上,郑重地低了一下头。

"既然能打造这么好的头盔,完全没有必要辛苦地去打刀。竖起你盔甲师的招牌,很快就会在江户城打出名声的。"

兴里摇了摇头。

"现在是太平盛世,没有人买头盔的。"

"在越前的乡下也许是没有人买,但是江户很大,这么好的头盔,肯定有很多武士都想要。如果有必要,我还可以向藤堂大人推荐。"

兴里还是摇了摇头。

"没有战斗,盔甲就是用来装填盔甲盒的。我不想造装饰品。"

"那你想造什么?"

兴里就等着他问这个。

"刀。除了刀没有其他。成为生命力量的刀,能够将天神招致地下,将大地之精气引向天上的刀,这才是我赌上性命也想要锻造之物,我已经做好了思想准备。"

兼重盯着头盔沉默了一会儿,又问道:

"那是什么样的刀?"

"我认为具有优雅的气质和凛冽的外表,霸气横溢,能够扫除邪气,和气清明的刀才是至宝。"

"呈怎样的姿态?"

兴里一时语塞。

"想法还不成熟,所以具体的样子还未浮现脑海。"

兴里紧闭嘴唇看着兼重的眼睛。兼重的嘴角歪了歪:

"很能说嘛。可锻刀并不需要这些夸夸其谈,自我吹嘘。"

完了!兴里开始在心里打起了退堂鼓。

"不过有这样一个人,也能让我的铁匠铺子更加热闹。"

兼重收下了兴里。

实际住过去以后,兴里受到的待遇不像是徒弟,更像是客人。但兴里身为末位弟子,总是拼命地干活。正吉也一起跟了过去。

妻子阿雪住在才市舅父家二楼一个向阳的房间,身体状况好时就帮忙做些缝补工作。舅父连狩野玄英医生的药费都给付了。

夫妇二人受到了才市舅父的多方关照,这方面他们并没有过多客气,决心将这份恩情留待日后报答。

前三年专门学习锻刀法,连最基本的打铁也是从头开始学。

后面两年获得了允许,在空闲时利用闲置的炉子打制盔甲。做盔甲对于兼重来说还比较陌生,所以经常在一旁观看,不停地问这问那。

将金属片用细小的链条精心穿编的铠甲,用细链条细密编织的覆盖肩膀到手背的小田护腕,再配上南瓜形头盔,一副雄壮的盔甲就完成了。

兴里在正吉的协助下,制作了多副盔甲,兼重帮忙寻到了出高价购买的买家。

兴里用卖盔甲的钱完成了开铁匠铺的所有准备工作,而且就算一两年内卖不出去刀,余钱也足够买钢材和木炭的了。

万事俱备，只等着锻造出好刀了。

十六

兴里穿了一套新做的白麻便服，戴着武士黑漆帽。

"这一身很适合你。"

阿雪帮丈夫系好裙裤的带子笑道，随后轻声咳嗽起来。

最近为了新的铁匠铺的准备工作，阿雪操了不少心。本来来到江户后病情好了不少，但是自从丈夫准备开自己的铁匠铺以后，病情很快又倒退了。这样下去的话，将来很让人担心。

"真是个添麻烦的丈夫啊。"

兴里说道。

"哪里的话。你可是我最重要的人。"

阿雪将身体靠在兴里的胸口。

"我不会成为你的累赘的。请让我下辈子、下下辈子继续与你结为夫妻！"

阿雪正准备抱紧兴里，却被他躲开了。兴里一脸坏笑，道：

"赶紧进行点火仪式吧。"

说着，深深地低了一下头。兴里来到土间，朝打铁间走去。

因为原来是马贩子的马房，空间很大。柱子和地板都清洗得干干净净，让木工进行了细致的改造，更加好用了。

屋顶上竖起了烟囱，叫瓦匠用灰浆粉了墙壁。放置材料和工具的架子也做好了。

墙壁上挂着几十把用来夹烧热的钢铁的火钳子，形状和大小各异，根据不同的需要区别使用。

供徒弟使用的大锤也有好几把，从重一贯半（约5—6千克）到三贯（约11千克）不等。这些锻造工具全都是兴里自己亲手制作的。

火炉底下的地下挖了两尺（约60厘米），四周用石头砌起来。然后填满碎石子，上面再盖一层薄铁板，铁板上铺一层干灰，压实。这样一来，炼铁时最害怕的湿气就不会蹿上来了。兴里将出云的风箱炉炼铁的智慧运用到了这里。

火炉就造在这上面。

火炉那细长的凹槽部分正是冶炼场的命门之所在。风箱的风吹进凹槽里，木炭就会熊熊燃烧。

钢块就在那里被烧红、烧化。

这是一个赋予钢块生命的凹槽。

在古代，山间的凹地和女性的阴户之所以发音相同（与火炉音近似），大概就是因为那是一个孕育生命的凹槽吧。

火炉凹槽的内侧尺寸是宽七寸（约21厘米），长六尺（约182厘米）。这比兼重所用的炉子要长很多，是兴里为了更精细的工作而做的改造。

整个炉子是用烧制陶瓷器用的黏土制作的，相当牢固。

风箱安置在紧靠炉边的地方。

直木纹杉木板做的高腰宽幅的插入式风箱长约四尺。

风箱师刚送来的时候，因为手柄抽拉起来感觉太重，兴里不太满意。

后来把贴在里面风板上的狸猫毛皮调整一下,就能随意控制风的强弱了。

将风送进炉内的是一个插在炉壁上的圆形素陶的送风管。送风的方式可谓完美无缺。

为了坐到炉边时就能顺利进行每一步的作业,各种工具都配置齐备了。

铁砧放在右手边,以便钢块从炭火里取出后可以迅速放上去。

往通红的钢块上浇稀泥的桶、水桶、装稻草灰的铁盆、作业时不可缺少的稻草做的小笤帚等,全都放置在中意的位置。

工具的配置如果不合理,就会影响到整个工序的进行,影响锻造。

打铁的过程容不得半点懈怠,哪怕只有一锤迟疑了,打出来的铁就可能不中用了。

打铁的活,成败往往就在一瞬间。每一个步骤都要求有极敏锐的感觉。如果没有一颗细致敏感的心,是锻造不出强韧而漂亮的刀的。

一切准备就绪。

"今天是点火仪式,祝贺你!"

身穿崭新和服的正吉低头祝贺道。

新雇佣的久兵卫和直助也规规矩矩地低下了头。两人都是才十几岁的小家伙。

"嗯,后面就拜托了!"

听说新开了铁匠铺,一些父母带着孩子来请求兴里收下做学徒。

兴里让孩子们扫地、做饭,从他们的工作态度中可以看出是否会做事。久兵卫和直助表现不错,被收留了下来。

有三个徒弟的话,就可以三把大锤轮流锻打。

自从住到兴里的铁匠铺以后,三人每天起床后都去池边挥动大锤,锻炼体力。

久兵卫和直助也穿着一身新的和服。这都是阿雪临时赶制的。

不能让她太勉强。

兴里在心里这样告诫自己,可是一看到阿雪那劲头十足的笑容,态度就又软化了。

将打铁间又检查了一遍,打扫得很干净,门口也挂上了注连绳①。

屋里还设了白木的祭坛,供奉着金屋子神。供品是秋天的果蔬和一壶酒。

看一下炭箱里的松炭,发现大小不一,切口粗糙,大概是久兵卫或是直助切的。

兴里走到房间一角的切炭处。

正吉拿起劈柴刀说:

"我来吧。"

---

①注连绳:指为阻止恶神入内而在神前或在举行神道仪式场所周围挂的稻草绳。

兴里摇了摇头：

"没关系，今天我想自己来。"

说着便系上袖口的带子，坐到小马扎上。

面前放着一个圆木墩。

兴里抓起一根又粗又长的松炭，刮去皮，立在木墩上。

先纵向一劈为二，然后再分别一劈为二。接着斜斜地放在木墩的边缘一刀一刀切下去。比一寸见方稍小的炭块便接连不断地掉落下去。

从当盔甲师的时候，兴里就喜欢切炭的工作。炭块切得大小均等的话，火焰就会燃烧均匀，火力就会更加集中。如果火力不匀的话，钢的熔化也会不匀。

久兵卫和直助瞪大了眼睛看着。只见兴里切炭就像切牛蒡似的，刀下炭落，利索痛快。如果是不会切的人来切，会切出很多碎屑，而且炭块四处乱蹦。

兴里切得很专注。另一个木墩上，正吉也在切。打铁间里只听见柴刀的声音。

这五年以来，正吉变了。

兴里应该说也变了。

他现在一心想的就是怎样锻造出好刀。

锻刀是失败概率很大的事情。再有名的刀匠也未必总能一帆风顺。有时候打了十几把刀都没有一把是令人满意的。

种种要素和条件都有可能造成锻造过程中的瑕疵。不是刀胎子光泽不够，就是刃纹不够精美。就算是穷尽毕生心血，又能出几把真正的得意之作呢?

这是兴里从兼重的铁匠铺学到的最重要的东西。

打铁的事情,一旦失败就无法重来。一旦在哪个步骤上稍有疏忽,打出来的只能是一把平淡无奇的刀。

锻造好刀的方法只有一条——全身心地面对铁材。

以真挚的态度面对铁材,准备好所有条件,不能有丝毫懈怠地去锻造它。

兴里已决定为此耗费毕生的精力。

"好长的火炉啊。"

兼重端着作为贺礼的长把酒桶来到打铁间后,目光首先停在了火炉上。兴里已经料想到火炉会被提到。

即便是锻造长刀,炼铁用的火炉三四尺长也就足够了。绝大多数的刀匠们都是用那么大的火炉。

兴里的火炉却长得多,达六尺。

虽然长,用于生火炼钢的仅是前面的三尺。这一部分挖得很深,两侧是厚厚的黏土壁。另外那三尺则是浅槽。

"那一侧是在放入或取出钢块时用来堆放炭的。"

兼重紧了一下眉。

"为什么要这样做?"

"如果将钢块直接插入炭里面的话,好不容易涂上去的泥浆就会被弄掉。"

要想把钢块烧得通红,在放入炭火之前,要在外面涂上一层用稻草灰做的泥浆。这是为了阻断外面的风,让炭火的高温能够完全抵达钢块的最中心。

"先把炭扒到一旁,然后再往钢块上堆,包住它。这样泥就不会脱落,完整地包裹在高温当中。"

兼重一直盯着火炉看,一动不动。

师父兼重总是毫不费事地直接从烧得通红的炭火中取出或放入钢块的。

虽然当时没有说什么,但兴里还是觉得那样做是不妥的。

如果泥脱落了,风直接吹在钢块表面上,碳元素会减少,钢质会变脆。本来应该是一边观察钢块的状态一边调整火力和风势,如果泥因为碰到炭上而脱落了,那就没有涂的意义了。

"泥脱落了那是因为技术不熟练。"

兼重苦笑道。

"我想用更多的炭火将钢块包裹严实,这样才能烧得更透。"

"这小子真是动了不少脑筋啊。"

才市舅父在一旁插话道。

"自己人夸奖自己人有点不像话,我认为他将来一定能成为长曾祢家扬名的刀匠。"

兼重点了点头。

"确实,这么周到的考虑,我也没有想到。"

兼重叹了口气,坐到了小马扎上。

"做事情还是笨拙一点好。"

他一边看着火炉一边说道。

"我一直认为他是个笨手笨脚、不够灵活的人,现在越来越笨拙了。这是好事,笨拙好啊。"

"笨拙……好?"

兴里不明白这话的意思。

"是啊,笨拙好,笨拙好。"

兼重反复说道。

"确实如此,笨拙一点好。"

才市舅父也附和道。

"越是笨拙的人做事越认真谨慎,不会投机取巧。他会竭尽全力,拼命去做。幸运的是,铁这个东西就喜欢这样的人。希望你将这份笨拙一直保持下去。"

兴里听了师父的话,深深地低下了头。他对于能够遇到这么好的师父,内心不由得充满了感激之情。

十七

汤岛天神的神官念了祈祷词。

除了兼重和才市舅父领了几个徒弟来之外,房东、当地的文书官以及所在街区的值勤人员也到场了。

神官用币帛被除打铁间的污秽,所有人拍手礼拜,又在打铁间的四面洒了供神的酒。

终于要开始点火了。

兴里面对着铁砧坐下。

铁砧的四方形镜面昨天被久兵卫用磨刀石磨了一整天。确实如镜子般平坦铮亮,映出了门外面的蓝天。

兴里确信一定能打出好刀来。

他用钳子夹着比大拇指粗一点的铁点火棒放到铁砧上。

右手握锤一点点敲打铁棒,铁棒的前端渐渐显出红色。再反复敲打,颜色变成了暗红色。

杉木削的薄薄的引火片上涂着硫黄。

用锤打红了的铁棒接近木片,立刻燃起了小小的火焰。

然后用这个火焰引燃一张折起来的纸。纸上面有墨书的八幡大菩萨、天照皇大神、春日大明神等神的名字。

将燃烧的纸和干燥的豆萁一起放到炉内的炭上面。

用左手水平地慢慢推拉风箱的把手,里面的风板发出"嗒嗒嗒嗒"的干干的声音。

呼呼的风将火焰吹起来了。

松炭较轻,烧得红红的,火焰随着风摆动。

开始一段时间只听见风声。

火炉内的炭已经烧得通红,众神已经降临到火炉。

兴里用钳子夹起差不多小孩拳头大小的钢块。

钢块是播磨千种的钢,闪着银白色的光。

本想用出云可部屋最上等的八方白,可是没有弄到。

据说上等的出云钢都被江户的康继家利用将军家的葵纹家徽给全部买下了。兴里给可部屋的樱井直重写了信,但是还没有回复。

最后,只好决定使用兼重经常购买的播磨的千种钢。

兴里不想仅仅是模仿别人搞一个点火仪式,而是从一开始就真正投入工作。

他向正吉递个眼色,正吉马上用长柄的炭火铲将炉里的炭扒到一边。

用铁钳将钢块放到炉子里后,正吉小心翼翼地将烧红的炭覆盖上去。很快,炉子里堆满了通红的炭。

兴里慢慢地推拉着风箱的手柄。

炭堆上冒起了蓝色的火焰。随着风箱的不断送风,火焰慢慢变成了金黄色。

兴里在盯着火炉看的同时,脑子里总在想象着埋在通红的炭火里面的钢块的状态。

炭火里面的钢块呈什么状态,只有拿出来看才能知道。

但是,一遍遍拿出来确认的话钢就失去锐气了。

在火里的时间不可以过长,不能耗费多余的时间。

尽量在短时间内用适宜的温度加热,然后迅速进行锻造作业。后面的几十道工序都极需眼力和速度。

做盔甲师的时候,兴里就拥有能够正确辨别炉内钢铁的状态的眼力。

是温度还较低的暗红色,还是已经呈熔化欲滴的状态;是只有单侧充分受热了,还是最里面都熔化了。

如果不具备能够辨别炭火中钢的状态的眼力,就不能称作是一个合格的铁匠。

应该差不多了吧?兴里心里这么想着,但拉风箱的手却没有停下来，继续往炉内送了一会儿风。因为这是个新炉子，虽然试点过火，为打制工具试用过，但黏土中多少还残存一些湿气。

兴里紧盯着火焰，右手握着铁钳。

忽然转头看了一眼铁砧。

砧面上映照着蓝天白云。

他感到此时此刻，天地万物正在赐予自己力量。

他用眼神示意一下，正吉便拨开炭火，兴里取出了钢块，果然是正合适的暗红色。

放到铁砧上面的白云上。

"轻轻锤。"

正吉已经摆好了架势，双脚前后用力叉开，大锤提在腰间。他将锤面落到钢块上，与其说是锤，不如说更像是在摁压。因为钢块还没有完全适应热度，如果一开始就用力锤打，钢块容易粉碎掉。

摁压一会儿后，再放入炉中烧红取出。这次是轻轻敲打。

如此反复两三次，同时加快抽送风箱的速度，加大风力，提高炉内温度。钢块逐渐变平展了。

兴里用锤子敲打了两下铁砧的侧面。

听到那尖锐的声音后，三个徒弟都将大锤高高地举到了头顶。

兴里左手拉着风箱，右手用扫帚在水桶里沾水湿了湿铁砧。打铁间内只听见风箱里急促的风声。虽然周围站着很多人，但那风声听起来就像是吹过无人的荒野的秋风。

兴里停下了左手，风声止住了。

他迅速取出烧得通红的钢块，放到铁砧上。

"使劲！"

兴里喊道。

正吉用力挥下了第一锤。瞬间传来了爆破似的一声响,铁屑四溅。

铁砧上的水受到大锤和热力的冲击,顿时化为水蒸气,发出了一阵猛烈的声音。

随即,响起了三把大锤接连不断的锤击声。

要将沉重的大锤举过头顶,准确地落下。高亢的锤击声此起彼伏。

声音很清脆,不带丝毫浑浊。

"好！"

通红炽热的钢块经过锤打,已经薄如煎饼。

将打薄的钢块浸入水桶中,水立刻沸腾了,同时钢块"嘎吱"一声碎开了。

这一系列的声音,兴里从小就听习惯了,但今天听起来却是特别不一样的心情。

随后,将两片延展开的钢块供奉于神前。神官又用币帛清洁周围,众人再次礼拜后,点火仪式结束了。

大家出了打铁间,举行祭神宴。

阿雪准备好了大条的鲷鱼、红豆饭,还有盛得满满一大盘的煮菜。

大白天享受酒宴的男人们兴致很好。

"街道上有一个刀匠不错啊,增添了一股勇猛的气息！"

仪表不俗的房东笑着说道。这一带的街道是宽永寺的所有地,住在这里的多是寺里的杂役、雇工等。

因为这里属于江户城的边缘,街道上比较冷清,但还是有一些店面,如洋货店、金鱼店、杂货店、五金店等。

兴里买下的这栋房子建在池边,从正门到后门有土间相连。虽然正面看起来不大,因为是拐角型构造,光线很好。

"我相信你一定能打出日本第一的名刀。好好努力!"

才市舅父也很高兴,亲自给兴里倒酒。

平时不喝酒的兴里今天也端起了酒杯。有人唱起了歌,大家愉快地拍着手。

虽然身处欢声笑语的宴席,内心深处仍然抑制不住火热激情的喷涌。

能行,能行,能行,一定能行!

借着酒力,兴里感到全身的热血都沸腾起来了。

十八

天亮之前就醒了。

兴里来到水井边洗完脸,就听见从满池青蓝色荷叶的对面,传来了清晨六点的报时钟声。朝上野山方向望去,宽永寺的建筑逐渐从一片黑暗中浮现出来。

碎片云被染成了淡淡的红色。

天空是秋天的那种清澄的淡蓝色。

从今天开始,就要作为一名刀匠开始自立门户的生活了。

兴里和徒弟们一起在铺有地板的房间内摆好了早饭。

是开水泡饭,饭是前一天晚上煮的。不吃饱饭,徒弟们挥不动沉重的铁锤。

"没有腌菜吗?"

"对不起,本来以为有的,一看米糠酱坛子却没有了。昨天全部拿出来给客人们吃了。大家都很能吃。"

新雇来做饭的年轻姑娘总是很粗心大意。

虽然感觉少了点什么,兴里他们还是扒拉起汤泡饭吃了起来,就在这时,阿雪端着一个托盘过来了。

"只用盐揉了一下。"

托盘上的小碟子里是切得很薄的萝卜片。阿雪给兴里和徒弟们每人面前放了一份。

在搬到这里来之前阿雪就一直忙着准备生活用具,除此以外没有让她勉强做其他活。

"不是说了让你躺着别动吗?"

"知道了,这就去。"

阿雪听话地点点头退回了厨房,可是不一会儿又端来了托盘。这次上面放的是冒着热气的汤碗。

"我做了骨头汤,喝了暖暖身子。"

木碗里面是昨天祭神宴吃的鲷鱼的骨头,注入热水后又淋了些酱油。刚一端起来就闻到了香味儿,令人食欲大增。

兴里将骨头汤浇在泡饭上吃,别有一番滋味,全身都感到了暖意。

"好吃！咦？不是让你躺着吗？快去！"

虽然是命令的口吻，但阿雪并没有立刻听从。阿雪的性格从小就有些固执。

"你马上就要开始重要的工作了，我躺不住。"

"好不容易好些了，要是再恶化怎么办？医生不是说了，再要严重就不可挽回了。"

搬家之前，兴里曾陪阿雪去了一趟狩野玄英医生那里询问病情。

医生的诊断是，因为保养得好，病情暂时稳定了，但并不是说病已经治愈了。

所以，千万不可大意。

阿雪笑道：

"铁匠的媳妇嘛，只要能听到铁锤的声音就有精神。请一定让我听到铿锵有力的铁锤声！"

看到阿雪那温柔的笑容，兴里也不能再说什么了。

师徒几人走进打铁间，开始了切割的工作。也就是把昨天打薄延展并淬火的钢块用手锤进一步分割成小块。

但不仅仅是分割。

在分割的同时要根据断裂的情形、断面的色泽等来判断钢的质量，进行分选。

所谓钢的质量，完全取决于钢所含的碳素量。

根据产地的不同，有些钢含有磷，不适合锻造，但千种钢在这一点上可以放心。

这个时候的铁匠们还不知道"碳素"这个概念,但是他们清楚根据碳素量的多少,钢的性质会发生怎样的变化。他们也懂得如何通过操控火和风来增减碳素含量,从而改变钢的性质。可以说,在锻造刀剑方面,这个技术是所有作业的基础。

有一种叫法,称碳素量少、质地软的钢为大水,碳素量多、质地强硬的钢为小水。不过在铁匠们之间,只说软铁、硬铁就明白了。

要想准确鉴别,必须有相当高的眼力。

兴里将钢块放在铁砧上,挥起了手锤。

如果能够轻松地分割的话,说明碳素量和硬度刚好。

看断面,会发出明亮的银白色的光。这就是能够打造强韧的刀刃的硬钢。

也有的断面粗糙,呈鼠灰色。这是因为含有碳素量多的铣铁,这种钢放在了另一个盒子里。积攒了以后做成擦菜板,赋予它新的生命。

用手锤试图敲打下拇指大小的小块时,有些地方会敲不下来。

这样的钢质地太软,不能用做刀刃。这样的又放在另外一个盒子里,用做芯铁。

日本刀的锻造有好几种技法,但无论哪种方法都有一个共同点就是,用坚硬的皮铁包住较软的芯铁。

坚硬的皮铁经过淬火后就变成了锋利的刀刃。

不折、不弯、锋利。

要想最大限度地展现刀剑的这些特征,最重要的就是要准确地鉴别材料钢的微妙的软硬区别。

"怎么样?"

一直在一旁担心地看着的正吉问道。

"好钢。这样打出好刀就有指望了。一定要锻造出天下名刀来!"

"那太好了!"

正吉说话还带有越前口音。因为兼重的铁匠铺里的人来自越前的居多,大家都说家乡话。正吉很少提到父亲贞国的事。杀人凶手至今还没有找到。

在打铁间的一角切炭的久兵卫和直助的紧张情绪似乎也消解了很多。

兴里刚才在进行钢块的分割作业时似乎一直绷着脸,让他们感到很害怕。

那天,他们一直进行着淬火、分割的作业。

当他们将重约一贯半的钢块全部分割完时,外面已经完全黑了。

大概准备好了能打两把刀的钢。

第二天早上,兴里在土间铺上草席,上面放了一根撬棍。

撬棍是一根两尺多长的铁棒,手柄部位紧紧地缠绕着棉绳。

铁棒的前端焊接着一块长四寸、宽二寸的薄铁板。

"炭不用切了,今天就在旁边看着。"

兴里交代三个徒弟道。

久兵卫和直助对锻造的工作几乎一无所知。兴里想早一点教给他们工作的流程,好让打铁间的工作更好地运转起来。

"多好的师父啊。你们如果不心怀感激的话会遭天谴的哦。"

正吉轻轻碰碰久兵卫道。

"谢谢师父!"

两位小徒弟大声低头道谢。

俗话说,切炭需三年。

不管哪里的锻刀铺子,新来的徒弟都只能干切炭的活。兼重的铺子有二十多人,单独设有切炭处,有专门切炭的工匠。他们一辈子只切炭。

有名的刀匠铺子基本上都是如此,有人专门负责收尾的最后一道工序,还有人专门负责锉刀柄。如果是专为大名家做刀,因为承担的数量大,不这样来提高作业效率是完不成任务的。

兴里不准备追求数量。

他想要锻造的是真正的好刀。

在兼重的铁匠铺待的五年期间,他想要锻造的刀的样子已经逐渐清晰起来。

能够敏捷轻巧地拔刀出鞘,瞬间让人眼前一亮的刀;能以凛冽的霸气压倒敌人,同时又具有优雅气质的刀;具有浅浅的弧度,纹理细致紧密,刃纹纹路优美的刀。

一闭上眼睛,自己想要打的刀的细节就一一浮现在眼前。

这就是即将要开始锻造的刀。

真想快一点让它呈现出来!

兴里压制着焦急的心情,准备慢慢地打造。

他让徒弟把昨天分割、甄选出来的钢搬了过来。

木箱里面装着满满的小块小块的钢。

接下来就要将这些小钢块有序地堆放到撬棍前端的铁板上。

兴里拿起一片仔细观察。

在敲打延展的时候,钢片的周围部分形成了黑黑的边。这如果残留在刀身,可能会成为黑色的瑕疵。如果将它朝外侧,锻造的时候大锤能够将它敲除掉。

钢片不整齐,怎么也摆不好。

如果有间隙,还是会成为瑕疵。只好用很小的钢片塞进去填补。

兴里一片片地仔细端详着,往小小的铁板上摆放。

可钢片不是太大就是太小,怎么也不能圆满地摆放在长方形的铁板上。超出去了倒是不要紧,就是不希望有空隙。

将一块块钢片摆在草席上,慢慢选。

"啊!"

直助大喊一声。

"怎么了?"

"这片可以放在那个空隙……"

直助将手里的钢片放进去,大了一些。

"这个应该放那里的。"

正吉拿起钢片看了看,发现断面毛糙。原来混进了一块含有铣铁的。

"这个不行。"

正吉摇摇头,扔进了装铣铁的箱子里。

说话声就此中断了。谁也不出声,不插手,只是默默地看着。

兴里一块块地观察钢片,仔细确认后再摆放。如果堆放的过程中发现哪里不对劲,就推翻了重来。

三个徒弟把手放在膝盖上,屏住呼吸,眼睛都不眨一下地盯着。

放上去一小块;发现不对,重新放一块;发现也不对,再换一块。不行把旁边那块换掉,再把旁边的旁边那块也换掉试试看。

绝不可以糊弄。只要有一点偷懒,就一定会表现在打出来的刀上面。

只有摆到让自己感到满意、认可为止。

兴里堆了又推翻,推翻了又重新堆,反反复复了很多次。

"这下应该可以了!"

终于可以让自己满意了,兴里这才抬起了头。三个徒弟脸色铁青地一直在一旁看到现在。

不知不觉已是日落时分。

从不忍池方向传来了日暮的钟声和归林的鸟儿的叫声。

十九

"听见了吗?轻轻放,轻轻的。精神要集中!"

坐在火炉正面的兴里大声喊道。手握大锤的正吉紧张得表情都僵了。

昨天花了一整天堆放好的钢块,今天要放到炉子里炼了。

兴里在越前时就擅长炼钢。在兼重的铺子里也经常做,从没有失手过。

但是,这次是自己开铁匠铺以来的第一把刀。

干劲完全不同。

首先将堆积的小钢块用湿了水的纸小心包起来,用纸捻子系一下,再撒上稻草灰,涂上泥浆。

"关窗!"

接下来便是与火的搏斗。

观察火焰的状态,辨别钢的熔化情况,最好是在暗处。

直助和久兵卫把用木棒撑起来的窗子,按照离兴里由近及远的顺序一个个放了下来。

师傅曾经教导过他们,不管做什么事,步骤很重要。要想让眼睛快点适应黑暗,最好是从近的地方开始逐步暗下去。

炉火将暗下来的打铁间照得红红的。

兴里一边盯着火,一边推拉风箱的手柄。

风很强劲。

兴里总是紧紧握着风箱的手柄,这是自盔甲师时代以来的习惯。

有些铁匠竟然不握手柄,直接用手掌推。

真是个二货!

兴里只要一看到这种马虎的干活态度,就气不打一处来。

风箱的箱体是用松软的杉木做的。

手柄是坚硬的栎木。

摩擦以后质地较软的杉木的孔会磨损,变大,从那里会漏风,影响到往炉子里送风。

兴里总是牢牢地握住手柄,水平地抽送,使栎木的推拉杆和杉木板之间留有一张薄纸厚的空隙,不让它们触碰。

始终做到细致、认真,调动所有的感官与全身肌肉来对待每一项工作。

即便这样也时常会失败。这就是锻刀这门活的可怕之处。

"炭!"

兴里简短地命令道。久兵卫把筐子里的炭全部倒进炉子里。立刻火星四溅,蹿起了蓝色的火焰。

每当抽送一下风箱手柄,黑黑的炭影就会变成红色。炉里的温度越来越高。

火焰变成了亮黄色。

兴里用眼神示意一下,久兵卫马上把炭扒到旁边。

兴里用左手将撬棍拿起来看看。很沉,足有七百文目(约2.6千克)。右手握着一把稻草扎的小笤帚,紧密而结实。他用笤帚撑着撬棒的中部,轻轻地放回炉子里面。

久兵卫则轻轻地把炭覆盖上去。

慢慢地送风,不可以过快加热。要想使钢的最中心都能得到充分加热,需要时间。

跟铁打交道的活,有时必须要花时间,有时又不能费太多时间。每一个步骤都刻在了兴里的脑子里。

继续紧盯着火炉。火苗从隆起的炭堆上呼呼往上蹿。

持续送了一会儿风以后,发现火焰里面有火星爆炸,形成火花。

"你们好好记住这个火花。"

久兵卫和直助凑到旁边凝视着火焰。

火焰当中有好几处小小的火花在迸发。

那不是碳粉,而是钢里面所含碳素迸出来后发生的爆裂,像纸捻花一样噼里啪啦。

"这是钢开始熔化的先兆。准备下一个步骤!"

两位小徒弟一边点头,一边干脆地答了一声"是!"

在打铁间里,无法一一用语言进行指示。徒弟必须要揣测到师父下一步要做什么,从而做好准备。

仔细聆听。

风声中还混杂着不同种类的声音。

地面下能隐约听到虫鸣一样的声音。

那是钢在开始熔化。

手握撬棍也能感受到钢块"咕嘟咕嘟"的沸腾感。

兴里加快了拉风箱的速度。风箱里的送风板像快速敲鼓般发出急促的声音。火苗呼呼地上蹿,火花四射。

就在这时,兴里停下了拉风箱的手。

久兵卫拿起火铲准备把炭火扒开。

"等等!"

停下风是为了让热量聚拢在炭堆里面,让钢块的最中心部分都能很好地熔化。

兴里好像能够看透炭火中的钢块的样子,所以认为还不到时机,命令再等等。

他轻轻推拉手柄继续送一点弱风,木炭又通红起来,炉内的温度达到了最高。

将撬棍前后动一动,火焰中又迸出了一些火花。

火花迸发到这个程度,说明钢块应该已经呈明黄色的熔化状态了。

"扒炭!"

久兵卫将炭扒到了一边。

取出来一看,钢块正如兴里所想的一样,明晃晃的,熔化了。泥与熔化的钢混在一起,像油滴一样往下淌。这正是所谓"油沸"的理想状态。

将它迅速而轻快地放到铁砧上。

"喂!"

兴里大声喊道。

下面的步骤是由正吉拿大锤敲打刚刚熔化的钢块。

钢块是由一片片小块拼积在一起的,还没有完全熔合在一起。如果用力敲就会散开,或者出现奇怪的裂隙。刚才兴里之所以一遍遍地叮嘱要"轻轻的"就是这个原因。

正吉将大锤提在腰间,一动不动。锤子的前端在微微抖动。

"磨蹭什么!用大锤压下去!"

正吉还是不动。嘴角歪斜,全身像僵住了一样。

"混账！快放锤子啊！"

只要将大锤轻轻放上去，大锤本身的重量就会将钢片挤压连到一块去。仅此而已。

"快点！"

兴里准备站起来，但又不能放下手里的撬棍。

久兵卫和直助一脸恐惧地呆立着。

时间令人揪心地一秒一秒地过去了。

钢块已经冷了，变成了暗红色。

兴里把冷掉的钢块重新放回了炉子里。

"炭！"

久兵卫用火铲把炭往回扒。

"加炭！"

炭被添了进去。

兴里怒视正吉道：

"你在搞什么！"

"对、对不起！我一想到千万不能敲散了，手就发软。"

正吉还是把大锤提在腰间，一动不动。

兴里气得直咬牙。

这种情况如果反复出现，钢就不能用了。无法淬火，打不出刀刃来。

在兼重的打铁铺的时候，正吉是经常打前阵的，可见今天是多么紧张。

不能让炉子里的钢再这样白白地冷掉了。

然而，正吉已经不能托付了，久兵卫和直助也不行。

有了！

有一个人可以充当前锋，一定没问题。无论何时，她总能做得很好。

"把阿雪叫来！"

"……"

徒弟三人面面相觑。

"快去叫！就说让她来打铁间帮忙。"

"对不起，这次一定会……"

"不用了。"

"这次……"

"我说了不用。去叫阿雪！"

兴里眼睛一瞪，正吉低下了头。

"快去叫啊！"

兴里盯着久兵卫道。久兵卫立刻朝门外跑去。

兴里慢慢朝炉内送风，重新开始加热。

听到了急匆匆的木屐声，阿雪进来了。袖兜用白色束带绑着，和服的下摆被撩起塞在腰间。

"熔接钢片。"

阿雪点了点头。寥寥数语对方就懂了意思。

"明白。"

很久没有听到妻子这样的应答了。在越前的铁匠铺的时候，阿雪干活很麻利，总能按照兴里所期望的节奏来配合，对大锤的轻重的把握堪称绝妙。

风箱送风到一定的程度时,火焰中又出现了火花。

"扒炭!"

兴里再次从扒开的炭火中取出呈满月色的钢块,放在了铁砧上。

将大锤提在腰间等待的阿雪马上"啪嗒啪嗒"朝钢块轻敲了四五次,力度把握得很巧妙。钢块应该很顺畅地锻到一起了。

兴里提起撬棍把钢块放到草灰盆里,已经放下大锤的阿雪跑上去熟练地撒上草灰。

"好了!"

兴里将钢块移到跟前,抹上泥浆,然后放回炉子里。

就这样将钢块加热了三次,锻打了三次。

阿雪独自负责大锤。

她一点点加强下锤的力度,和兴里的期望完全吻合。

第三次加热时,钢片已经完全结合成一整块,不用担心散开了。

兴里把炉里的炭火烧得通红炽热,前后抽动撬棍,又上下转动。很快,手上有了"呼哧呼哧"沸腾的感觉传来,火焰中火花四处迸发。

"好嘞!"

兴里大喊一声,取出了几乎要熔化成铁水的钢块。

阿雪使尽全身的力气将举过头顶的大锤准确地砸了下去。她非常快速地抡锤、下锤,反复不断。

总共大约打了三十锤。

本来分散的钢片现在已经完全熔合成一体了。在钢块还保持着黄色的时候,已经被锤炼成了四方形了。

"干得好!"

兴里大声慰劳妻子道。手拿大锤的阿雪表情僵硬地擦了一下额头上的汗珠。

二十

到了晚上,阿雪发起了高烧。

"对不起!"

兴里用水桶里的水给阿雪拧了湿毛巾敷在额头上,毛巾一会儿就热了,需要不断更换。阿雪疲惫得连应答的力气都没有了。而且气息微弱,不规则,让人担心会不会就这样死去。

兴里打发正吉前往骏河台,请狩野玄英前来出诊。

乘轿子匆忙赶来的玄英,问明原因后厉声斥责了兴里。

"蠢货!再让她这样干一次就没命了!"

煎了药让阿雪喝了,全身都汗湿了。夜里给她换了两次睡衣。

兴里一直给她擦汗,用凉毛巾敷额头,片刻不离地一直照顾到早上。烧稍微退了些,呼吸也稳定了。

门外麻雀开始喳喳叫的时候,阿雪微微睁开了眼睛。

"我让你勉强了。"

阿雪点点头。

"勉强不怕。不勉强是打不出好刀的,不是吗?"

兴里摇摇头。

"勉强的事我来做就好了。"

"不……你在拼命从事的事情,我无法在一旁默默旁观。如果有我能做的事情,就请让我来帮忙,求你了。"

兴里紧紧地握住了阿雪的手。他清楚地记得,刚嫁过来时,阿雪的手是柔软而光滑的。她的皮肤也是洁白光滑且异常柔软。

自从让她帮忙切炭以后,不知什么时候手指上就长了肉刺。让她挥大锤以后,手掌上也起了水泡。

阿雪似乎觉察到了兴里的心思。

"我是嫁给铁匠家的,我也很喜欢打铁的工作。"

"是吗?"

兴里点点头,用手摸了摸阿雪的脸颊,脸颊仍然是白白软软的。

他又把手放在额头上,然后帮阿雪将眼皮合上。

"你接着睡。"

"嗯。"

阿雪听话地答应道。兴里从这简短的应答中感受到的是热烈的情愫。她是真心地爱着这个任性的丈夫的。

"我喜欢……"

"嗯?"

"你的手。"

"我这样的手?"

兴里盯着自己的双手看了看。一双典型的铁匠的手,骨节粗大,尽是烫伤的痕迹。

"手在额头上再放一会儿。任性是任性……"

阿雪露出了像是调皮又像是撒娇的眼神。

兴里再次把手放在阿雪的额头上,直到她发出轻轻的鼾声。

锻造工作进入了下一个阶段。

将锻造成四方形的钢块再次熔化,用大锤锤炼。

从这儿开始才是真正的锻造。

不能再让阿雪来干了。

"振作起来!你这样的话今后怎么作为一个铁匠生存下去?"

兴里厉声斥责正吉,令他握起大锤。现在已经不需要对力度的微妙把握,只需使上全身的力气准确地打下去就行了。

"行吗?"

"之前打锤的时候都是无心的,什么都不想,师父您应该也知道。只有昨天,师傅的脸在火焰的映照下,看起来像阎罗王似的,我一下子害怕起来了。"

"这是第一把,不凝神聚力地投入怎么行?"

兴里进入打铁间后马上关上窗,坐在主座上开始拉风箱送风。

通红的炭堆上冒起了火焰。金黄色的火焰映照着徒弟们认真的眼神。

大概差不多了吧。

兴里握紧了撬棍,埋在炭堆里的钢块传来了"呼哧呼哧"熔化的声音,不过还有些弱。

风还不够吗？好嘞！

兴里加快速度急促地抽送起风箱杆，加强了送风。钢块熔沸的感触不断地传来。晃动一下撬棍，火焰中迸出了很多小火花，像一朵朵小菊花。

钢块已经充分熔化。

兴里用小锤敲一敲铁砧，徒弟们马上挥起大锤做好了准备。

"来了！"

兴里从炉子里取出了钢块。

四方形的钢块正如料想的一样，呈黏稠状，颜色如满月。

放到铁砧上后，用湿了水的笤帚拂去表面的铁渣。

"开始！"

为了鼓舞士气，兴里用最大声喊道。

正吉将举过头顶的大锤砸了下去，准确地打在了钢块上面。

第一锤下去，巨大的撞击声犹如爆炸一般。火星向四面八方飞溅。一颗很大的矿渣沾在了兴里的胸口上，发出了皮肤烧焦的声音。

兴里管都没管，继续为徒弟们鼓劲。

"用力！用力！"

三个徒弟迅速地挥动着三把大锤。高亢的锤音此起彼伏，响彻四方。兴里将钢块上下翻动，使四面都能得到锤打。

每当大锤与钢块撞击时，熔化的铁渣就会四处飞散，杂质得以去除。

在反复敲击了几十次以后，钢块延展变成了原来的一半厚。

这时,兴里将一把带柄的大钢凿放在正中。

"敲!"

正吉把握好力度一锤敲下去,钢块上出现了一道深深的凹槽。

兴里将凹槽前面的部分伸到铁砧的外面。

理解了师父意思的正吉马上将伸出去的部分敲折上来。

再在铁砧上将呈直角状态的钢块完全翻折上去。本来锤打成扁长状态的钢块折叠起来以后,又成了四方形的钢块了。

随后再用大锤敲打,让它们牢固地黏合在一起。

"好嘞!"

兴里用右手握起小锤开始敲打。小锤敲打在赤红的钢块上感到了柔韧的弹性。

是一块有黏度的好钢。

兴里再一次将钢块放到草灰盆里,转动一下,让钢块沾满稻草灰。然后再拉到跟前涂上泥浆。

放回炉子后,久兵卫轻轻地把烧红的炭覆上去。

"加炭!"

黑炭上面冒出了蓝色的焰火。

打铁间里只听见风箱的风声和风箱叶干巴巴的开合声。兴里慢慢地吐着气,全身都在往外冒汗。火炉的主座正好处于被火焰炙烤的位置。

这样的折叠锻造进行了两次后,就开始吃午饭了。

吃了女佣端来的饭团,喝了热乎乎的麦茶后,直助战战兢兢地问道:

"师父能够和铁说话吗?"

兴里突然被这么一问,不明白什么意思,愣住了。

"哪能和铁说话呢?"

兴里一笑而过。但直助却是一脸不相信的表情。

"可是,师父看起来确实像是要跟铁说话的样子。"

"是吗?"

兴里有些疑惑。他并没有打算那样做。

"我也觉得像是在说话。"

久兵卫频频点头。

"这么说来,确实像是要跟铁说话呢。"

连正吉也这么说。

被三人这么一说,兴里看了看炉子。一堆余炭还在燃烧。仔细想想还是能想起一些情景。

"也许吧。"

但并不是有意识地搭话。每当面对火炉时,兴里总是想着里面的钢块的状态,所以经常在心里自言自语。

恐怕还不行。还需要点风吧?

这样一想,手里的风箱拉杆就抽送得更快更急促了。

熔化了吧? 快行了吧?

也许就是这些在心中自言自语似的问话,让人感觉是在跟铁说话。

那天下午,又进行了两次那样的折叠锻造。

"确实是有韧性的好钢。如果不是好钢,折叠三次就没有黏性，锻不到一起去了。从这里可以鉴别出来。"

兴里用小锤敲打着加热呈金黄色的钢块，对其黏性非常满意。

折叠锻造总共进行了八次。因为是两把刀同时进行锻造，光这个步骤就花了好几日。

"到目前为止是初步锻打。"

"还要打吗？"

直助一脸的惊讶。每天一大早开始就要挥舞沉重的大锤，已经疲惫不堪。手臂和肩膀的肌肉肯定会疼，兴里也有体会。对于还没有完全长大成人的身体，挥大锤是很辛苦的。

"真正的锻造还在后面。只有经过无数次的折叠、弯曲，才能够使钢注入强韧的生命力。如果在不痛不痒的地方就收手的话，铁匠的工作也就完了。想一想双方正在交锋时，刀断了会怎么样？"

直助的表情扭曲了。

"如果因此而被对方杀了，会化作鬼魂怨恨刀匠的。所以说，丝毫不可以草率，唯有全神贯注地锻造。"

将经过初步锻打的钢块再次熔化，这次是打成四角形的细长棒状。

兴里让正吉一个人弯着腰挥着大锤，耐心地锤打。不断地重新加热，直至锻打成一条笔直的四边体。这道作业花了整整两天。

打成约四尺长的四边体钢棒以后，从正中间切断，分成两条。

"把它们合在一起看看。"

兴里把两根已经冷却的钢棒递给了久兵卫。

久兵卫将两根钢棒合到一起后立刻瞪圆了眼睛。

"太厉害了！丝毫缝隙都没有！"

两根钢棒就像吸住了似的，严丝合缝地贴在了一起。

"要锻打到连根头发丝大小的空隙都没有。作为铁匠，就应该要做到这样的程度。怎么样？有了重新认识了吧？"

正吉以一个前辈的口吻，自豪地说道。

接下来再将两根长棒切成一段一段的。

然后将切割成小木梆子大小的钢紧紧地垒在一起，再次加热熔化。同样再用大锤按压黏合成一个整块。

正吉已经成为一个优秀的打对锤的先手，不再惧怕了，不愧是铁匠的儿子。隔着铁砧与坐在主座的师父面对面的弟子，必须要会跟随师父的节奏来操纵大锤。

下一步将再次变成了四方形的钢块进一步锻打。折叠锻打需要再进行八次。

"变小了好多！"

直助惊讶道。

"那是因为不好的东西都被砸出去了啊。是你们用尽全身的力气砸出去的。是铁匠的力量使得钢变得强韧的。"

七百文目(约2.6千克)重的钢块经过十几次的折叠锻打后，分量减少了一大半。打出来的钢块只有二百文目左右。

其他的要不变成铁渣飞散了，要不变成黑黑的氧化铁的铁皮脱落了。

只有锻打到这样的程度，才能使钢变得无比坚硬且有韧性。

"这是用作刀的皮铁的。"

将坚硬的皮铁和较软的芯铁叠合在一起是日本刀最大的特色。通过把性质不同的钢叠合在一起,锻造出不折、不弯、锋利的刀具。

锻造好皮铁以后,再另外锻造较软的芯铁。

将之前分割铁块时不容易敲下来的生铁同样进行加热、锻打,再进行五六次的折叠锻打。

把先锻造好的皮铁延展平坦,像槲叶糕的皮包住红豆馅一样包夹住芯铁。这是被称作包卷或者甲伏的一般性锻造技法。

下一步就是延展变长,锻打成刀的形状。

首先花一整天时间进行单纯的延展锻打。

还是由正吉一人担任先手。

兴里用手锤敲击一下铁砧,正吉就能辨别出声音的强弱,从而调整大锤的力度。

经过多次回炉加热和锻打,钢块慢慢延展成了长二尺有余,宽八分。

"嘿呀!"

兴里常发出一些奇怪的声音来为自己鼓劲。第一把刀即将诞生的喜悦传遍了全身。虽然之前也试做过几把,但这次他干劲十足地想在这把刀上第一次刻上自己的名号。所以他越发投入,感觉自己的全身都变成了钢一样,热情高涨。

将延展成细长状的钢前端的刀背部分切削成三角形状,再用手锤敲打刀刃一侧,形成刀尖。

"这里决定了刀的形状。刀尖部分哪怕出现头发丝大小的误差,打出来的刀就不一样了。"

兴里气魄十足地挥动着手锤。

三个徒弟像被施了魔咒一样,陶醉在师傅的工作状态之中。

经过延展,打出刀尖之后就形成了笔直的直刀的形状。

接下来把它加热烧红,锻打出具有弧度的刀形的工作就全由兴里通过一把手锤来完成。他从刀尖开始,精心地打出刀的姿态。

兴里专注地挥动着手锤,精神好得好似天神降临到了自己身上。感觉每一锤里都蕴含着六根清净的佛意。甚至每敲一锤都觉得自己和神佛更近了一点。这种紧张的状态令人愉快。

四个人每天从黎明到日落,眼里只有火炉和钢铁。

锻刀也好似苦行。

非专注不能获得好的结果。

专注了也未必能获得好的结果。

唯有什么都不想,一心只盯着铁,以铁为伴。

这样的日子日复一日,如风般吹过。

二十一

二楼的起居室面向东南,是一间向阳的房间。打开拉门就能看见不忍池和上野山。不知不觉间山上的绿树已经变黄了。

初冬的晴天,天空呈浅蓝色,澄净幽深,但风有些寒。一小群野鸭在荷叶间游来游去。

"每天都能听到悦耳的声音呢。"

可能是听从吩咐好好保养的原因,最近阿雪的脸色好些了。为了不让她受凉,兴里给她买了厚厚的棉被和棉睡衣。

"很清脆的声音吧?久兵卫和直助都干得不错。"

自开铁匠铺开始锻刀以来,过去差不多一个月了。兴里有些担心两个新徒弟会不会受不了整天打锤的辛苦而出逃,不过两人都忍耐下来了。

"我虽然在躺着,但只要听着铁锤的声音,就好像获得了活下去的力量。"

"是啊,我也是。感觉是徒弟们的大锤在让我活着。"

阿雪扑哧一声笑了。

"骗人的吧。"

"为什么?"

"我的丈夫可是天上天下唯我独尊,犹如不动明王、阿修罗降临般心性坚强之人,不必勉强地附和我哦。"

"那倒也不是……"

"这也不像你。谦虚这个词和你不大般配。"

正如妻子所说,兴里对自己的本领充满了自负。就算是在兼重那里试打的刀,他也认为已经远远超过了师父打的刀。作为盔甲师,他对铁有充分的了解,并且虚怀坦荡地学习做刀的技法。因此,他自信一定能打出天下无双的名刀。

"我就喜欢你对自己本领的夸耀。欢快得就像个天真无邪的孩子一样。"

虽然不像是夸奖,但也不感到讨厌。

"不过呢……"

阿雪话没说完,朝外面看了一眼。晴空中飘着一道条状的云彩。兴里等着她后面的话,可她什么也不说。

"可是什么?"

"天冷了啊。"

兴里起身把拉门关上。

"今天早上的活不急吗?"

"加热锻造、磨削的工作都结束了。今天要涂刃纹泥。想要不慌不忙地做。"

用手锤敲打出刀身的姿态以后,用一种叫做铣刀的工具对刀身进行整形,磨削掉多余的部分。

整好形的刀身接下来要涂刃纹泥,然后淬火。刃纹泥的涂法决定了刃纹是否流畅、美丽。这道工序不可急躁,要充分做好准备。

"你去好好睡觉。"

兴里把手伸向拉门,准备去加工间。

"我最近有一种想法。"

兴里回过头来,见阿雪正朝他微笑。

他露出了疑惑的眼神。

"请你不要太过分地投入。我总觉得过于紧张的状态并不太好。"

"好吧,就按你说的。"

兴里虽然嘴里这么答应着,但总感觉高涨的热情被泼了冷水,心里有点不快活。要不是看阿雪有病在身,真想给她一顿训斥。

加工间的土间已经事先命人洒了充足的水。

兴里再次看了看经过铣刀切削成形的刀身。他手握刀柄脚,将胳膊伸到前方,使刀笔直竖立。这样一来,可以很好地看到刀的整体姿态。

这是一把浅弧度,细刀头,有棱线的刀。经过磨削的刀身闪着美丽的银光。

地板间放置有一个用沉重的榉木做的涂泥台。

把刀柄脚插入涂泥台一侧的铆钉里,下面垫上楔子。就这样将刀以斜伸向空中的姿态固定住。因为在涂刃纹泥时,让刀悬在空中比较好操作。

"要先用草灰和清水洗掉油腻,不然淬火的时候泥会脱落。"

三个徒弟在一旁用力点头。

兴里将调和好放在坛子里的刃纹泥倒到板上面,用一把竹刮刀进行揉炼。

刃纹泥是刀匠机密中的机密。

刃纹泥一般是用制作陶器的优质黏土、磨刀石粉和炭粉混合而成的,不过,选择哪里的黏土,磨刀石粉和炭粉研磨到多细,还掺杂什么其他东西,做法多种多样,每个刀匠都有自己独自的配方。

绝大多数刀匠都把这作为机密,只传授给自己的一个儿子,而不会教给徒弟。甚至有的刀匠会在锁上门的房间内涂刃纹泥,把徒弟们隔离开。

在这一点上,兴里的师父兼重算是气量很大的。他毫不隐瞒,全部教授给了徒弟。

"我的师父兼重什么都教给我。他总是充满自信地说,看一看就能模仿是很了不起的。"

只有对自己的本领充满强烈的自信才能做好,这也是兼重教导的。

即使是同样的配方调制的刃纹泥,因为比例的微妙区别、颗粒大小的不同,或者涂抹的厚度、钢的质地、淬火时的水温的区别,形成的刃纹可能会完全不同。如果没有相当高的技巧,是模仿不了的。

"先是这样……"

兴里一边说一边用刮刀抄起调得稀稀的刃纹泥,薄薄地涂在刀面上。

"你们什么都能很快学到,真是很幸运,遇到了好师父。"

正吉对两位新来的徒弟说。两个小学徒低下了头。

"不必在意。你们迟早会成为长曾祢门下的一员而独自锻刀。到时候要是打出了差劲的刀是丢我的脸。"

只见正吉的脸上掠过一丝忧郁的神情。

"啊,你还是继承你父亲贞国的名号,这是对他的供养。"

正吉摇了摇头。

"不,父亲是一位好铁匠,但与师父完全不同。您拥有铁神降临般的气魄。无论如何我想继承一个'兴'字。兴……兴正不错。就让我叫兴正吧。"

不知怎的,正吉的无心之语竟触怒了兴里。

"混账!你这样说只不过是想到了你父亲的不幸。像你这样的还想继承'兴'字,再过一百年吧!连大锤都打不好的毛头小子,说什么大话。先去了解了解铁再来开口。"

兴里忽然非常生气。

朝下一看,涂的泥已经开始干了。

"洒水!"

正吉从水桶里舀来了水。兴里用眼角瞟了一下,发现正吉洒得很粗暴。

"蠢货!不能认真点洒吗?"

"对不起!"

"好了!正吉去磨铁砧,久兵卫和直助去切炭。一定要把树皮削掉!像上次一样树皮还留在上面的话,会把松脂的爆裂错看成火花。"

因为对徒弟的表现不满而急躁的话,会影响涂刃纹泥的工作。

由于嘴上不断地责骂,导致心情也会波动。兴里站起身,打开了拉门。

不忍池上方有些朦胧雾气。天空中,碎片云遮住了太阳。

云随着风飘移,一道白白的强烈的阳光从云端射了下来。白云在阳光的穿透下,显得柔和如雾一般。

对!就是这个光泽!

兴里想要的是长波浪形的刃纹,波浪舒缓流畅,线条清晰明亮。

淬火时形成的铁粒子，如果能微小到用肉眼看不见的程度，就会形成像云雾一样柔美的感觉。

烧制好的刃纹形象已经在兴里的脑海里清晰地出现了。

兴里回到涂刃纹泥的台前，心无杂念地工作起来。他操作着刮刀，一心祈祷能烧制出美丽的刃纹。

第二天，在确认刃纹泥已经干了之后，便开始着手淬火工作。

"添小块炭！"

与锻造时不同，这次是在另一个炉子里点火。为了使那么长的刀身能够一次性烧红，特地把烧炭的凹槽做得长长的。

"不要磨蹭！加炭！"

切得很细碎的小块炭很快就燃尽了。淬火的成败就在一瞬间。要将刀身整体均匀烧红，迅速浸入水槽。温度稍有不同，刃纹就会不一样。如果在这个地方失败了，这么长时间的辛苦就会化为泡影，功亏一篑。兴里感到了平常没有过的焦躁不安。

打铁间弄得很暗，一拉风箱，就看到火焰高高燃起。

往刀柄脚上套一个长长的柄，然后将刀插入炭火中。过了一会儿，从刀尖到刀柄护手部位全都变成了红豆色。

换算成摄氏度的话，呈红豆色的钢的温度大概在730度至800度之间。顺便提一下，钢铁在火炉里呈熔沸状态的金黄色时大约1300度。而出云的风箱炉炼铁场的炉子里呈火红色熔化状态的铁是1500度。

从炭火里抽出刀来确认一下颜色。整体已经烧红了，再过一会儿就正好了。

兴里把手指伸进水槽里试了试水温。水是用开水倒进去自然降温的。温度正适宜。

这边风箱加紧送风,强风把炭都吹了起来。就在这时,轻轻将刀抽出来,直接浸入水槽里。

水槽里立刻出现大量气泡,热气升腾。气泡声余音不断,持续了很久。

这一天完成了两把刀的淬火。这是点火仪式以后同时锻造的两把刀。

淬好火以后赶紧跑到加工间,用粗磨刀石磨去粘在刀身上的土。兴里担心的是刀上有没有瑕疵。

还好没有大的瑕疵。

如果操作不好,淬火时会出现裂缝、黑斑等。甚至会有褶皱、气泡的鼓点。

兴里仔细地查看了刀身。

放心了。没有大的瑕疵。这样的话打磨出一把好刀来应该没问题了。

"看一下吗?"

兴里把刀递给正吉。

"嗯!"

正吉低头接过刀仔细观看。

"怎么样?"

"我认为完成得很出色!"

正吉满意地开始清除第二把刀上的干泥,忽然小声惊叫起来。

"这里……"

顺着他手指的地方一看,在距离刀尖七寸左右的刃部,有一个睫毛尖一样细小的裂纹。兴里他们的目光被紧紧地吸引在上面。

那裂纹长有一分(约3厘米)。

这是在淬火时形成的刀刃的裂缝。

裂纹混在磨刀石痕当中,被忽略了。

虽然裂纹细小如尘埃,但所在的地方是致命的。即便是如此小的裂缝,一旦水渗进去就会生锈。

兴里抓起挂在墙上的手锤,使尽浑身的力气把刀砸成了两段。

二十二

十月即将过完,不忍池里的荷叶开始枯萎,寒冷的气息越来越近了。不过天空总是很晴朗,比夏天更显得清澄、深邃。

"江户的天真蓝啊!"

这天中午,兴里正吃着饭团,喝着白开水,忽然注意到了不忍池上方清爽的天空。

"越前的天空是什么颜色的?"

久兵卫问道。

"傻瓜!越前的天空当然也是蓝色的!"

正吉怒斥道。

"啊,冬天的越前的天空是铅色的。阴沉沉的,让人的心情很阴郁。"

相比起来，江户的冬天很舒服。虽然也冷，但不至于被大雪封门。

真希望打出来的刀也是这种清澈的蓝色。

兴里脑子里想的全是刚打出来的那把刀的事情。最早打的两把刀中，一把因为刀刃上有裂痕而砸掉了。

另一把没有明显的瑕疵。送去叫人研磨了，应该也快磨好送来了。

兴里在打铁间外面一边晒着太阳一边眺望着蓝天，这时，听到正门那边有来客的声音。

耳边响起了女佣匆匆的木屐声。

"您焦急等待的人来了。"

"哦，去把他带到加工间。"

兴里来到了加工间，一个年轻人端正地坐在地板上，面前放着一个长长的用茶色棉布包裹着的东西。

这人系着一块藏青色的围裙，围裙上印着井字框里加一个木字的家纹。他是日本桥本町的磨刀店木屋的二掌柜。

"刀已经磨好了，给您拿来了。"

说着解开包裹，取出了那长长的东西。是白木的刀鞘。年轻人行了一礼，用双手恭恭敬敬地递上。

"麻烦你们了！"

兴里他们确认过，由铁匠自己来研磨效果也很好。虽说如此，与专业的磨刀师磨出来的刀相比，看起来却是天壤之别。

尤其是木屋常与，是从德川将军家领取十人份共一百袋俸禄米的御用磨刀师,一般不会轻易给一个新手刀匠磨刀的。兴里硬是拜托师父兼重从中介绍,是因为对他们出色的研磨效果的期待。

兴里把白木刀鞘拔掉,刀身露了出来。刀面迎着透过拉门纸的光线,闪着清辉。

兴里紧握刀柄,把刀笔直立起。

刀身微微弯曲,前端细窄,给人一种紧致感。兴里用一张揉得软软的纸托住刀背,把眼睛凑到刀跟前细看。

成了!

刀面上能看出一些锻打时形成的曲线型肌理,紧密而好看,发出清澈的蓝光。

舒缓的波浪形刃纹边上,正如兴里在脑海里描绘过的一样,聚集着微小的铁粒子,好像浮云边上透出的太阳的光亮。

研磨的效果令人满意。

"你家主人常与阁下没有见到这把刀吧。"

木屋是一家雇有很多磨刀师的大铺子,主人不会对每一把新刀都一一过目。

"不,主人拿在手上看了。"

听到的是意外的回答。

"因为是兼重师父的推荐,说长曾祢师父的本领不一般,所以我们主人也很期待研磨后的效果。"

兴里不由得面露喜色。

"是吗?他说什么了吗?"

二掌柜略微思索了一下。

"呀,也没说什么特别的……"

兴里有些失望。这是一把多么好的刀。康继就不用说了,就是比起师父兼重,锻刀技艺也更加精湛,刀姿更为紧致,刃纹的云雾效果更是一绝,夸赞一句也在情理之中。

"真的什么也没说吗?"

"那倒也不是……"

就是嘛!像木屋常与那么了解刀的人,见到这么好的刀不可能不赞赏的吧。

"他说什么了?"

"他说是一把紧绷的刀。"

二掌柜说完后抿了抿嘴唇。

"就这多吗?"

"是的,就说了这么多。"

二掌柜把脸扭过去,看着明亮的拉门那边。

虽然不敢号称能与行光、青江的刀相匹敌,但兴里坚信,在目前江户所有新锻的刀当中,能达到这个程度的刀应该是很少见的。

"你觉得这把刀怎么样?"

兴里将刀立在面前,目不转睛地看着对面的二掌柜。

"作为木屋的二掌柜,你见过的刀应该不计其数。"

"是的,见了不少。"

"我就想向你这样鉴别力高的人请教。你怎么看这把刀?"

"我认为是一把好刀。"

"我不需要恭维的话。请你告诉我真正的想法。"

二掌柜舔了一下嘴唇,像是在思考该怎么说。

"怎么说呢……"

"怎么说都行,说出你的想法。我不会生气的。"

兴里故意用的是江户调。他觉得在和江户人说话时,不用江户调会被瞧不起。

"好的。这是把好刀……"

兴里强挤出笑容,可是这种不痛不痒的评价并不能让他满意。二掌柜的嘴角稍微有些舒缓了。

"只是,恕我直言,总觉得这把刀有一种疲惫之感。"

"疲惫是指?"

"就像主人所说的,就是过于绷紧的感觉。让人看了以后无法平静,马上就想逃跑的感觉。"

"那叫做霸气凛然,精气十足,不是吗?"

"不,光是这样当然没问题,但是如果过于虚张声势的话,总感觉看起来有些难受……"

二掌柜不自然地咬了一下嘴唇,像是后悔自己没忍住而说漏了嘴。

"没事,我不生气。最了解刀的还是磨刀师。我想成为江户第一,不,日本第一的刀匠。为此,无论如何我也想听一听日本桥木屋的意见。负责磨这把刀的师傅没有说什么吗?能告诉我吗?"

兴里露出满面笑容。

"没,并没有特别说什么……"

从他的话语中,兴里感觉到磨刀师一定说了什么。

"请你告诉我,拜托了!"

兴里低下头,用恳求的目光看着对方。

"好……"

"你不说我就去店里问。"

二掌柜轻轻摇摇头,像是豁出去了似的终于开口了。

"我说。拿这把刀的话……"

刚说一半又止住了。

"话说一半急死人啊。我不会生气的,只是想听听真正的声音。"

"不……啊……好的。他说会招来灾难……"

兴里连生气的意愿都没了。

"是么?灾难啊……"

付过费用后,二掌柜匆忙离开了。

要是在那些便宜的磨刀店的话只需几百文钱,交给木屋去磨,得花好几两银子。知道这么贵还送去让他们磨,是因为兴里相信自己的刀虽然是一把新锻造的刀,却是一把锻造精良的锋利的宝刀。

心情变得闷闷不乐。

兴里去厨房准备喝点水,见阿雪拿着个吹火筒站在那里。

"刚才叫人去买团子去了。"

"不必了,买那东西干什么。快躺下,快躺下!"

阿雪却满面笑容地看着兴里。

"怎么了?有什么好笑的?"

"得到表扬了,真好啊。"

"得到的是恶言恶语!"

"不,我都听到了。所谓会招来灾难,说明这是一把有很强吸引力的刀啊。如果是一把没有力量的刀,谁也不会这么说。"

"切,净胡说。"

"辛苦啦!能不能让我也看一下刀?"

兴里来到加工间把刀拿给她看。阿雪眯着眼睛仔细看了看。在越前的时候,兴里就尽量教给阿雪关于钢和刀的各种知识。所以,阿雪对于刃钢也有相当的鉴别力。

"怎么样?做工好吧?"

"是的,能看出来是你打的刀。"

阿雪说完这一句就再也没说什么了。

兴里早早地结束了那天的工作,熄了打铁间的炉火。

他继续拿起刀来盯着看。

不愧是木屋的师傅研磨的,把刀中所隐藏的力量毫无保留地表现了出来。

兴里擦拭了一下并不过分油光闪亮,但带有润泽感的刀身。刃纹曲线和云雾状花纹都很好地表现出来了。这样的技术,是那些一般的磨刀店无论如何也不能比的。

这并不是磨刀师的本事,是我的刀好。

看着看着,兴里又恢复了自信。他对自己的技术充满了强烈的自豪和满足。

他把刀递给正吉。正吉照样细细观看了一遍。

"比起兼重师傅的刀来,姿态更加紧致,刀身的锻打纯熟,刃纹也美丽。"

接着又让两个年轻弟子看一看。

"真是一把宝刀啊。要是把它献给将军大人,一定能够获得奖赏!"

直助的赞美之词有点好笑,却让气氛变得有点尴尬。

兴里还是很在意木屋的二掌柜的话。

灾难什么的暂且不说,主人的那句"紧绷的刀"的评论总是在脑海里挥之不去。

兴里仍然捧着刀仔细端详,不愿放手。

是把好刀。

这是他最终得出的结论:是一把霸气凛然的好刀。

兴里决定睡觉时把它放在卧室的枕头边上。

他直接将脱去刀鞘的白刃轻轻地放置在刀架上。

借着灯笼的光再一次心满意足地看一眼才进了被窝。

夜里,兴里醒了。屋外在刮西北风,木板窗套被吹得哗啦啦响。

兴里朝刀的方向望去,灯笼微弱的光线中,更显得神圣庄严。

真是一把好刀。

兴里满足地朝旁边阿雪的床铺看了一眼。阿雪表情安稳,发出均匀的鼻息声。

房间里很冷,兴里起身准备去给阿雪弄个火盆。

"今天晚上真冷啊。"

"醒啦？我去准备个火盆来。"

"不用，没事的。"

"肯定冷。医生不是说了吗？你这个病最怕受凉。"

"是的。可是……"

"别说了，我去烧点炭。"

"不是……"

"什么？"

"如果可以的话……不，没事了。你快睡吧。"

阿雪翻了个身转过头去。

兴里稍作思考，起身溜进了阿雪的被窝里。阿雪的脚是冰凉的。兴里从背后紧紧抱住阿雪，帮她暖身子。自从阿雪患病后就没有和她同寝过。感觉妻子弱小的身体即将要消失远去一样。

"你太好了。"

"别说话了，睡吧。"

兴里也困了。听着外面的风声，兴里进入了似睡非睡的状态。

能看出来是你打的刀……

兴里想起了妻子的这句话。这是什么意思呢？明天问问她吧。

就在他开始迷迷糊糊的时候，枕边响起了"叮"的一声金属断裂的声音。

兴里被声音惊得弹坐起来。

马上看了一下刀。

怎么会这样？

简直难以置信。

把灯笼的光调大一点再确认。

没看错,刀尖部分不见了。

刀头变成了圆秃秃的了。

靠近仔细一看,刀尖的淬过火的刃部缺失了,只剩下未经淬火的铓子(刀尖部分的刃纹)。前端部分像箭镞一样崩裂弹出去了。

黑暗中传来了金屋子神的嘲笑声,嘲笑愚蠢的刀匠。

也曾听兼重说过,如果锻造得过于紧张,刀尖有时会断裂。

兴里找了找崩出去的刀尖部分却没找到。也许是弹得比较远,所以用灯笼照了照房间的各个角落,但都没有。

"老公,那里……"

顺着阿雪的视线往上一看,发现屋顶上插着一个闪闪发光的东西。由于刀身过于紧绷,断裂的刀尖一下子弹到屋顶上去了。

二十三

上野一带寺庙众多。

宽永寺三十六坊不用说,沿着山麓,可以看到众多寺庙的屋顶绵延不断。

向北走来到街道的尽头,是一大片萧瑟的农田。早晨的天空是湛蓝的。感觉今早天空的蓝色特别深。

"这个人有点难伺候,你说话要注意。"

走在前面的兼重叮嘱兴里道。兴里绷紧了神经。

承应四年(1655)的新年刚过,家家户户已经取下了门松。

去年秋天,兴里在不忍池畔开了自己的铁匠铺,在那里打出了第一把刀。然而,刀尖在一个寒冷的夜里自己断裂崩出去了。肯定是锻造的时候哪里有所勉强。兴里当时异常失落,不过随即又下定决心重新再来。他重新鼓起干劲,回到了打铁间,没日没夜地投入到锻刀的工作中,连庆祝新年的事都忘了。

新年到来的时候,终于打出了一把满意的刀。

兴里看着已经磨好了的刀,感觉不错。不,应该说是相当的好。

这样的话应该没问题了。

这样的结果,使兴里曾经被击得粉碎的自信心又逐渐恢复了。

这把长二尺三寸两分(约70厘米)的刀,是用播州的千种钢锻造的,刀面清澈锃亮。

尤其是淬火淬得特别好。打开拉门,对着初春的阳光一看,舒缓的大波浪状刃纹的边缘闪着令人欣喜的蓝光。刀面上如料想的一样有沸腾状的小颗粒花纹。这些都是刀刃坚硬强韧的表现。

虽然看起来颇令人满意,但是,因为有过之前的事情,兴里心中还是掠过了一丝不安。

会不会再次出现断裂呢?

想到这个,兴里彻夜难眠。

为了消除不安,最好去实际试一试刀。

"让山野先生看一下吧。他对刀的鉴别力可比一般的刀匠高得多。"

师父兼重对前去找他商量的兴里这样说道。

山野加右卫门是一位专门试刀的锋利程度的试刀家。他偶尔会到兼重的铺子里来,对打刀提一些意见,所以兴里也见过他。

刚好兼重约好了要去山野那里试刀,所以决定让兴里一同前往。

山野的宅子坐落在下谷。

兴里让徒弟正吉拿着刀,清早就跟随兼重上了路。一路上到处梅花绽放,香气扑鼻。

加右卫门的宅子被一圈山茶树围着,一股像线香一样浓郁的香味扑鼻而来。好像是沉香的香味中混杂着其他的香味。

在门口喊了一声后,出来一位年轻的仆人。

他们直接被带到了后院。宽敞的院子里有一个将土夯实筑成的土坛。

只见山野加右卫门把和服裙裤的下摆提起掖在腰带下,绑着白色的和服束带正在做抡舞刀剑的练习。

他的练习方式与一般武士有很大不同。

只见他双脚成八字形叉开,双臂伸直把木刀举过头顶。然后踮起脚,笔直地朝地面砍下去。

他那瘦瘦高高的身子猛烈地向前弯曲,变成大大的弓形。木刀从风中砍过,发出令人毛骨悚然的声音。

兴里他们在一旁默默地看着他重复了有几百次。听说早上三千次,傍晚八百次是加右卫门每日必做的功课。

练习结束后,他用手巾擦了擦汗。

"打扰您了！我们把刀带来了。"

兼重恭敬地行了一礼，加右卫门点了点头。

对方五十岁上下，目光炯炯有神。传说他迄今为止斩过的罪犯超过六千人，从他的气势来看，这未必是夸张的说法。

兼重从徒弟手中的袋子里取出了白木刀鞘，双手奉上。

"有劳了！"

加右卫门嗖的一下子拔出了刀身。

他伸直手臂，将刀身竖直立在面前仔细观看刀的整体姿态。

他用和服袖子捏住刀背，把眼睛凑近刀面。从刀柄护手一直到刀尖，毫无遗漏地扫视一遍后，把刀身转一面又同样扫视一遍，然后缓缓地点了点头。

"好刀！有进步！"

"谢谢！"

兼重的话语里充满了安心之感。

听说以山野加右卫门的眼力，连刀都不需要挥一下，光看一下质地就能准确鉴定刀刃的好坏。所以，兼重感受到了加右卫门的话的分量。

"准备一下！两个。"

加右卫门话音刚落，随从们小跑着用门板抬着一具没有头的尸体回来了。

死尸是赤裸的，只系着兜裆布。可能是血已经流尽，皮肤异常苍白。

随从们将尸体放到一尺高的土坛上后，又迅速搬来了另一具同样是没有头的尸体。

"本胴重叠!"

在试斩尸体的时候,根据斩切的部位不同,每间隔一寸多就有一个叫法。从接近肩膀处开始,分别叫摺付、胁毛、一之胴、二之胴、三之胴,本胴刚好在胸口窝部位。

随从们对于尸体的操作非常熟练。

他们将尸体的腿交错在一起,使他们侧向而卧,以后一具尸体抱住前一具尸体的姿态捆绑,然后在四角钉入木桩稳稳地固定住。

加右卫门取下刀柄,换上一个专门用来试刀的一尺多长的长刀柄。再在白木刀鞘上套三个铁环,坚固无比。

然后在刀柄上插好铁榫钉,用楔子固定好刀柄口,用左手夸张地挥动三次。

加左卫门站到土坛前,睁大了眼睛盯着尸体。苍白的尸体四肢僵直。

他用双手握住刀柄,刀尖轻轻地放置在尸体的躯干部位。

他蹭了蹭脚,在刀尖刚好能伸到躯干另一边一点的地方站定。

小鸟在晨光中鸣叫。加右卫门轻轻吐了口气。他踮起脚,高高抬起手臂将刀举过头顶。

刀尖直指天空,身体后弯如一张大弓。

加右卫门保持着这个姿势深深吸了两口气,眼里忽然发出了一道光。

这时,刀尖微微晃动一下,仿佛又举高了两三寸,接着便迅猛地砍了下去。

随着一声闷响,两具叠在一起的躯干被一劈为二。

刀嵌进了土里,尸体的切口处垂下了已经发黑的内脏。

加右卫门拔出刀,从怀里取出一张纸擦拭一下,然后又仔细看了一遍。

"这刀刃无可挑剔。可以刻上'二胴截断'的铭文。"

"多谢!"

如果能够镶上金字的山野加右卫门永久的截断铭,刀的价值就会蹿升,能卖到几十两金币。即使去除送给山野的十两酬金,刀匠也能获得不少的收益。

原为仙台藩士的加右卫门,年轻时曾作为浪人在江户学习试刀术。师父是领取一千二百石俸禄的幕臣中川左平太。

中川左平太弟子众多,加右卫门是其中才能最为出众的一个。他被推举为幕府御用的试刀师,负责为将军家的刀试验锋利程度。

他不是正式的幕臣,俸禄是十人份的禄米。试刀的活并非天天都有,所以平时常去小传马町的囚狱帮忙斩首罪犯。这本是负责砍头的捕快的事情,毕竟这是一份让人良心不安的工作,所以他们倒很乐意付些酬金,让加右卫门代劳。

加右卫门把在小传马町斩首的罪犯的尸体带回去,用来试刀。

既有大名和旗本拿来得意的刀要求试刀,也有刀匠、刀店的人直接来试刀。

试刀的结果以铭文的形式刻在刀柄脚上。

在战乱时代,再下级的士兵或武士也会对刀做出自己的评价,但是在太平年代,杀过人的武士很少。自然,对于刀的好坏,都是交给试刀师去鉴定。截断铭就是好刀的保证。

现存的截断铭中,从斩断一具躯干的"一胴"到最高的"七胴落"都有。"七胴落"的刀主是关兼房,试刀者是加右卫门的弟子中的川十郎兵卫。据说三具以上尸体一起斩时,先将尸体垒在一起绑紧,刀上套一个重达两贯(7.5千克)的刀柄护手,以从高台上一跃而下的姿势斩切,但不知是真是假。

江户时期有名的斩首师山田浅右卫门,是山野加右卫门的儿子勘十郎的弟子。浅右卫门家族从幕府末期一直到斩首刑被废止的明治十四年(1881)历经八代都做斩首犯人的工作,其数目达到了几万人。毫无疑问,这也是一部刀的历史。

兼重认真地擦拭经过试斩的刀,收入刀鞘中,然后招手示意在一旁等候的兴里过去。

"今天还有一把刀想请您过目。这是我的徒弟,去年刚开了一家锻刀铺。"

加右卫门听后点点头。兴里马上将白木刀鞘递上。

"在下兴里,拜托您一试!"

加右卫门拔出刀身,笔直地举在面前。沐浴在阳光中的刀身银光闪闪,耀眼夺目。

只见他默默地看着,不作声。

仔细端详完刀以后紧闭了一下双眼,然后目不转睛地看着兴里道:

"你心里难道有什么不满的事情吗?"

"哎?"

兴里不明白什么意思。

"这把刀有怒气。"

"怒气……"

兴里单膝跪在院子的地上,扭着头不解其意。虽说不明白,但还是联想到了一些情景。

在打铁间,兴里的精神总是紧绷着。内心深处充满着怒火。

混蛋!傻瓜!

他一边打着刀一边在心里谩骂。

混蛋、傻瓜是指他自己。他恨自己不该自满,以为锻造出了宝刀而自负起来。

结果是刀尖崩裂飞出去了。真是天大的笑话。所以在打这把刀的时候,总是想着不要再犯同样的错误,把对自己的怒气也敲打进了刀里。

"不瞒您说,之前打的一把刀的刀尖崩裂飞出去了。莫非也是因为刀上带有怒气?"

"你说什么?刀尖飞出去了?"

兼重转头问道。这件事情,兴里连师父都没有告诉。

"哼!"

加右卫门从鼻子里发出哼哼一笑。

"听说偶尔是会有这样的事情。你觉得刀尖为什么会飞出去呢?"

关于刀尖为什么会弹到屋顶上去,兴里再三思考过。

他认为主要有三个原因。

要么是钢本身太强,要么是淬火时的温度过高,要么是冷却水太凉。可能是其中的某一个原因造成在张力过大的情况下发生翘曲。

"我觉得是因为钢太强。淬火温度和水温是合适的。"

兴里认为除此之外想不出其他原因。

锻打的时候,用手锤把经过延展成笔直的钢条一点点打出弯度,形成刀的形状。

这个时候,弧度还很浅。形成更大的弧度是在把烧红的刀身浸入水中淬火的时候。突然冷却的刀身,瞬间会向刀刃一边倾斜,不过马上又向刀背方向弯曲。

这个时候,如果因为刚才所说的三个原因而造成弯曲过度的话,刀刃就会出现裂纹。最初锻造的两把刀中的一把就出现了睫毛尖般细小的裂纹。

即便不出现裂纹,如果用勉强的外力使其弯曲的话,刀也容易崩裂或折断。

如果是淬火很成功的刀,向外弯的力量和回归的力量是均衡的。

如果不均衡会怎么样?

迟早会达到打破平衡的界限。

那把刀的刀尖之所以会"叮"的一声弹了出去,是因为在那个寒冷的夜里,刀身的受力超过了界限。

在刀刃向外弯的力量超过钢的强度时,刀尖猛然裂开弹出,刺入了屋顶。

兴里按自己的想法解释了一遍。

"真是个愚蠢的铁匠啊。"

加右卫门的眼里充满了鄙视的神情。他把刀还给兴里,解开了绑在身上的束带。

"不给我试刀了吗?"

"差刀不用试,一眼就看出来了。你这把刀很容易折断。"

兴里听了加右卫门的话很生气。

"就算再怎么有眼力,说什么看一眼就知道了,也太绝对了吧。正因为失败过一次,所以这次更加注意锻打出钢的韧性。你看不出这钢的强度吗?"

"喂!休得胡说!"

兼重大声斥责兴里。

加右卫门的眼睛紧紧盯着兴里,兴里也瞪着他。

"你原是锻盔甲的吧?"

加右卫门记得以前在兼重的铁匠铺看过他打的头盔。

"是的。头盔是我最最拿手的活。不过我现在立志要锻刀。"

"为什么不用像那头盔一样有韧性的钢来锻造呢?"

"如果是同样程度的韧性的话,肯定是劈不开头盔的。我的愿望是用我自己锻的刀来劈开我自己锻的头盔。所以,必须是非常强硬的钢。我认为这把刀就达到了这个程度。务必请您一试!"

加右卫门用毛巾擦了擦额头,太阳穴痉挛似的剧烈颤动了一下。

"真啰嗦!我不用试,一看就知道这刀身的质地。我已经看得很清楚。这把刀一旦交锋,很快就会断掉,这是一目了然的。"

兴里感到内心的什么东西一下子被撕裂开了一般。

"我兴里从出生下来开始就是打铁的,是把打铁锤当玩具玩着长大的。虽说打头盔和锻刀不一样,但是说我这刀一出手就会断,我是无论如何不会服气的。请务必让我亲眼看一看折断的样子。"

加右卫门把手搭在肩上,左右活动活动脖子。

"你的执着精神我非常理解。祝你打出好刀!"

说着便转身准备离开。

"请等一下!请求您试一下这把刀!"

"不用试。这把刀的钢已死。"

"您说什么?……钢已死?"

"是的。是你杀死了好不容易锻打出来的钢。"

"杀死了钢……"

兴里把牙齿咬得咯咯响。正因为第一把刀失败了,打这把刀的时候一再用心注意。兴里现在与其说是生气,不如说感到可悲,眼泪都流出来了。

"我再说一句。"

"请说。"

"你的刀是有改进的希望的。刀中带有怒气并非坏事,只是霸气凛然的感觉有些过度了,要进一步修炼,将来未必不会成为一名优秀的刀匠。"

加右卫门说完便迈步要走。

"我还是不能认可。请让我亲眼确认一下我的刀已死的事实。"

兴里双手着地朝加右卫门叩拜请求。

"这把刀倾注了我很多的心血,你光说肯定会断、钢已死什么的,我无法轻易接受。务必请您试一下!"

兴里跪在地上,额头贴地请求。为了刀,他什么都愿意做。

"好吧,就给你试一下吧!"

"真的吗?万分感谢!"

"不过,要赌上你的命,你有这个决心吗?"

"我的命……"

"是的。你拿你的刀,我拿别的刀,只对击一下。如何?试一下吗?"

"……"

"如果你的刀不断,就是我瞎了眼。你可以直接砍了我的头,然后在刀上刻上铭文'斩加右卫门',会成为世所罕见的名刀的。"

"要是断了呢……"

"我的刀会直接砍下你的脑袋。"

兴里抬头看见加右卫门黑色的瞳孔发着冷光。

兴里深深点了下头。

"知道了。那另一把刀呢?"

这时,听到了兼重严厉的训斥声。

"喂!你在胡说什么!快道歉!向山野先生道歉!实在对不起,您放心,这家伙我回去会好好教训的。还不快走!"

加右卫门向兼重摇摇头。

"你不要插嘴。……对了,另一把刀就在那儿。"

加右卫门朝土坛望了望。刚才斩断的尸体已经被随从们收拾走了。那土坛上的土呈奇怪的黑色,大概是因为上面留下了几千具尸体的血吧。

"把'康继'拿来,二代康继。"

随从听到命令后立刻跑去拿刀。

"康继?"

"不行吗?"

"不,求之不得的对手。"

兴里对于前一代康继的刀没有意见,甚至可以说是一直渴望的对手。

随从很快就把刀拿来了。加右卫门拔去黑色的刀鞘,观看了一会儿后递给兴里。

"你看看。"

"谢谢。"

这是一把修长的刀,大概有二尺五寸(约76厘米)长。刀身锻造得厚实,豪华壮观,刀面闪着黝黑的光,有一股阴气。刃纹是直纹,有不少"纹脚",也就是从刃纹的边缘向刀刃方向延伸的闪光的线条。

"这纹脚不错吧?"

"确实。"

善于识刀的武士都喜欢纹脚等刀刃上的内容,给予很高评价。这些东西不光有观赏性,还会给铁的组织带来硬软度的变化,增强刀身的韧性。也就是说,它们是不折、不弯、锋利的刀的证明。

"举刀吧。"

兴里把康继的刀还给加右卫门,拿起了自己的刀。

两人采取平举的姿势,把刀头对准了对方的眼睛。

微风中带有一股春天的芳香。

柔和的阳光下,小鸟在喳喳鸣叫。

兴里还是第一次拿刀对着别人。

加右卫门微闭着眼平静地站着。

刀尖对准了兴里的左眼。

接着又把刀收回立在自己的右前方,采用"八双"的架势。

"你恐怕没有练过剑术吧。你就对着我砍过来!"

兴里的身体僵住了。

倒不是害怕康继的刀的气魄,而是被懊恼的情绪给击垮了。对方明明是那么阴沉的一把刀,却让人感觉到了深不见底的力量。

"我不会使刀,请从你那边砍过来。"

加右卫门点点头。

"保持现在的姿势把刀立起来。"

兴里按加右卫门所说,把刀从平举变成笔直竖立。

"把力气集中到手腕和手掌上。"

兴里照做了。

"来了!"

话音未落便听见加右卫门脚底的擦地声。他迅速接近兴里,用康继的刀朝兴里的刀横向砍了过去。

只听见尖锐的一声响,兴里的刀如细竹一般断掉了。

断的是前面的七寸(约21厘米)左右,飞出去的断片在蓝天下转了好几圈。

兴里的发髻被康继的二尺五寸的长刀削去了一部分。

恰巧来了一阵春风,吹散了这位糊涂的刀匠的头发。

二十四

春天的风很大,四处狂吹,吹皱了不忍池里的水,吹得上野山的大树枝丫剧烈摇晃。

兴里的内心也是波涛汹涌,很不平静。

刀断了。这可是他在第一次失败之后,痛下决心,使出浑身解数锻造出的最好的刀,凭现在的自己是绝对打不出比这更好的了。

然而,就是这样一把刀,却这么轻而易举地被斩断了。

而且,还是被康继的刀给斩断的。

他的内心无法不波涛汹涌。

刚才,山野加右卫门并没有取兴里的性命。

"我会再叫你来。你把脑袋洗干净等着!"

加右卫门丢下这句话后回到屋里去了。

据说加右卫门取罪犯的活胆做药。从他的表情和措辞来看,也绝不是一个会轻易宽恕别人的人。他说了要你的命肯定就会要你的命吧。

就算被杀也毫无怨言。死不要紧,对这条命没有什么留恋。

但是,因为还没有打出满意的刀来,现在还不能死。

"混账!混账!混账!"

发髻被削断的兴里无力地坐在原地,在兼重的催促下好不容易站起身往回走。

回到池之端家里的兴里由于过度的懊悔,狠狠地朝门踢了两脚。

"你回来啦!"

阿雪出来迎接,兴里却径直横冲直撞地通过土间,走到厨房的门口坐下,差点把阿雪撞倒。

"水!"

兴里大喊道。阿雪用托盘端来一碗水,兴里一饮而尽。

"再倒一碗来!"

兴里口渴了。碗一放下,阿雪便又倒来一碗。

一看,水面上浮有灰尘,一下子火冒三丈。

为什么非要我喝漂有灰尘的水?

阿雪站在一旁,目光呆滞地看着兴里。

"发生什么事了吗?"

见阿雪说"什么事",兴里更加怒不可遏。

就是因为有这么个麻烦的妻子,我才锻造不出好刀!要是这个女人好好地没有生病,我应该能更加投入地去锻刀。这个女人就是瘟神。

"没用的东西!"

兴里不由得说出了口。

阿雪紧闭着嘴唇,满脸的委屈,心里很难受。

兴里又狠狠地瞪了她一眼,阿雪咬着下嘴唇,一副强忍着的表情。

见阿雪强忍着,兴里却认为她在假装坚强,一股强烈的怒火瞬间爆发了。

他把手里那碗水一下子浇到了阿雪的脸上。

"你干什么!"

阿雪低下头,淋湿的脸上充满了悲伤,心里越发气愤。

"我哪里让你不称心了?"

阿雪说完后恨恨地看着兴里。

"怎么？有怨言吗?"

阿雪摇摇头。

"你不喜欢的话就把我打死吧。自从嫁给你的那一天起,我就把这条命交给了你。我没有任何怨言。"

听到阿雪讲这样的话,兴里更气了。

"够了!"

兴里站起身想要动手。阿雪的眼里含着泪水,正直直地看着兴里。

没意义。

兴里放弃了动手的想法,转身去打铁间了。

"师父……"

正吉跟了过来。

"你这样对师娘是不是太过分了?"

"闭嘴!你不用管!这个女人活着根本就没有意义!"

兴里大吼一声后又意识到说过分了。阿雪恐怕也听到了。

打铁间里,直助和久兵卫正在用磨刀石打磨大锤的光面。听到声音后吃惊地朝这边看着。

兴里站在那里,环视了一下打铁间。要跑的话还是趁早。

"混账!"

骂人的话忍不住又脱口而出。

他想到乘夜逃跑,但打铁的工具都是很重的,带着这么多工具走是不可能的。

只身逃走吗?

这倒是可以。反正就这样轻易丢了性命是绝不甘心的。不管怎么说,一定要打出好刀,让加右卫门心服口服。

逃回越前?

加右卫门应该不会追到北陆去。虽然福井的家和铁匠铺已经转让给别人了,但是,依靠亲戚们帮忙再开一个铁匠铺也不是不可以。

可是……

阿雪怎么办?长途旅行的话,身体状况肯定又会恶化。

干脆把这个碍手碍脚的女人丢在江户吧。反正她也不会活太长了。对,把这个女人丢下来就行了。

一时间,兴里的脑子里闪过了种种思绪。他被笼罩在巨大的被杀的恐惧之中。

"啊!"

正吉用手指着门外大叫一声。

"师娘她……"

阿雪背朝这边正朝着不忍池的中心方向走去,水已经漫到了膝盖。

"蠢货!"

兴里大喊一声,从打铁间飞奔而出。他直接跳入水里,追到阿雪的时候,水已经齐腰深了。

"你要干什么!"

兴里狠狠地打了阿雪一巴掌,把她拖上了岸。

阿雪已经泣不成声。她低着头,放声痛哭。

"混账!"

兴里又一声训斥。他抓起阿雪的衣领,准备再狠狠地打一次,但是,举起的手在半空中停住了。

他看到阿雪的表情是那么凄凉和痛苦。

"如果我碍你的事的话……"

"知道了。"

"……我随时都可以走。"

"别说了!"

"像我这样的……"

"住嘴!"

兴里责备一句后把阿雪带到了打铁间。

他帮阿雪换了衣服,在炉子里生了火,让阿雪坐在正对着炉子的位子上,自己紧挨着阿雪坐在后面。

兴里拉动了风箱,火焰高高燃起。

两人对着炉子里的火,什么也不说。要是平时肯定会感到热,而此刻,炉火照在身上却感到很舒服。

两人一动不动地看着火。在风箱的风声中,阿雪止住了抽泣。阿雪的后背慢慢靠到了兴里的怀里。两人就这样一直对着火看着。

不知不觉中,周围已经暗了下来。

就这么一句话都没说回到了寝室,钻进被子里后,两人相拥而眠。

感受到阿雪肌肤的温度后,情绪激昂的兴里的内心终于变得柔软了,放松了下来。

紧张的心情放松下来后,懊悔的情绪一下子涌了上来。兴里忍不住呜咽起来。

泪水止不住地往外涌。

阿雪温柔地抚摸着兴里的后背,兴里一直抽泣到第二天早上。

醒来时已经很迟,兴里突然感到自己很没出息。

我到底是做了什么?

他注视着不忍池方向,叹了一口气。

倾注了自己全部精力的刀就这么断了,自己的生命什么的也就没有什么价值了。

只感觉慵懒倦怠,身体也好心灵也好,就像是从别处借来的似的,毫无力气。连这春天的晴好天气也格外令人生厌。反正要死的话,还不如早点死,早点让他给杀了。这个男人已经没有活着的价值了。

离开越前来到江户已经六年。几年来,无时无刻不在想着要造出日本第一的名刀。在兼重的铁匠铺和一帮年轻人一起流汗数载,终于开了自己的铁匠铺,开始锻刀。其结果呢?

第一把刀在一个寒冷的夜里刀尖崩裂飞出去了。

第二次锻的刀被山野加右卫门轻易就斩断了。

不就是锻刀嘛。

也许曾经确实小看了锻刀这件事。

作为盔甲师,曾经长期与铁面对面,所以自认为对于铁已经无所不知。

当然,锻刀用的铁和锻盔甲的铁是完全不同的。这在兼重那里学习的时候就已经知道了的。

然而现实是,自己像个什么也不懂的白痴。

兴里对于自己修炼的不足感到震惊。

外面已经春意融融,但不忍池的荷叶仍然是冬天干枯的景象。

加右卫门既然说了回去洗好头等着,就一定会派人来叫的吧。他不像是拿性命开玩笑的人。

在死之前再打一把。

兴里也曾这样想,但恐怕没有这个时间了。即便给留下锻刀的时间,也没有气力了。兴里坐在二楼的起居室,呆呆地望着池子和蓝天。白云在慢慢地变换着形状。兴里每天光坐在那看云,很快三天过去了。

"好舒服的春天啊。"

阿雪自言自语道。

"我是个愚蠢的铁匠。"

"是吗?"

阿雪微笑道。

"充满自信地打出来的刀,一把刀尖崩了,一把轻易地折断了。天下会有这么蠢的铁匠吗?"

阿雪看着蓝天下飘浮的白云。

"简直是愚蠢至极的事情。"

"我就喜欢你这一点。"

"喜欢我的……愚蠢?"

"是的。"

阿雪的眼里含着泪水,径直看着兴里,不像是戏弄兴里,也不像是开玩笑。

"愚蠢是一种直白的说法,意思是指你的专心一意,你的一心想打好刀的纯粹的愿望。我喜欢你的是这些地方。"

"但结果呢?刀断了。还不只是一个愚蠢的铁匠吗?"

"就这样难道不好吗?愚蠢也好,笨蛋也好。兼重师父经常说一句什么话?你也告诉过我的。"

兴里的脑海里浮现出了师父那张总是沾满炭灰、板着的脸。

"他说笨拙是好事……"

"是的。我很喜欢他那句话。"

兼重经常跟兴里这样说。

做事情还是笨拙点好。

打锤打得漂亮,也许能锻造出好看的刀,但是,这样的刀是没有力量的。

真正的好刀,即便做工粗糙一点,也应该是包含着刀匠的气魄的刀。

虽然并没有说得这么明白,但是兴里从兼重偶尔的话语中体会到了师父的教导。

"你的刀就是你自己。用力,用力,用力到极致,最后刀断了。你的心情并没有错,只是还缺一点……"

"什么?"

"我也说不清楚。不过,我相信你自己经过多次失败以后肯定能慢慢发现的。"

关于还欠加右卫门一条命的事,兴里没有告诉阿雪。现在即便想要打好刀,也打不出来了。

阿雪眯着眼睛笑。

看着妻子的笑容,兴里似乎又有了想要重新握起铁锤的想法了。他自己都感到很不可思议。阿雪的笑容竟然有如此的力量。

"真奇怪啊。"

"什么?"

"跟你一说话,现在又想要打刀了。感觉能打出来了。"

"不要勉强。你从离开越前,不,自在越前开始就一直精神紧绷。偶尔也休息休息吧。"

"已经休息三天了。我今年四十二,是厄运年。那些从年轻时就锻刀的,现在哪个不是一副师傅的派头,打出很多的刀了。我已经耽误了。"

就算是瞒过加右卫门逃到什么地方去,能做的事情还是铁匠。即便这样,今后到底又能打出多少把刀呢?兴里还没有打出过一把刻有自己的铭文的刀。

"决定了!现在就开始!"

兴里站起身。反正脑袋就要被加右卫门砍掉了,在那之前至少要打出一把来。他在被叫去之前也许还有时间。

阿雪扑哧一笑:

"笑什么?"

"没什么。能有对工作这么热心的丈夫,我感到高兴。"

阿雪也站起来:

"我来帮忙吧。"

"不用,有徒弟们。你坐着别动。对了,不冷吧?"

"嗯,没事。"

从那以后,两人每天晚上都相拥而眠。不可思议的是,男女互相拥抱着似乎能互相增强活下去的力量。

这时,加工间的拉门开了,正吉露出头来:

"刚才来了位武士。"

"哪位?"

"是山野加右卫门阁下派来的,说请您明天务必去一下下谷的永久寺。"

"知道了。"

正准备走,正吉又说道:

"那位武士已经回去了。他,他说……"

正吉吞吞吐吐地欲言又止。

"什么?"

"他说说好了要取您的脑袋,明天要好好洗干净去。"

"是吗?"

看来不去不行了。

阿雪在一旁点着头。虽然她并不知道事情的详情,但是通过兴里的样子,她似乎已经察觉到了大半。

"那今晚烧一桶洗澡水,用米糠包给你搓搓头。"

阿雪仍然面带微笑。

"我都要死了,你都不在乎吗?"

"并不是不在乎。对于你舍命所从事的工作,我能做的只能是在一旁默默地关注。"

阿雪的表情很憔悴,但能感觉到一股坚韧的力量。

二十五

位于下谷三之轮村的永久寺,因黄眼珠的不动明王而有名。

不动明王的身后是红色的火焰,黄色的眼珠怒视着前来参拜的人。

兴里往香资箱里投了些钱,对着不动明王双手合十。

但愿阿雪的眼疾能够好起来。

兴里的愿望只有这个。今天就要在这里结束生命了。他给才市舅父写了一封长信,把阿雪托付给他。

遗憾的事情还有很多。

作为刀匠,还没有打出一把满意的刀就结束了生命,兴里的一生可以说充满了遗憾。

但是,为了打出宝刀,一天都不曾懈怠努力。唯有这件事,就算对着地狱的阎罗王也可以挺着胸膛告诉他。

脑袋已经用米糠袋仔细搓洗。在这样一个晴朗的春日里死去,也算是心满意足了。

朝僧房里喊一声,出来一位小和尚。

小和尚带兴里来到院子里,向阳的廊檐下坐着一位身穿黄色僧衣的僧人。圆圆胖胖的头和脸,显示出大气威严之感。

兴里不由自主地跪倒在院子中间。

"好了好了,这里无须礼节。抬起头来。"

从他的语气来看,应该是僧位比较高的。

"这位是宽永寺大僧都圭海师父,辈分相当于将军大人的叔父。千万不得无礼!"

说话的是站在僧人旁边的山野加右卫门。兴里听后一下子趴在了地上。

"说了不用多礼嘛。不用介意。在宽永寺的时候要着紫色法衣,披七条袈裟,肩膀酸胀难忍,所以在这里很放松,拘礼反而让我困扰。就像同辈一般对待就行。"

话虽这么说,兴里还是不敢轻易抬起脸来。

头顶上又传来了加右卫门的声音:

"这座寺庙是在我斩首达到一千人的时候,为了给那些死去的罪犯祈祷冥福而捐赠修建的。当时的住持就是圭海师父,那时法号月窗。自那以后便结下了缘分。"

山野加右卫门自称"永久",直接就做了寺院的名字。

"不说这个了。刀带来了吗?"

让兴里把前几天断掉的刀带过去,是昨天那个武士交代的第二件事。

"这东西实在是不好意思让您过目。"

"没事。这话只在这里说,我天生是血热的体质,但是,身为大僧都又不能犯淫邪之戒。在骚动不安的夜里,把玩名刀就成了一剂良药。说来不可思议,只要一看到好刀,骚动的热血就一下子平静了下来。"

"这把断刀实在是无法拿给您看。"

"不要紧,快让我看看。"

兴里从装刀的袋子里取出了白木刀鞘,放在走廊上。

圭海拿起来,脱去刀鞘,仔细端详。不用说,这是一把失败的断刀,是巨大的耻辱。

兴里将折断的部分用白布垫着,也放在走廊上。圭海再次拿起来看。

正在盯着断口看的圭海突然大声笑起来:

"哈哈哈!这个有趣!看刀能让我看得这么愉快还是头一次啊。"

兴里沮丧地垂下了头。把我叫到这里来原来是准备先当做笑料然后再杀掉。

虽然感到屈辱,却又无法辩驳。兴里对于自己的愚蠢,简直懊悔得想要诅咒。

"我听加右卫门说这是一把让人感到愉快且痛快的刀。确实是霸气横溢!只是溢得过分了,所以嘎嘣一声断了。"

"我说的没错吧?"

加右卫门微笑道。

"的确,的确。真是让我见识了一件好玩的东西。你真是一个愚蠢的铁匠啊,太愚直了!"

兴里越听越感到羞耻:

"实在让您见笑了!"

"好不容易打出了好坯子,却让你给杀死了。真是愚蠢至极啊!"

"在下倾注了全部精力锻造,目标是能够劈开世上所有的头盔,就是抱着这个想法。现在已经日暮途穷了。"

加右卫门转身对兴里道:

"圭海师父曾经看过你打的头盔,深感钦佩。我告诉他那位盔甲师锻的刀一击就断了,他说非常想看看。"

"一想到打出那样的铁盔的铁匠改行锻刀,我的内心就莫名地好奇、兴奋。心想,那一定是把凶猛的刀。确实,这是一把凶猛厉害的刀。不过,由于你的愿望过于强烈,杀死了它。你好像到现在还不明白刀为什么会断吧。"

"因为是愚蠢的铁匠,所以杀死了锻刀的铁,我完全不明白这句话的意思。"

兴里咬了一下嘴唇。

"你的刀给人一种过分追求锋利的感觉。是不是？我说的没错吧？"

兴里相信锋利的刀就是好刀。刀本来不就是为了砍东西的吗？这难道错了吗？

"想要打出强硬的刀的心情太急迫，结果却适得其反。强硬就会变脆。你不应该不知道这个道理，但是你已经顾不得那么多。你的刀让人有一种只要一出鞘就必须得杀人的感觉。你是不是抱着这样的心情锻造的？"

"我确实是认为刀就是用来杀人的，抱着这样的想法锻造的。"

"刀的确是为了杀人而存在的，但它不光是用来杀人的。它可以用来抵挡敌人的刀，可以不让对方受伤而把人赶跑。你如果能认识到这一点，心态就会发生很大的变化。"

大僧都的每句话都印在了兴里的心里。加右卫门看了看刀的断口：

"看一眼断口就知道了，你的刀本来就柔韧的芯铁少而皮铁厚，而且，皮铁虽然亮但没有润泽，刀刃的淬火幅度大且刃纹粒子厚。这些都是易折的原因。这种刀，一旦刀背被击，刀刃就会顺势反翘，从而轻易折断。现在明白了吧？"

的确如此！听了加右卫门简单易懂的解释，兴里不禁打颤。他感到背后一阵发凉，直起鸡皮疙瘩。

"惭愧至极！有如大梦初醒的感觉。我只一心想着要锻造出锋利无比的刀来,然而,这只能说是完成了刀的一半。我现在清楚地认识到了。"

"虽然想要表扬你领悟得很好,但是已经迟了。你没忘记约定吧?"

加右卫门的声音听起来阴郁低沉。

"当然没有。"

"我一直在用人胆制药。"

"我知道。"

"最近活人胆有些缺货。对不起了,我要取你的胆。把头伸到那里。"

"知道了!"

兴里松了松衣领,伸出了头。

他今天是一个人来的,已经做好了死的准备。正吉会来取回他的头颅。至于墓嘛,兴里相信正吉应该会找人给他建的。

加右卫门从走廊跳下来,将刀在空中舞得呼呼响:

"很好!就让我用这把刀来取你的头!"

抬头一看,眼前横着一把刀,刀身黝黑,发着刺眼的光。兴里看了一眼就心生厌恶,感到不快。

"是江户三代康继的刀吗?"

二代康继也就罢了,江户的三代康继根本就不具备作为一个铁匠的能力,只是世袭了将军家御用的名号而已。这刀一看就很傲慢,让人不舒服。

怎能忍受被这样的刀斩首:

"我有最后一个愿望,不知道能否满足。能换一把刀吗?"

"不喜欢这把刀吗?"

"是的,很讨厌。"

"哪里不满意?是对被允许刻上葵纹的将军家御用刀匠有意见吗?"

"是的。我对这把刀厌恶至极。完全没有作为一个刀匠的真诚的态度。"

"就算是这样,也不像你的刀那样轻易就断了。快伸出头来!"

加右卫门举起了刀。

"请您发发慈悲,无论怎样的钝刀都行,唯独请不要用这把刀。"

"砍你这样一个愚蠢的铁匠的脑袋,用这把刀都已经浪费了,就不要挑三拣四了!"

"不,求求你了!被这样的刀杀死,我死也不会瞑目的。"

"那你希望用什么刀?"

"愿望是行光,不行的话用青江也就心满意足了。"

圭海听了大笑起来:

"真是个愚蠢且厚颜无耻的刀匠啊。青江姑且不说,行光可是大名专用的,像你这样的也有资格成为行光的刀下鬼吗?你连见都没见过。"

"不,我曾经拿在手里看过一把行光短刀。是越前的一位铁匠在京城的市场上偶然淘到的。我正是在看过那把行光之后产生了锻刀的志向而一发不可收拾。"

圭海听后眼里发出了光芒：

"真的吗？我也想看看那把行光。"

"被盗了。拥有那把行光的刀匠也被杀了。"

"那真是灾祸啊。"

手持念珠的圭海做了一下合掌的动作。

"好了，该让我取你的活胆了。这把三代康继配你的脑袋绰绰有余。"

兴里低垂着头，沮丧地流下了眼泪。反正只是一介愚蠢的刀匠，在哪里死掉都无半句怨言，只是必须要死在江户康继的刀下实在让人无法接受。

"怎么了？不甘心吗？"

"是的，绝不甘心！"

"还有什么不死心的吗？"

"我的刀断在二代康继的刀下，如果脑袋再断在三代康继那不值一提的刀下的话，我的灵魂势必无法成佛，会成为亡灵永远在康继家徘徊的。"

兴里流着泪，身体颤抖不止。

"那么厌恶吗？"

加右卫门举着刀俯视着兴里。

"那种刀只要看一眼就能感觉到锻造者的浅薄。不揣冒昧地说，刀就是锻造者本身。浅薄的刀匠，必然只能锻出浅薄的刀。"

"说得很好！那么，你不浅薄吗？"

圭海一脸严肃地看着兴里。

"我问心无愧。我一心想着锻刀,从未考虑过此身之荣华。为了锻造出锋利且具有高尚品格的刀,我从未懈怠过修炼。"

"品格?真是可笑之极。你的刀存在品格吗?"

大僧都低沉的斥责声落在兴里的头顶上。

"现在可能还没有成形,但是,将来一定……"

"你的刀正如加右卫门所说,充满了怒气,离品格还很远。"

兴里的嗓子像被什么堵住了似的,说不出话来。也许确实如此。

"只不过并非坏的怒气。加右卫门正因为看到了这一点,所以跟我说了你的事情。我也是这么认为的。自古以来名刀无数,带有具品格的怒气的还很稀有。我很想见见这样的刀。你想不想打一把试试?"

兴里不明白大僧都话里的意思,抬头看了看加右卫门。

"你如果能抱着已经死过一次的决心来锻这把刀,我就放你一条生路。你应该是能够打出我所中意的刀的。要不要试试?"

加右卫门手举着大刀说道。

"你是说不杀我了吗?"

"这取决于你自己。如果你能誓言打出令我满意的刀,我就放了你。"

"不管是掉进地狱还是升入天堂,我一心所想的都只有打铁。如果能让我活下去,我就在此世尽情舞动铁锤。"

兴里本来缩着的头又敢伸出来了。

他双手撑地朝加右卫门叩拜。

"感谢不杀之恩！"

"不杀你并不是为了你，是因为圭海师父的话。他常常感叹说最近打的新刀一点都没意思，为什么再也打不出像备中的青江、山城的粟田口、相州的行光等古时的工匠们所锻造的具有品格和温润感的刀了呢？我也有同样的感受。可能现在的武士需要现在的刀。你能打出那样的刀吗？"

加右卫门的眼睛有些发热。这个男人是从心底喜欢刀的。圭海点了点头。

"虽然现在很少有战役，但是刀不是装饰，它是灵魂的依靠处，是大丈夫的自豪之所在。打出这样的刀来！相信你可以！"

"再次感谢信任！只要获得允许，我兴里定当不惜性命投入锻刀。恕我冒昧，还有一事相求，不知能否应允？"

"说！"

"好的。本以为要丢掉的性命，现在又捡了回来，总觉得有一种不坚决和傲慢之感。如能让我在此出家则感激不尽。"

"嗯，不错的想法。那就给你剃度吧，作为重生的标志。你家是哪个宗派？"

"家里是法华宗，不过，这里是天台宗的寺庙，就让我入天台宗吧。"

"那样的话将来的墓地什么的会比较麻烦。还是入法华吧。总之都是释迦弟子，不分宗门。像我也是到处跑，宗派只是附带的。"

圭海本来是武士的儿子。

由于不是嫡长子,便入了佛门,成了一名法华宗的僧人,法号月窗。因为自己的亲姐姐做了第三代将军家光的侧室,生了子嗣,受幕府之命入了日光寺转为天台宗。哥哥正利在相模国享受一万石俸禄,后来去三河国增加到两万石。从他历经世事变换、政治博弈的经历来看,他对于宗派什么的肯定是感受不到有多大分量。

"拿剃刀来,还有纸和笔。"

圭海说完,一直看着兴里:

"你真是个固执的家伙啊,都表现在脸上了。"

"羞愧难当。"

"必须取个相应的法号。"

"谢谢!"

圭海盯着兴里看了一会儿,忽然仰头向天,嘴里念着什么。

接着点了一下头,提笔在纸上写了起来。写好后拿起来一看,一行清晰的毛笔字写着:

一念日体居士　入道虎彻

"一念日体居士……"

"你的头盔和刀确实是一心一意地锻造的,就像有无数个日轮一样闪着光辉。因此取了这个法号。"

"下面写的是……入道虎彻。"

"《汉书》中记载了一个叫做李广的将军。据说他勇猛无比,可以徒手打死猛兽,也是射箭的高手。有一次他出去打猎,以为前面有一只老虎,便引弓而射。走近一看,原来是草丛中的一块大石头。而那支箭深深地射进了石头里面。"

"那真是太冒失了……"

"这实在是与你很般配的名字。虽然冒失,但却有着穿透石头般的执着。"

"虎彻,虎彻……"

兴里一遍遍念着,反复体味。确实语感很强,光念一遍就能感觉到从身体内部涌出来一股力量。

"得到了好名字,感觉更有信心打出好刀了。我一定会投入全部精力好好锻刀,不辜负这法号。"

圭海用剃刀给兴里剃了发。剃成利索的光头后,感觉身心都爽快了。兴里觉得自己忽然有了力量,好像能锻造出连岩石都能砍断的刀来。

"好好努力吧。"

"是!既然入了佛门,我定当不忘早晚念诵佛经,叩拜主佛……"

"胡闹!"

圭海大声斥责。

"啊?"

"你的佛经就是铁锤的声音。你不需要拜什么佛坛,要一心挥锤打铁,为了锻出好刀不惜豁出性命!这才是你的修佛之道。"

"是!您说的没错。您的话让我恍然大悟!"

跪在地上的兴里将圭海的话铭记在心。

从现在开始,我就作为长曾祢虎彻而获得新生了。

兴里一遍遍这样告诉自己。

二十六

位于上野黑门町的本阿弥光温的店很大。正面的客厅内,几个武家的客人正在与掌柜说话。

一架轿子停在了店前,主人光温走到跟前深深低头致意。

"欢迎您!"

圭海从轿子上下来,头上裹着头巾,一副隐士的打扮。为了不引人注目,每次只是主人一个人出去迎接,掌柜和伙计们只是在原地默默行礼。

主人将圭海带至内厅,屋外油蝉的叫声此起彼伏。这是明历二年(1656)的夏天,离兴里出家取得虎彻的法号过去一年多。今年的夏天让人感觉格外热。

圭海坐在上座,一同前来的山野加右卫门和虎彻侍立两旁。

"天气炎热,难得您这么热心,在下唯有钦佩!"

光温双手撑地致意道。圭海摇摇头:

"没什么,这是我所热衷的,就算千里也不为苦。"

刚喝了一口凉麦茶润了润嗓子,掌柜抱来了几把白木刀鞘。光温拿起其中一把短刀递给圭海。

"那我就先看看了。"

"您慢慢看。"

虎彻低头道。

这是一把倾注了全部心血锻造的刀。经过自己打磨抛光,可以说完成得相当好。

最重要的是,与之前的刀相比,钢的质地完全不一样。

这一年来,大部分功夫都下在了炼钢上面,终于有了有形的成果。

直到被山野右卫门砍断刀为止,一直用的是播州千种的钢。这钢绝非不好,但是却不适合兴里的锻刀风格。既然已经改名为虎彻,用钢也打算从头更换。

圭海和加右卫门都异口同声地称赞虎彻以前锻造的头盔,让他把那具有润泽感的铁进一步设法锻造用于锻刀。

打头盔时用的是自己炼的铁,是把生铁、废铁等打碎再进行精炼而成的。

虎彻新造了一个炼铁专用的炉子,花了一年的时间专注于炼出具有韧性的铁。

炉子里铺上小块的炭,放进碎铁块,用风箱送风,炼出像妖怪拳头似的铁块。虎彻日复一日,从早到晚都在忙于甄选原材料,研究如何混合,调整送风的强弱,仔细聆听铁熔化时滴落的声音。

最难的还是送风的力度。

从出风口吹进炉内的风,不吹到铁上也不好,过分吹到铁上也不好。必须要根据废铁的种类来调整力度。

虎彻有时拉起风箱来也会急躁。

这样的话炼铁就会不顺利。

一般在你感觉已经好了的时候,还要继续慢慢地送一会儿风,这一点很重要。

虎彻对这个节奏掌握不好,非常苦闷。

一旦失败,熔化的铁会附着在出风口上。这样的话,就必须中断当天的作业,更换新的风口。风口是用黏土造的圆环形状,直径大概一寸。更换风口要等炉子冷却,还多少要破坏一点炉壁,很费事。虎彻在炼铁的过程中失败了很多次,也更换了很多次风口。以前为打造盔甲炼铁时从没有失败过,而现在一想到是为了锻刀而炼铁,心情就变得焦急不安起来。

炼铁的过程最能体现铁匠的性格。炼出来的铁好不好,与性格的灵活性、通融性成正比。

与其说是在炼铁这件事上,不如说是在重塑虎彻自身这件事上花费了很长时间。他知道,如果不去除自己身上那种执拗、顽固的成分,就肯定炼不出想要的铁。

在不断经历失败的过程中,偶尔也会有进展比较顺利的一刻。这时便紧紧抓住机会,把握好节奏,感觉成功在即。

一旦炼出了稍微不错的铁,便试着拿去锻刀,然而,最终还是打不出令人满意的刀胎子。

花了一年时间,终于炼出了较为满意的铁,打了一把短刀。刀幅较宽,刀锋修长,风格豪放。

圭海看的正是这把刀,刚刚叫人打磨结束。

他脱去刀鞘,将脸凑近刀身来看。

外面传来喧嚣的蝉叫声。

圭海看了良久,偶尔还把目光转向外面的院子里。夏天的朝阳正照射在绿色的苔藓上。反复看过之后,圭海什么也没说,把刀递给了加右卫门。

加右卫门睁大了眼睛凝视着刀身。时间一秒一秒地过去,虎彻感觉就像是在接受拷问一样。他不知道自己锻的刀究竟是好还是坏。

看了很长时间后,加右卫门把刀递给了虎彻。

虎彻接过刀的手都僵硬了。

铁质怎么样?

最担心的就是这个。

从刀尖开始顺着刀身扫过去,有一种温润细腻的感觉。

还行。

仅此而已。

还是缺少给人以强烈吸引力的印象。

温润细腻的同时又具有春雪般清澈明亮之感——这是虎彻在炼铁以及锻造的时候努力想要达到的理想目标。

不愧是本阿弥,经过他的打磨,让刀胎子固有的特色展现无遗。即便如此,虎彻还是为自己打的刀只能达到这个程度而感到羞愧。

"好铁!锻得好!"

主海满意地说道。

"确实。能达到这个程度,应该与正宗不相上下了。不,这清澈程度已经接近于乡了。你是以他为目标的吗?"

加右卫门也是一脸赞赏的表情,但兴里却不喜欢他的表扬方式。

乡义弘与粟田口的吉光、相州的正宗一起被称为三作,也就是说,是日本最厉害的三名匠之一。

"请不要与正宗、乡之辈比较。对于这把刀,我仍然很不满意。我的目标是更加温润的同时而又清爽、坚硬。"

对于虎彻来说,这样的程度还不可能让他满足。他的志向比这要高得多。

"你说正宗、乡之辈?"

圭海皱了一下眉。

"是的,说了。把我和那些凡庸的铁匠相比较很令我困惑。我是与铁同生存的,和他们相提并论,我的自负不容许。"

这一年中,虎彻经常前往本阿弥的店里,见识了种种名刀。

备前长船的长光、备中青江的恒次、伯耆的安纲等等,本阿弥那里存放有各种名刀。虎彻和圭海一起,一把一把凝神静气地欣赏,赞不绝口。每一把都是经过精心锻打,那种柔韧与刚强并存的气息由内而外地显露出来。确实是货真价实的好刀。

当时,看了不少正宗的刀,也看了乡义弘的刀。

虽然光温对这二人的刀给予盛赞,但虎彻却不以为然。看过很多把以后,越发坚定了自己的看法。

本来,正宗的刻有铭文的长刀一把都没有,只有几把短刀。那些没有铭文的刀都是由本阿弥家来鉴定的。虎彻甚至怀疑是否真的有正宗这个人。就算刀本身不错,但他不想对一个见不着面的刀匠进行评价。

圭海笑了,晃动了一下身子。

"够勇敢。我对你敢于说正宗之辈这样的话很钦佩。光温,你对这把短刀怎么看?"

本阿弥光温歪着头,面露难色:

"在下可以实话实说吗?"

"接触刀最直接,看的时间最长的就是磨刀师。你怎么想的就怎么说。"

光温马上摇了摇头:

"先不说这铁,就说这把刀的姿态,完全看不出来品格。说句不好听的话,刀匠的浅薄之处直接表现在了这刀形上。我丝毫感觉不到有什么可取之处。这家伙总是恶语批判正宗,实在不像话。正宗实乃天下无双的刀匠。自古以来,刀匠们都供神破除邪气,以求锻出好刀。因此,以正宗为首的那些名刀才能气质高贵、典雅,历经千年万年而光彩依然。而这把刀完全缺乏那样的气概。"

虎彻听着听着,反而越发感到轻松愉快了。

虎彻在多次去过店里以后,发现光温讨厌他。对于以刀剑鉴定的本家自居的光温来说,唯有平安、镰仓时代的古刀才是好刀,现在的新刀本来就没有研磨的价值。

圭海不露声色地笑了笑。他早就知道光温不喜欢虎彻的短刀。

"你觉得浅薄吗?我认为这把刀里所充盈的怒气是霸气的迸发,未必会损坏刀的品格。加右卫门,你怎么看?"

"我认为怒气过盛了一点,不过,想想现在是太平之世,作为武士的佩刀,我感觉正需要这样的霸气。"

"说得完全没错。现在世人想要的正是这样的刀。那我们来比较一下刀胎子吧。到底好在哪里呢?"

圭海只顾兴奋地说着,毫不在意光温那一脸困惑的表情。刀胎子即便看过很多也很难抓住特征,将两把刀放在一起比较的话,就会清楚地看出微妙的区别。

"这样的话,我给你们看一样好东西。不过,在这里看过的刀,请千万不要外传。因为是圭海师父,所以才破例拿出来的,这一点还请给予理解。"

送到本阿弥家来研磨的全都是大名或者身份较高的旗本所秘藏的刀剑。本来是绝不可以向别人出示的,但是,圭海靠着将军叔父身份的威望,一直享受着特殊待遇。

"放心。我是与俗世无瓜葛的出家人,不会外传的。"

光温深深地点了一下头,取来一把短白木刀鞘。

"看这把刀,刀胎子本身就带有非同一般的品格。与这比起来,那家伙的刀简直就是一块废铁。"

"这是谁打的短刀?"

"凭圭海师父的眼力,一定不会看错。"

圭海接过刀,脱去刀鞘。

默默看了很久后,终于开了口:

"刀胎子确实好,不仅韵味深长,而且由内而外地洋溢着一股金刚之力。确实是好东西,应该是相州所产吧。"

"您果然有眼力啊。"

虎彻的目光也被那把短刀深深吸引过去了。即便站在较远处,还是一下子被吸引了过去。

这是把细直刃刀,刀身八寸五分(约26厘米)长,清晰的木纹肌理中随处可见银砂状颗粒。无法形容的优雅沉静,而且强劲美丽。真是一把令人印象深刻、过目不忘的短刀。

"是行光!"

虎彻用膝盖蹭着靠上前去。

"嗯,我也认为是。"

"大僧都真是慧眼!您说对了。"

"失礼了!"

虎彻硬是凑上前去看。没错!就是贞国的那把行光。就是那把被人盗走,造成贞国被杀的行光。

"这把行光是从哪来的?"

虎彻问光温。

"不外乎都是寄存在这儿研磨的。你对圭海师父太无礼了!再这样你就别想再跨进我家的门槛!"

"是不是有什么隐情?你说。"

听到圭海的询问,虎彻握紧了拳头。一股无法言说的愤怒涌上心头。

"这把行光原是我在越前的帅父的。他被杀了,行光也被盗了。在这里被我遇见了,真的是天意啊。快说,这把行光是怎么回事?是谁寄存在这儿的?"

虎彻追问光温道。

"你在说什么?是你看错了。这是一位重要人物的秘藏品,不能乱说。"

光温面如猪肝色。

"到底是谁？请你告诉我！"

光温摇摇头，一言不发。在这个没有丝毫的风吹进来的房间里，只能听见喧嚣的蝉声一直没停。

二十七

炉壁开裂了。

用生铁、废铁来炼铁很费炉子，会造成炉壁开裂甚至坍塌，因为炉内会发生激烈的熔化作用。

虎彻用黏土把裂缝补上了。

虎彻就这样日复一日，每日数次地进行着炼铁。比起从大阪的铁商那订购的千种或者出羽钢，还是自己精炼出来的铁要好得多。

但是，到现在为止还没能炼出来满意的铁。像那把行光一样柔韧而强劲的铁并不是那么容易能炼出来的。

"把炭稍微湿一下。"

"不说我也知道。"

弟子正吉呆呆地答道。

昨天从本阿弥家回来后，虎彻跟正吉说了看到行光短刀的事。两人还争论了一番，正吉又闹起了别扭。

"确定是父亲的行光吗？"

"确定。那把行光我印象太深刻了，能看错吗？"

"那你去把它要回来。"

"这很难。"

虽然很想去要回来,但是现在已经成了重要人物的所有物,谁敢轻易说它是盗窃来的。

"你的意思是就这么忍气吞声了吗?"

"我没说。等待时机吧。要经过仔细调查,掌握确凿的证据。谁盗的? 又是从谁的手里转到谁的手里的? 不把这些查清楚是没用的。"

"能查清吗?"

"尽力而为吧。"

"怎么查?"

虎彻不知怎么回答了。

也不是完全没有希望。

圭海看那把行光时眼睛是发亮的。这好像不光是因为那把刀本身,还因为对于那把行光是盗来的这件事很感兴趣。

离开本阿弥的店回去的路上,圭海坐在轿子里向虎彻仔细询问了短刀原来主人的情况以及被盗的经过。

"看来这件事很有意思。我找人查一下吧。"

圭海最后说了这样一句话。究竟什么很有意思? 虎彻搞不清楚。听语气,好像圭海已经推测到了行光现在的主人。

这件事并没有告诉正吉,一切要等到事情弄清楚后再说。

正吉用责难的眼神看着欲言又止的虎彻。自那开始便一直不高兴。

今天早上也是，一起来便心情不好。在做炼铁的准备工作时，眼神中始终充满着怨气。

"为什么用废铁炼铁时要给炭加湿呢？"

弟子久兵卫问道。在这一年当中，肩膀、手臂都练得很强壮了，但对于炼铁的事还是什么也不懂。

"前几天梅雨季节不是刚刚结束吗？梅雨的时候进展得意外地顺利。"

无论是风箱炉制铁还是火炉炼铁，最怕的就是湿气。但是，不知为何，唯有用废铁炼铁时，在湿气重的梅雨季节反而很顺利。

"如果不下雨了，就应该给炭加湿，保持和梅雨时同样的湿气。"

"有道理！师父真是睿智啊。"

"蠢货！这么简单的道理不会自己想吗？"

铁匠铺子里，师父如果总是被问这问那，确实会很麻烦。如果徒弟多，他们的见习期会很长，让他们自己去发现和领悟就行了。然而，在一把刀都没有卖出去的情况下，现在不可能新招收徒弟。就算麻烦也要解答徒弟的疑问，这样有利于工作更好地进展。

昨天在本阿弥家，虎彻对那把刚研磨好的短刀怎么也无法满意。本来圭海想要的，但在虎彻的恳求下便让他带回去了。带回去后也没刻铭文就被扔进了库房。虎彻对锻那把刀的铁还是远远不能满意。他的志向要远高于此。

炼废铁时，首先在炼炉里堆一层较小的炭，等火起来后往上面放入敲碎的废铁，然后再加炭，再放废铁。像这样，把七八百文目

(约2～3千克)的废铁大概分三四次投进火中,送风四分之一刻(30分钟)后,炉底便形成了铁块。

根据风箱的风是否吹到了铁块上,本来很软的铁可以炼成坚硬的铁;相反,本来太硬的铁也能炼成较软的铁。这种炼铁作业可以说是铁匠的基础工作。

即便已经炼过几百几千回,由于废铁的种类、炉子的状态、当天的天气等的不同,有时候还是会进展不顺。经历过无数次咬牙切齿地失败之后,虎彻终于可以做到坦然地对待工作了。

"把铁皮拿来!"

虎彻昨天在看行光短刀时脑子里突然闪过这个想法。今天想试一试。

直助拿来了存在一个小木盒子里的铁皮。

铁皮就是比纸还要薄脆的薄铁片。将烧成满月色的刃钢放在铁砧上进行折叠锻打时,会剥离出氧化膜。把这些氧化膜精心收集储存起来就是铁皮。

虎彻今天准备把这些铁皮铺在炭底下试一试。

这并不是随便想出来的歪点子。

时隔数年再次见到行光那既柔韧又坚实的刀身,虎彻的直觉告诉他,炼铁不光要一心追求纯粹,用一种有力的东西稳稳地托住新炼出来的铁块会不会也很重要呢?

虎彻从盒子里捡出一片薄薄的铁皮,举在窗边的阳光下看。

呈深蓝紫色的薄片反射夏日清晨的阳光,发出又黑又亮的光。黑色的光中出现了一弯小小的七色彩虹。

希望进展顺利！

虎彻不断地进行各种尝试，他相信，经过无数次的组合、尝试，一定会出现满意的结果。

虎彻用手将炉底的炭灰按出一个浅浅的凹陷，然后轻轻地叩实，再铺上一层铁皮。

这里就是铁的子宫。

出云的风箱炉炼铁场在造炼炉的时候，也是经过多次在炉底焚火，夯实土基。如果承接的场所不够牢靠，就不能顺利培育出新的生命来。

接着，与平时一样堆起小块炭，点火。

虎彻让正吉拉风箱，自己来到了放置废铁的地方。

废铁的种类很多。

既有断钉子、旧锄头、铁锹等刃钢，也有旧锅、旧釜、药碾子、锚等脆硬的生铁。每一样东西的年代和质地都不一样，所以要根据断面的光泽来判断是软质的铁还是硬质的铁。根据大致的年代和软硬度的不同，分别放置于几个不同的木箱子里。

这些废铁都是从日本桥的废铁回收店收购来的。

尽管跟店里说要尽量收集时代久远一点的，但连店掌柜自己也很难区别废铁的时代远近。

如果是时代较新的铁，不是产自千种或出羽，就是性质类似的。虎彻得出的结论是，大型风箱炉炼铁场制的铁，光亮度高但缺乏润泽。必须是很久之前的小风箱炉炼的铁，才能锻造出光润柔和的感觉。

为了获得满意的效果,虎彻将不同的废铁混合反复进行试验。他在越前锻盔甲的时候就很擅长利用废铁炼铁,然而,为了锻刀而进行的炼铁工作却完全不是一回事。一次次的失败让他越发感到自己的不足。

今天他专门只选了旧铁钉来炼。

钉子大约是三百年前,武士们还穿着大铠甲时代的旧铁钉。外面已经发黑生锈,但拿到铁砧上砸断来看,断口处宛如照射着阳光的春雪一般鲜亮润泽。他将这些钉子全部砸得碎碎的。

没有多少。好的铁向来都是不可多得的。

虎彻的眼前浮现出了行光短刀的样子。

定要炼成既坚硬无比又有韧劲的铁!

这一年来,虎彻跟随圭海多次去往本阿弥家,见识了很多名刀。

不论是哪位刀匠,上乘之作中总是七八寸(约21～24厘米)的短刀居多。当时还很不解,现在终于明白了其中的道理了。

那是因为只选择最好的铁。

铁再多,如果只选择最为优质的部分,量也是很有限的,不足以用来锻造长刀。所以,如果刀匠只选择自己真正满意的铁,就只能锻制短刀了。

虎彻用火铲抄取一些砸碎的旧铁钉放到烧得通红的炭上面。然后加一层炭,再放上铁钉。这样重复三次后,装钉子的箱子就空了。

这时,换下正吉,由虎彻自己来拉风箱。

要送进活的风!

很小的时候去父亲的打铁铺,就听到了这样的教导。

父亲手把手教他握风箱手柄,当他拉动风箱拉杆,炉内燃起火焰时,他感觉自己已经成为一名真正的铁匠,内心充满了喜悦。

要送进活的风!

这句话他一直记在心里。

如果风是死的,铁就会无法达到熔沸状态,也就死了。这样的铁淬火也没用,无法形成锋利的刀刃。

被加右卫门砍断的刀则与此相反。送风过于强劲,反而把铁给杀死了。这两种情况都不好,关键是要把握力度和时机。

虎彻现在放弃了把不同种类的废铁掺在一起炼的做法,而是只选优质的铁,并且尤其注意火候。

由于关闭了窗户,虎彻在黑暗的环境中一边听着风声一边盯着火焰,仿佛感觉自己正置身于宇宙星辰之中。

坐在火炉前拉着风箱,有一种说不出的舒畅。可能是旧铁钉所带来的魔力吧,虎彻感到全身沉浸在快乐当中,口中像是有一股甘露涌了上来。真是无比幸福的一刻啊。

本人是虎彻!

他清楚地感到了自己正处在与之前完全不同的地方。

之前的自己,总是被高傲和自负所主宰,自命不凡地以为自己比古今东西的任何一个铁匠都更了解铁。

究竟了解什么呢?

归根到底,这是人所从事的事情。就算是可以驾驭金木水火土这五行,这也是骄傲的极限了。

在天地之间借一方场地,再长不过五十年,燃起小小的火焰,熔化钢铁。选出好铁,精心锻造。

也就是如此而已。

就这点事情,虎彻却是拼上了性命。

天地之间,无比渺小的自己,正稳稳地坐在炉前拉动着风箱。

风箱出来的风将要炼出优质的铁。

旧铁钉熔化成铁水,发出湿漉漉的声音不断往炉底聚集。这些都发生在炭火之中,眼睛看不见,但是虎彻通过火焰的颜色、微弱的声音和拉风箱的手感可以感知。

虎彻感觉到了已经熔为一体的铁水,因为自身的重量正在往炉底沉下去。

他停止了拉风箱,耐心等着。

他盯着炉子看了一会儿,脸上感受着炭火的热量。

他没有任何忧愁烦恼。

每天都能与铁相对是无上幸福的事情,这正是自己的自豪感之所在。

虎彻好像能看见炉子里面的情况。

呈满月色的熔沸的铁块渐渐变成了朱红色。准备再等一会儿变成落日的红色时就取出来。

不忍池边蝉声聒噪。三个徒弟也在默默地盯着炉子,明明被炭火炙烤着,却感觉不到热。

"行动!"

虎彻一声令下，久兵卫便迅速把炉内的炭扒到一边。

用撬棍试探一下最底部，一块拳头大小的铁团躺在炭灰当中。没有棱角，形状很理想。用铁钳子夹出来，表面还是通红的，不时有小火花迸出。

正吉将大锤低低地拿在手里，摆好了架势。

虎彻把铁团放到铁砧上，默默点了一下头，正吉便轻轻将大锤落了上去，然后逐渐加大力度小心锤打。接着，再放入炉中烧红，然后锤打延展至二分（约6厘米）左右厚度后，直接浸入水桶中淬火。

随着一阵剧烈的冒泡声，水桶上方腾起了一阵热气。

虎彻静静地倾听。

冒泡声停下来的时候是成败的关键时刻。

虎彻听到了铁块上出现裂纹的声音。

——看来是成功了么？

如果声音小但音调高的话，说明是又硬又好的铁。如果铁的硬度过高就会直接在水里断裂开，发出很大的声音。反之，如果铁不够硬，则不会出现裂纹，完全没有声音。

赶紧将铁块敲碎看一下断面，异常明晰光亮，且有力量感。

从碎片当中再进一步挑选出真正好的铁，发现只有很小的分量，简直可以握在掌心里。

第二天便开始用这点铁进行锻造。

最终锻造出来的是一把刃长只有三寸（约9厘米）多的小刀。

刀柄是用其他的铁锻造接上去的，尾部开了一个猪眼（"心"形）孔。

刀身刻了不动明王,刀柄上刻有"思无邪"字样。虎彻对自己的雕刻是很有自信的。虽是个小小的不动明王,但那背负熊熊烈焰,挺身而立的形象却是活灵活现的。

虎彻把阿雪叫到加工间,把刚刚雕刻好的小刀拿给她看。

"这几个字应该怎么读呢?"

"OMOI、YOKOSHIMA、NASHI("思无邪"的日语读音)。这正是我此刻的心境。心中的乖僻、虚妄、不诚、傲慢等等是作为刀匠最忌讳的。唯有一心只想着打出好刀这一件事,才能成为真正的刀匠。我发誓要做到这样。"

阿雪点点头,将眼睛凑近刀身去看。

她最近身体状况似乎不太好。

江户城近来暑热难当。从阿雪的举止动作来看,好像不光是身体越来越衰弱,眼神也差了很多。即便如此,虎彻还是想要阿雪来帮忙完成这把小刀的制作。

"看得见吗?"

"看得见。看得很清楚。"

"我要刻上铭文,能帮我按着吗?"

"好的,交给我吧。"

虎彻准备淬火前在小刀上刻上铭文。

这样一把又细又薄的小刀,淬火并不容易,常常会失败。

虎彻此前也锻造过多把小刀,每次都是在淬火时功亏一篑。不是刀身扭曲变形就是出现裂纹。如果刀身在淬火时发生变形,之后用锤子敲打也无法纠正。出现裂纹当然也是极大的失败。

虎彻把自己锻刀的事业都赌在这把小刀上了。

如果失败,就再也不锻刀了。

他暗暗下了决心。

本来决定锻刀的想法就是错的。再怎么说对铁了如指掌,过了三十五岁才开始学习锻刀也太迟了。

况且还抱着不切实际的志向。

大量打造粗制货也就算了,竟然以为自己打出来的刀能超越自古以来的名刀,简直太不知道天高地厚了。之前锻造的那把短刀,虽然圭海和加右卫门都给予了褒奖,但实际上并不怎么样。在这一点上,不得不承认本阿弥光温的眼光是正确的。

如果这把小刀淬火还是不成功,就再也不打刀了。

虎彻已经决定了。

继续做盔甲师,打造头盔和铠甲到死为止。

在江户的话,虎彻的盔甲还是能卖出高价的。其他的事情一概不用考虑,一心只做自己的工作——锻造盔甲就行了。

这样的话,阿雪也不会有额外的担心,可以让她安心。如果多吃一点滋养的东西,专心休养,病肯定也会好起来吧。

虎彻让阿雪捉着刀身。刻铭文的时候,不是将刀身固定,而是由人手拿着会更方便錾刀的刻写。

他在粗木桩的台子上铺上铅版,让阿雪把接在刀身上的刀柄部分搭在板上,然后在刀柄上刻字。

虎彻将一把细细的錾刀对准了刀柄,轻轻地用小锤击打。

长曾祢兴里入道

只刻了这几个字。到底能不能入道,就看这次能不能赌成功了。

"好了!谢谢你!"

"嗯……"

阿雪脸上表现出异常的兴奋。

"怎么了?"

"嫁给你以来还是头一回听到你说谢谢我。"

"是吗?"

到底是不是如此,虎彻已经记不清了。

虎彻将刀身涂上刃纹泥后放入炉子里烧红,浸入水槽里淬火。

淬火时发出的水泡声让人异常难忘。

这次是由虎彻自己研磨的,没想到刀身非常光润且坚硬有力。小小的波浪状刃纹若隐若现,刃纹上方有银砂状小颗粒花纹。

虎彻将刀尖拿近到眉间仔细观察。

——没有变形。

看来没有失败,或者可以说很成功。一边研磨一边观察,看了足有一刻钟(三十分钟),没有发现任何裂纹或者刃口的裂缝。

这是一把选取一点点最优质的铁锻造的小刀,凝聚着虎彻悲壮的决心。

这意味着要我继续做刀匠吗?

虎彻之前下了决心,如果淬火成功就继续打刀。

如果说没有失败的话,是不是就意味着应该继续做刀匠呢?

不,如果这样的话,就必须要彻底钻研刀匠之道。虎彻想了想,摇了摇头。还是让阿雪来做决定吧,他想。

来到二楼的房间,阿雪正躺在褥子上。

"你帮我看看。"

虎彻把小刀递到阿雪面前,阿雪马上坐了起来。

"好的。"

她用双手捧起小刀,仔细观看刀身。只见她眼球浑浊,到底能不能看得清,虎彻也不知道。

阿雪一言不发地看了很久。焦急等待的虎彻背上都冒出汗来了。

从窗口可以看到上野山上方升起的积雨云,又大又厚的云层遮住了太阳,周边暗了下来。远处传来了隆隆的雷声。

"铁质非常好。颗粒花纹宛如银河一般。"

"是吗？做得成功吗？"

"是的,非常成功。"

"那太好了!"

虎彻感到心驰神荡,一股真切的满足感荡漾心头。决定了,把刀匠的路继续下去!

"你带上它。"

"嗯?"

阿雪不解其意。

"虽然小,也起不了什么作用,这把小刀就作为你护身之用,随时带在身边吧。"

"好的!"

阿雪犹豫了片刻后，用力点了点头。

二十八

"这次的相当出色。我磨过很多青江的刀，你这把质地绝不输给他们。有一种吸附在磨刀石上的湿润感。这说明铁质相当柔韧。"

磨刀师梅藏一进打铁间就迫不及待地说道。最近磨刀的活都是交给他。

像木屋、竹屋、本阿弥这些将军家御用的磨刀师，也曾想方设法托他们磨过，不仅等待的时间长，价格也高。而且，他们都顽固地认为只有名气高的古刀才是好刀，甚至认为像虎彻所作之刀根本就算不上是刀。

而梅藏不仅活干得快，对于客人提出的各种关于研磨的要求也都一一满足。磨刀的费用也便宜。是一家坐落于神田明神的小店铺，只雇了两三个年轻人，因为磨刀的技术好，评价高，据说研磨过不少古代的名刀。对于虎彻来说，是一家极其难得的店。

"感谢夸奖！与康继比的话如何？"

正好炼铁的工作告一段落，虎彻把梅藏请到火炉旁边。今年夏天，在那把小刀上第一次刻上了自己的名号，但自那以后就再没能打出令人满意的刀，蹉跎至今。

今晨来到不忍池边一看，荷花的枯叶上已经有了一层白霜。这是今年的初霜。眼看着时间流逝，虎彻的心里很焦急。

梅藏把用棉布裹着的短刀交给虎彻后,在炉子边烘起手来。

"你对康继那么在意吗?"

"因为都是越前出身吧。"

"大概还有其他缘由吧。我曾听闻说你的头盔被他的刀劈开过。"

"等等!说我的头盔被劈开了?"

"是的。我是从磨刀师们那儿听来的。说你的头盔被康继用刀劈开了。"

虎彻万万没想到多年前在越前的那场对决,竟然传到了远在江户的磨刀师们的耳里。那场对决,至今胜负未定。肯定是康继的人故意歪曲事实散布出去的。

"康继的刀嘛,不管是第一代还是第二代,我觉得都不过如此。磨的时候丝毫没有吸附感,好像在磨刀石上滚动似的,很不好磨。最近的刀大体上都是这个感觉,只是,可能因为康继用的是南蛮铁[①],刀的硬度特别高。"

康继也有康继的长处,为了使刀既质地坚硬又不容易折断,在锻造上确实花了不少功夫。虎彻虚心地认为,在这一点上必须要向他学习。

"第一代康继确实是有他的能耐,所以才会被家康看中。但第二代就难以恭维了,充其量只是个游侠而已。"

第二代康继是第一代康继的长子,深受将军秀忠的信任,曾作

[①]南蛮铁:指由外国传入日本的精炼钢铁,用于打制刀剑。

为秀忠的近侍陪同他狩猎。据说他是个极其散漫之人,参加了专门比试侠义气概的旗本奴①的白柄组②,天天与人寻衅斗殴。虎彻的刀就是败给了这样的人所锻之刀,可想而知,咬牙切齿都不足以形容他的懊悔与不甘。

圆圆脸的梅藏笑了笑。

"二代康继究竟有没有握过铁锤还不知道呢。"

"你的意思是?"

"据我看来,二代康继的刀几乎都是第一代的弟子们所作,依靠的是一门人的力量。"

一代康继的打铁铺弟子众多,其中应该有水平不凡者。是靠他们支撑着第二代的吗?

不过,毕竟自己的刀被康继家的刀砍断了,虎彻话到嘴边只好咽了下去。

首先必须超越康继一门。

虎彻想到。

"总之嘛,康继的刀阴气重,无趣。而且,一代康继还比较守规矩,只有打得好的刀才刻上葵纹。而二代在相当失败的刀上也刻上葵纹。到了第三代,不管是江户的店还是越前的店,无论怎样拙劣的刀上都刻有葵纹,真不像话!"

"是吗?"

---

①旗本奴:日本江户前期对趋于无赖化的旗本、御家人的称呼,常在江户城里成群游荡,与町奴(市民中的侠客)发生冲突。

②白柄组:对旗本奴团伙的称呼,源于刀柄用白线缠绕。

果真如此，康继什么的完全可以不放在眼里，虎彻改变了想法。唯有一心锻造不折、不弯、锋利且有品格、韵味深长的好刀。

为此，虎彻跟多家废铁收购店打了招呼，拜托他们帮忙收集年代久且质地好的废铁。可是，到目前为止仍然没有打出可以充满自信地刻上"虎彻"铭文的刀。

"你这次的铁质很好，具有跟古刀相同的柔韧性。在磨刀石上已经有很好的吸附感，令人想到雪妖的肌肤是不是就是这样的呢？虽然没有摸过啊。"

经过多种磨刀石研磨后，再用切成很小块的磨刀石通过大拇指前端来操作，细细打磨刀刃与刀身，使其现出光泽。像梅藏这样的小店，平时的工作是不会这么细致的，但梅藏说，当他拿到虎彻的刀时，自然而然地就想要去细细打磨。既然受到了每日都和刀接触的梅藏的褒奖，想必这次的刀确实是相当不错吧。

"不看一下吗？"

要是平时，虎彻肯定第一时间就会拿起磨好的刀看看，可今天总不见他有解开包刀布的意思，梅藏感到很不解。

其实，虎彻是不敢看。最近他让梅藏磨过好几把刀，每把刀都有其相应的优点，但只是相应的优点而已。有些是铁打得好，但淬火不太满意，有些是淬火很成功，但铁质有缺陷。

虎彻想要锻造的，是让人浑身战栗的底气十足的刀。

是由内而外地彰显霸气的刀。

正因为目标定得如此之高，可以说虎彻是用生命在锻刀。如果即便这样，锻出来的刀还都是平庸之作的话，真想舍弃一切去遁入空门了。

虎彻做好了心理准备,解开了包裹布。

是一把长一尺六寸二分(约49厘米)的短刀。

刀身宽,弧度浅,刀锋长,没有棱线,看起来豪壮大气。刀身的纹理细致,沸点纹紧密。

刃纹是跳跃的山峰状不规则互目纹,刀刃边缘有较大颗粒的沸点纹。

虎彻看着看着,脸上露出了喜色。

"怎么样？不错吧？很不一般哦。"

梅藏的语气自豪,好像在说他自己的作品似的。

"啊,终于成功了么……"

虎彻长舒了一口气,终于打出了能够满意的短刀了。听到虎彻的自言自语,弟子们的脸上也露出了笑容。

"还有金线纹呢,恰到好处。"

其实不用梅藏说,虎彻已经注意到了,而且很满意这一点。刀面上有一条纵向的像闪电一样的细线条。这不是有意造成的,而是淬火时偶然形成的。很多收藏家都喜欢这个。

打开窗户,拿到初冬的阳光下看。温润的刀身,好似从内部发出幽幽的蓝光,异常美丽。

这并不是我的力量。

这是古时的铁的力量,虎彻想。

在不知道多久之前的过去,有人从山里挖来铁砂,用小炼铁炉炼出铁。又有人用这个铁锻造出铁钉。被使用在寺庙或其他什么地方的铁钉,经过了数百年时间,被人从木料上拔了下来。废铁收购店将它买去,然后被我虎彻买了回来。是这古时的铁的力量助我打出了好刀。

他决定,铭文暂时不刻"虎彻"二字。

"把阿雪叫来。"

听到师父的命令,正吉面露难色。

"正躺在床上呢。"

"告诉她我要刻铭文,直接穿着棉睡衣来也没事。"

"刻铭文的话,我来帮忙按吧。"

正吉把手伸向短刀。

"你按的话不好刻。"

也让正吉按着刻过几次,但他按的力度太大,刻不好。阿雪按的话,刀柄会有一种恰到好处的上浮的感觉,用小锤敲打錾刀刻字时会感到很顺畅。

"也许是我多嘴,夫人现在最重要的是休养,师父你却总让她做这做那,这样不好。我们能做的事……"

"住嘴!你是要反抗我吗?"

虎彻大喝一声。正吉皱起了眉头,想要说什么却又忍住了,朝打铁间外走去。

阿雪来了。穿着夹层和服,绑着束带。可能是因为最近天气渐寒,脸色有些发青。

"刻一下铭文,很快就结束。"

"好的。"

虎彻在铁砧上放上铅版,从工具箱里选了一把自制的錾刀。虎彻锻的铁很硬,必须用淬火良好的錾刀才能刻。

阿雪用棉布将短刀包好,坐到铁砧对面,忽然转身向旁边咳嗽了一下。

"我在刻字的时候可不能咳。"

"知道。"

虎彻用炉子里的余火烘了烘手,几度调整呼吸,然后才坐到刀柄前面。

只见他一点点地敲打錾刀,坚硬的铁面上很快出现了清晰可辨的字迹。

长曾祢兴里古铁入道

规规矩矩的几个楷书字。

"下次一定要刻上'虎彻'二字。到时候还要麻烦你哦。"

"好的,交给我吧。"

阿雪微微一笑,脸上的肌肤看起来比铁还要冰冷。

二十九

去往永久寺的路上,干燥的北风不停地刮着。可能是扬起了沙尘吧,天空有点白蒙蒙的。对于虎彻剃了发的头来说,风很冷。

"师父!"

跟在后面的正吉犹豫了很久似的终于开了口。

"什么事?"

"我觉得我是个不成熟的弟子。"

"那就好好修炼。"

"嗯,我会修炼的。可是……"

虎彻没有催问,他知道正吉想说什么。行光短刀的调查还一点眉目都没有。他肯定是想问这个事。

"你是想说行光的事吧。"

"那件事不急,我知道没那么快弄清楚。我想说的是夫人的事。"

"阿雪的事?"

虎彻感到很意外。阿雪怎么了?

"请原谅我多嘴,您能对夫人更好一点吗?像这样下去的话病可能就好不了了。"

阿雪最近状态确实不太好。

作为虎彻来说,他认为自己已经尽可能地体贴她了。在这么艰难的条件下都不惜药费,不断让她尝试新药。

店里雇了两个女孩子专门做饭、打扫,家务事不让她做。现在的阿雪只需要喝药睡觉就行了。

只是虎彻会不时吩咐阿雪做事。正吉说的正是这个。

自从皈依佛门以来,虎彻每天早上都要用剃刀剃头,这必定是阿雪的任务。有时候在正吉的强烈要求下也让他剃过,但虎彻总觉得他剃得不舒服,从而导致一天的情绪都不好。所以,阿雪即便不舒服也会强撑着起来给虎彻剃头。虎彻也觉得自己太任性,对不住阿雪,同时又安慰自己说这点小事情对阿雪来说也是一个心理支撑。虽说是病人,能被人依赖,有可做的事情应该是有益的。

"这是我们夫妻之间的事情,用不着你多嘴!"

"……我很后悔拜师时的约定。"

"约定什么了?"

"我发过誓要绝对服从师父,师父如果说乌鸦是白的,乌鸦就是白的。"

虎彻仰面看看天,好像听到了很久远之前的事情。江户冬天的碧蓝的晴空会让人忘却掉很多事情。

"但是我还是要说,师父你太过分了。请你对夫人更体贴一点。内心没有慈悲的人,是锻造不出好刀的。"

虎彻转过身一把揪住正吉的衣襟准备揍他,可扬起的手还是放了下去。

正吉哭了。

"我是如此无德之人吗?"

正吉当场在虎彻面前跪了下来:

"我知道我不该多嘴,可是,自从师父开始自己炼铁以来,整个人好像变成了夜叉和阿修罗,整天都在全神贯注地盯着铁,其他一切都不再关心。"

"没工夫关心其他事情。铁就是一切,刀就是一切!"

虎彻发怒了。他认为这才是作为铁匠的荣誉。

"这我知道。但是,您知道夫人把药钱省下来去支付买铁、买炭、磨刀的钱吗?"

"……真的?"

虎彻像是被大锤砸了一下脑袋,非常吃惊。

"是的。夫人不让说,可是我再也忍不住了。"

因为卖盔甲,当初开铁匠铺时还有不少积蓄,那些钱都交给了阿雪保管。虎彻嫌算钱的事麻烦,需要支付买铁、买炭或者磨刀的钱时,就让正吉从阿雪那里拿了去支付。

去骏河台狩野玄英医生那里取药的事也是交给正吉。

"夫人并没有让我去狩野医生那里,而是命我去御茶水①的大堤边采集蒲公英和艾蒿。夫人把它们晒干后装进药袋里。"

"每天煎的药就是这个?"

"是的。用蒲公英和艾蒿是治不好肺痨和眼疾的。"

虎彻一直蒙在鼓里。他听阿雪说在尝试各种新药就信以为真了。

"夫人有时候假装去看诊,实际上都是去汤岛拜一下天神就回来了。她把药费都用在师父的刀上了。"

这么说来,难怪最近没看到狩野医生来出诊呢。原来阿雪连诊查都停了。

"这样啊……"

虎彻平时去废铁收购店,只要看到中意的铁,都会不惜代价买回来。废铁收购店的人都认识了虎彻,会特意把好铁留一部分下来,让虎彻来买。拿去研磨的刀,只要不满意就直接丢进库房里……不知不觉间,钱袋子已经见底了。

---

①御茶水:地区名,今东京都千代田区北部一带。

"求您了,开始出售吧!在我们看来,都是很好的刀啊。"

"你们知道什么!我的目标可是……"

虎彻说到一半停了下来。目标再高有什么用?妻子连药都吃不起了,说什么古今无双的名刀?

"起来!"

虎彻迈步继续往前走。

卖刀!

他决定了。最近那把刻有"古铁"铭文的短刀作为自己的作品卖出去是没有问题的。那把刀,圭海应该会以相应的价钱买去的吧。库房里还有几把刀,虽然都非满意之作,但现在已经不能在意那么多了,也卖出去。

虎彻一边想着一边快步走在大片干枯稻田之间的小道上。

来到永久寺后,圭海和山野加右卫门已经在寺院廊下。上次那把"古铁"刀刻好铭文后就送到了这里,今天是圭海他们喊虎彻来看刀。

刀拿在圭海手里。

圭海正目不转睛地看着的正是那把短刀。

圭海的眼睛像是被刀身吸过去一般,眼里发出不同寻常的光芒。让人感觉他不光是在看刀,好像是在注视着刀身背后的什么东西一样:

"和我期待的一样好。我一直相信你是可以打出像这样的好刀的,干得不错!"

"谢谢!"

虎彻本来还是有些忐忑的,现在终于松了口气了。

"这样的话,三胴叠加也肯定能一斩到底。"

圭海点了点头,对山野加右卫门的话表示赞同。

"应该如此。这铁质,一看就让人心驰神往。从刀姿来看,含有一点怒气又极具品格。只不过,为什么不刻上我给起的名字呢?'古铁'这样的铭文难以彰显破邪显正的气概吧。"

"这把刀能够获得一定的成功,还不是因为我的力量。是依赖于古时的铁质好,所以这样刻的。不过,今后我要进一步加强修炼,一定要打出能够刻上'虎彻'两个字的刀来。"

"这样啊。那我就拭目以待!"

圭海将短刀收进白木刀鞘里,看着虎彻说道:

"先打十把。"

"嗯?"

"让你打十把刀。"

"十把吗?"

"是的。"

"要这么多刀做什么呢?"

"我要推荐你做将军家的御用刀匠。"

"这……"

"我虽是一介僧人,但毕竟是将军的舅舅,跟他打个招呼不在话下。"

虎彻摇了摇头:

"请恕我不能从命。我的愿望只有一个,那就是锻造出好刀,并不希求做御用刀匠什么的。"

"真是个无欲无求的家伙啊。"

"不过,为何要推荐我这样的?"

"你想要打出好刀的志向比任何人都高。就是看中了你这一点。"

"但现在一切还是未知数,让我这样的刀匠……"

"正因为如此才对你充满期待。推荐那些老一套的人没有意义。只要能打出足以让这太平之世的人感到震撼的刀就行。先打十把,我可等着哦。"

圭海说完便起身往里面走,可忽然又停下了脚步:

"对了,上次说到的那把行光,知道主人是谁了。"

"真的吗?"

"是伊豆守松平。"

原来是声名远播、人称智慧伊豆的伊豆守松平信纲。就连不谙世事的虎彻也知道他的大名。

他原是武州享受七万五千石俸禄的川越藩主、幕府老中[①]。曾经平定九州的岛原之乱以及妄图颠覆幕府的庆安之变。他还曾主持修建玉川水渠,保证了江户居民的饮水需求,是个一等贤明之才。

"可能有好戏看了。"

好像听到圭海是这样说的。接着又说了句:

[①]老中:日本江户幕府的官职,辅佐将军总理全部政务的最高官员。

"不,没什么,没什么。"

虎彻的耳朵里留下了他渐渐消失的脚步声。

三十

宽永寺的钟声伴着风箱的出风声在耳畔响起。外面好像已经相当寒冷,袅绕的余音听起来异常清晰。

"这是晚六点的钟声吧……"

听虎彻这么说,正吉狠狠地摇了摇头:

"早就过了,师父。这是除夕夜的钟声啊。"

"都这么晚了吗?"

今天从早上开始就一直在炼铁。

因为窗户是关着的,在黑暗的屋内一心盯着炉火,听着风箱的风声,已经忘记了时间的流逝。

和平时一样,先把精心挑选的废铁打碎,再一点点地放入炉子里,不停地送风,炽热的炭火底下就形成了拳头大小的炼好的铁块。

炼出来的铁要经过大锤一次次地锤打延展,确认铁的质量。这样的作业一天最多能进行三次。心里总想着再来一次,再来一次,不知不觉已经到了深夜。

回过神来才感觉到确实很累了。

虎彻把刚炼出来的铁块用钳子夹了出来。达到熔沸状态的铁块呈明亮的柿子色。是否是好铁,必须要经过锤打、浸水才知道。

"今天就到这里收工吧。"

"好嘞!"

正吉用火铲把炉子里剩余的炭火装进灭火罐里。久兵卫和直助负责用长柄扫帚把房梁和门楣上的粉尘清扫干净。每天收工后都要像这样清扫炭粉,因为炭粉积存的话,如果有火星飞上去就有可能着火,造成火灾。

收拾好以后,师徒回到家中,阿雪和女佣端来了食案。

"今天做了荞麦面。"

这时虎彻才想起,打铁间门口已经换上了新的注连绳,天亮以后就是新年了。

"你还没睡吗?"

"嗯,今天状态很好。"

面对阿雪的笑容,虎彻却无法坦然,一股愧疚之情涌上心头。

自己把这个女人逼到了什么程度啊,连看病吃药的钱都不得不省,我这到底是想要干什么呢?

不就是为了刀吗?

虎彻并不这么认为。但是,这件事真的值得自己不惜辜负这么好的女人也要去做吗?

"医生不是说了要好好休养吗?"

"是的。所以,虽然是年三十我也一直在躺着,大扫除什么的全都交给了这两个孩子。医生也说了,稍微的消遣比得上一服良药。"

医生确实这样说过,虎彻也听见了。

上次那把短刀,圭海出了五两钱买下了。通常一两就能买到带有不错装饰的刀,所以这是很高的价格了。

虎彻拿到钱后马上就带着阿雪去了骏河台狩野玄英医生那里。

"真糊涂!"

狩野见他们很久没去,把虎彻夫妇大骂了一顿。但还是认真地检查了一遍。结果是,肺痨虽然进展不快,但在一点点地恶化,而眼睛则严重了很多。

"有一种荷兰舶来的眼药,听说效果很好,只是……价格极高。"

"不需要这种眼药,我能看得见。"

阿雪连连摇头,被虎彻喝止了。

"钱我会想办法。"

虎彻拜托狩野医生帮忙买药,然后就带着阿雪回去了。

虽说有五两钱,炭钱、磨刀钱、买废铁的钱都要付,转眼间就没了。要想筹措几十两钱可不容易。

但也不是没有办法。

当上将军家的御用刀匠,像康继那样在刀上刻上葵纹的话,虎彻的刀也能卖出几十两的高价吧。这样的话,药费什么的根本不是问题。

但是,这难道不是对刀的亵渎吗?即便没有葵纹,只要是结实、锋利、有品格的刀,在武士当中能获得好评,也会有人不惜重金来买的吧。这样的刀不才是自己一直以来所追求的吗?

虎彻一时思绪纷杂,无法决断。

"眼睛情况怎么样?"

虎彻边接过面碗边问道。

"看得很清楚,没有任何障碍。"

就在阿雪微笑着回答的同时,虎彻已经下定了决心。

不能让这个女人再继续受苦了。

虎彻决定做将军家的御用刀匠。

锻刀不是为了让女人哭的,而是要让女人幸福的。

虎彻一边吃着热腾腾的荞麦面,一边狠狠地跟自己说道。

初一到初三的早上都吃了年糕汤,但虎彻不喝屠苏酒,和平时一样吃完了就去打铁间。他不习惯悠闲地庆祝新年的氛围。要成为御用刀匠,首先必须要打出好刀来。

圭海说了,先打十把。

对于好不容易才打出了一把比较满意的短刀的虎彻来说,十把实在是让人心里没底的高远目标。

不过,刚好还有一些已经炼好的优质铁,所以从初一开始就投入到了新刀的锻造中。

初四早上,阿雪突然说道:

"也许是我多嘴,我们不要去拜一下年吗?再怎么说正月不休息,兼重师父和才市舅父那里最好还是要去一下吧?"

听她这么一说,虎彻抬头看了看阿雪的脸。虽然外表很憔悴,但内心却始终是一个靠得住的女人。

"确实要去拜个年。"

很久没有见到兼重师父了,才市舅父也许久没有问候了。

"还剩多少?"

阿雪小声问正吉。现在是由正吉管钱。

"还有三百文,和年三十时告诉您的一样。"

"就那么一点吗?"

"炭、米、大酱的账,年底的时候都全部结清了,现在暂时跟店里赊账。"

这点钱维持日子可以,但是买拜年的礼物不够。

虎彻感觉终于到了要做决断的时候了。

他来到库房看了看。

里面放着十几把刀,收在白木刀鞘里。

都是这一年来虎彻打的,虽然每一把都有其成功之处,但虎彻认为都没有达到能够刻上铭文的程度。

他从中选了三把短刀,用包袱布包起来。

自己穿好了和服裙裤与和服外褂。

最近每天早上剃头的事也是让正吉来做,尽量让阿雪躺着不动。虎彻认识到,如果只想着不如意的地方那就没完没了。也许是因为自己锻的短刀被圭海和山野加右卫门认可了吧,心情上稍微变得从容了一些。

虎彻让正吉拿着包裹,从池之端出发向正月里的大街上走去。街上到处都是盛装打扮的男女,真是很久没有呼吸这繁华的大街上的空气了。

从上野到神田一带的刀店都是认识的人,虎彻曾经常到各家店里去看刀,慢慢地都熟悉了。

他想尽量去互相完全不认识的地方去卖刀。

跨过芋洗桥(现在的昌平桥),又走过才市舅父所住的神田银町和兼重师父家所在的绀屋町,师徒二人在正月的大街上悠闲地走着。风筝在空中飞舞,看样子应该是御茶水一带吧。女孩子们在兴致勃勃地踢着羽毛毽子,男孩子们在忙着转陀螺。正吉默默地跟在虎彻的后面走着。

穿过神田,过了日本桥,继续径直往前走,来到了京桥。

跨过京桥就是刀市,地名就叫太刀卖町。

虎彻刚到江户时来过这里几次,不过这里的刀都是一些粗制品,所以最近很少来了。

买卖都是在路上进行,连草席都不铺,武士们和町人们直接站着抽出刀来品评好坏。有时能看到五六个人围着一把刀讨价还价。可能是新年头一次开市吧,无论是卖方还是买方都热情高涨。

虎彻把正吉提着的包裹解开,从里面抽出一把短刀。

他往路中间一站,将刀尖朝天高高举起。

早春的天空蔚蓝清澈,阳光柔和。刀身在光线的照射下闪着清晰的蓝光。

刀长一尺五寸五分(约50厘米)。浅浅的弧度,波浪状的刃纹显出凛然之气。刀面上有紧密的木纹状肌理,银砂状沸点纹也清晰可见。

整体看来,并不算失败之作。

然而,仅此而已。

虎彻还是不满意。

如果这等程度的刀就满足了,就不会当刀匠了。

光看一眼就能摄人心魄,令人震颤;握到手里的一瞬间,全身就会涌起天地神明之精气。这样的刀才是虎彻想要锻造的。

虽然离这样的崇高目标还很远,但也是竭尽自己所能努力锻造的。究竟会被出价多少呢?虎彻抱着这样的想法,故意把刀展露在众目睽睽之下。

"不错的刀嘛。价格多少?"

一位彬彬有礼、穿戴整齐的武士询问道。

"您认为多少钱会买?"

"让我仔细看看。"

武士接过刀细细地看了一遍刀身。

"两文怎么样?"

"两文钱?"

"这是市价吧。"

"确实是市价。"

"不卖吗?"

"嗯……"

虎彻歪着脑袋未置可否。武士哼了一声就走了,到其他地方物色刀去了。

"二文确实是市价哦。"

正吉悄悄说道。

"不是价钱的问题。如果是真正喜欢这把刀的人,免费奉送都可以。"

"师父,免费可不行啊。"

"哦,是啊。还是收几文钱吧。"

正吉一脸无奈地摇了摇头。

虎彻打刀本来就不是为了金钱,而是为了在一把刀里面注入自己全部的热情、力量和生命的气息。手里的这把短刀虽然只是一个不成熟的作品,但与其他刀匠比起来绝不算很差。如果有喜欢它的武士,一定要让他挂在腰间。

新春的刀市到处都是来买刀的武士和町人。只要把白刃拿在手里,马上就会有人来问。

"让我看看。"

虎彻的刀已经让好几个人看过了。

虎彻仔细观察每个看刀人的表情,他准备只要谁的眼神里发出光芒,就把刀卖给谁。

这时,来了一个高高个子、穿着华丽的年轻人,被一群小跟班簇拥着。

此人穿着一身印有大朵花菱纹的黑色和服,衬里是醒目的绯红色,显得威风凛凛。大概是町人义士当中的头领人物吧。

"能让我看一下吗?"

"请慢慢看。"

虎彻把刀递过去,义士目不转睛地盯着刀身看着。只见他眉头渐渐舒展开,瞳孔中放出了光芒。

"铁打得好!"

"谢谢。"

"而且这咄咄逼人的姿态很好。"

虎彻点点头。铁质确实不错,但刀身显露出来的怒气和凛然之感过剩了,有些欠缺品格。虎彻一直把这当做缺点,却有人喜欢这一点。

"这刀看起来很锋利。"

"那是当然。"

"锻造到如此程度的话,与任何宝刀交锋也不会折断的。"

"这是我竭尽全力所造,如果被别人的刀砍断,愿意把脑袋奉上。"

"什么?你是刀匠?"

"是的,这是我锻造的刀。"

"名号是?"

虎彻一时语塞,不知如何作答。现在出售的短刀因为自己不满意,还不想刻上名号。

"没有名号。"

"为何不刻?"

"因为我的目标是要锻造出无论是谁,只要看上一眼就会瑟瑟发抖的名刀。而这把刀还不成熟,不能刻。"

"你是说这把刀的锻造还不成熟吗?"

义士用他那大大的黑眼珠子盯着虎彻,样子有些可怕。而虎彻也神情自若地与他对视着。

"是的。很惭愧,本领还没有达到志向的高度。"

"好!我喜欢!只要有志向,总有一天会锻造出天下名刀的。作为新年头次开张的贺礼,我准备花二两买下它,怎么样?不成熟的试验作品,卖不?"

虎彻低头致意。有人喜欢自己的刀,这比什么都令人高兴。

"谢谢!"

义士递给虎彻两枚金币,然后把短刀拿给手下人看。

"这是一把好刀,让你们也饱饱眼福!"

"幡随院的大哥既然这样说了,那肯定不会错的。"

"幡随院?池之端的……"

"是的。让你认识一下那里的长兵卫。"

池之端的幡随院离铁匠铺不远,虎彻也听说过长兵卫的名字。长兵卫以替人介绍用人为业,是人人皆知的义士头领,以锄强扶弱的侠气而闻名。

"你叫什么名字?不刻铭文的话,在刀鞘上写一下。"

"好的。"

虎彻拿出随身携带的毛笔在白木的刀鞘上写下了名字。

"在下叫做虎彻。"

"与宝刀很般配的名字。不能把这个名字刻上去吗?"

"这刀还没有达到我的志向,请谅解!不过,我早晚会打出好刀,堂堂正正地刻上名号,再来和你交换这把刀。"

"很令人期待。那我就等着约定的实现!"

"真是令人钦佩的好刀匠啊。"

"是啊,迟早会成为天下无双的刀匠的。"

义士手下的人大声赞叹着,引得周围的人都聚集了过来。

"什么?还有两把?快拿出来看看!噢,这把也不错,更加显得咄咄逼人呢!"

还有人喜欢充满怒气的刀呢,真叫人高兴。

"我买了,就要这把!"

一个穿着印有漂亮唐犬图案窄袖和服的人硬是把金币塞到虎彻手里。

"虎彻,好名字!"

"这刀真神气啊,斩风的声音都完全不一样。"

那人刚买下刀就开始挥舞起来。可能是喝了不少酒,挥刀的动作很危险。

周围的人都吓得尖叫着往后退去。

"快住手!这样很危险!"

长兵卫喊道。几乎在同时传来了另一个人的声音:

"喂!大正月的在马路中央吵嚷什么!还以为是哪里来的小鬼呢,原来是町奴①啊。"

人群中出现了一伙穿着华丽的白色和服的人。

正是近来喜欢成群结队在江户城中大摇大摆到处晃荡的旗本奴。因为他们行为粗暴,经常敲诈弱小者,深受町人们厌恶,是以幡随院长兵卫为首的町奴们的天敌。

---

①町奴:江户初期与旗本奴相对抗而产生的江户市民中的侠客。

"原来是水野十郎左卫门和白柄组的诸位啊。今天来太刀卖町有何贵干？难道新年还没过完就赌博输光了，准备过来卖刀的吗？"

长兵卫掖起和服下摆，连珠炮似的问道。绯红色的衬里上金丝织的老虎图案张着嘴在咆哮。

顿时气氛变得紧张起来。

町奴和旗本奴两派人马互相对峙，周围的人群吓得向远处避开。

双方都端起了架势，瞪大眼睛，想要震慑对方。看那气势和两条露出獠牙、气势汹汹的狗非常像。

长兵卫那边的町奴当中有三人已经将虎彻的短刀拿在手里。

旗本奴他们也把手伸向了刀柄。

"师父，跑吧！"

虎彻被正吉拽着袖子躲到了路边。

旗本奴当中有一人径直走到前面。他穿着一身洁白的丝绸和服，腰上佩有一长一短两把刀，白丝线缠的刀柄配着鲨鱼皮制的刀鞘。刀鞘上有朵朵梅花模样的花纹，一看便知是上等品。此人想必是相当富裕的武士吧。

"区区町人之辈却故作风流，还想反抗将军直属的旗本武士，真是可笑至极。"

"我说水野阁下，可笑至极的还不知道是谁呢。像疯狗一样毫无理由地到处去咬人，真是给旗本丢人啊。将军大人正在哭泣呢，知道吗？"

"休得胡言……"

就在水野十郎左卫门准备拔刀的时候,另一位武士走到了前面:

"这点小事何需大哥您亲自动手,就让我金时金兵卫来替您开道!"

这位自称金时的虽说是武士,却长着一副卑俗的恶人脸。那副巴结水野的嘴脸甚是难看,就算在白柄组之中大概也算是品行极差的恶徒吧。

"不,不用你管。我正想教训一下这小子。今天既非父母忌日,正是结束这位狂妄的无知町人的小命不可多得的好日子。"

水野嗖地一下子拔出了刀,高高地举过头顶。

幡随院的长兵卫瞪大了眼睛,也把刀举上头顶。

"这种钝刀子,就别装模作样了。杀你们这些人,用葵纹的康继都是浪费。不过不用客气,尽管砍过来吧。"

话音未落,水野便迅速向前一步,从长兵卫的正面一刀砍了下去。

长兵卫将短刀举在头顶,挡住了袭来的刀刃。

"啊!"

听说对方拿的是康继,虎彻说什么也想看清楚两把刀较量的情况,正要跑过去,却被正吉死死拉住。

"师父,危险!会被杀掉的!"

很快传来了尖锐的叫喊声,两人开始了交锋。

长兵卫的刀和水野的刀紧紧地抵在一起。每当听到尖锐的金属声,虎彻的胸口就像被刀剜了一样难受。

长兵卫不顾自己拿的是短刀,步步紧逼地向对方砍去,水野只得用康继来抵挡。五次、十次,双方的刀刃不断交锋。两人使尽全身的力气互相挤压。

"师父,看……"

在双方交锋的过程中,康继的刀刃已经破损,远远也能看出刀刃开裂了。

"喂!看那把刀,葵纹正在哭泣呢!"

长兵卫嘲笑道。

水野十郎左卫门后退了几步,咬紧嘴唇望着刀。

刀口出现了缝隙。

如果现在长兵卫向前一步一刀砍下去,水野立刻就会人头落地。

长兵卫没有向前,只是看着手里的短刀。

"今天就饶你一命!像你这种人不值得用这把虎彻来砍。"

"你说什么!"

水野拿着刀向长兵卫刺去。

长兵卫迅速闪开,但衣袖被割断了。水野再次刺过去,长兵卫再次躲开,并朝水野从下往上斜斜地划了一刀。

水野的和服腰带被割断了。

白色和服和里面的单衣敞开了,连兜裆布都散开了。

长着一副恶人相的金兵卫举起刀朝长兵卫砍了过来。看来此人只是胆子比别人肥一倍而已,交手了两三次以后,照样也被长兵卫割断了和服腰带。

"喂！还不早点回家去,小心感冒了！"

水野一脸恼怒地转身而去,旗本奴一群人悻悻地甩下几句狠话后便跑掉了。

手下的町奴们准备去追,被长兵卫制止了。

"别追了,别追了。不觉得他们很可怜吗？"

围观的人群中爆发出一阵笑声。

虎彻赶紧跑到长兵卫跟前。

"刀刃……"

"刀刃毫发无损,果然是把好刀,又结实又易于挥舞,简直是如虎添翼啊。这刀用于打斗再适合不过了。"

虎彻从长兵卫手里拿过刀,眼睛简直要贴上去似的仔细查看刀刃。

没问题。

虽然有一点轻微的碰撞伤痕,但是经过那么激烈的交锋,却没有明显的损伤。

虎彻的心底产生了强烈的自负。

看来铁打得好。

虎彻在打这把刀时有意突出了纹理。因为铁质较硬,便减少了折叠锻打的次数,保持了铁的不均匀状态,这样让它更加有力,不易折断。

对于铁质的解读到此为止。

这种解读是正确的,已经被刚才的对决证明了。虎彻的全身充满了作为铁匠的骄傲和满足感。

三十一

池之端的打铁铺响起了三把大锤此起彼伏的声音。

也许是心理作用吧,那打锤声听起来充满自信,一定是虎彻心里的什么结已经解开了。

对于虎彻来说,看到人与人之间那样拼命地对决,今年正月还是头一回。

一问才知道,在京桥的刀市,这种互相砍杀的事情经常发生。可能是因为人一旦手里拿着刀,精神就会兴奋,就有了砍人的欲望吧。

幡随院长兵卫持刀而立的样子令人难忘。

就是一头猛虎!

虎彻认为。

砍人、杀人,如果不化身老虎,人是做不出这样的行为的。

听说正规修炼剑术的武士是朦朦胧胧地半睁着眼,像眺望远山似的看着敌人的,这是剑术的定法。

可是,一旦真的要对决,那样睡意蒙眬的眼神是不行的。一定是眼睛瞪得圆圆的,一副拼死的样子。

刀就是人类的獠牙。

虎彻的心里已经明确了今后的方向。

既然是獠牙,那么,有怒气也没问题。

虎彻的刀所特有的怒气乃是一大优点,对于这一点,他又重新燃起了自信。这与品格是绝不矛盾的。

正因为不是老虎而是人的獠牙,所以必须要有尊严。不是随意夺人性命,而要有慈悲之心。只有为敌人考虑的恻隐之情才会产生品性。

一旦握在手里,精神就会激昂起来,心中涌起破邪匡正的信念。这样的刀,才是理想的刀。

虎彻的眼前已经清晰地浮现出了自己应该要锻造的刀的样子。因此,打铁声都听起来充满了自信吧。

"喂!用力啊!"

被虎彻这么一鼓劲,打对锤的正吉、久兵卫和直助更加使劲儿了。

"好嘞!"

铁砧上经过锻打的铁状态看起来极好。在大锤的间隙中虎彻用小锤敲打,那柔韧的触感令人惊讶。

把铁块再次放回炉中。

正吉放下大锤,迅速从炉子的另一边绕过来拉起了风箱。

风声听起来很舒畅。

听着这反复不断的强有力的风声,似乎有一种是天地在呼吸的错觉。

风煽起火,火熔化铁。这样的锻造不知重复了几千几万回。无论重复多少次,每锻造一次,铁都会展现出不同的样子。

虎彻用右手晃动一下撬棍,火焰中出现了飞舞的火花。

心想，再加把火吧，便给正吉递了个眼色，示意他加炭。就在这时，远处响起了钟声。那钟声敲得很急促，凝神听了一会儿，确实不是宽永寺的钟声。

"是报警钟！"

"发生火灾了吗？"

众人从黑暗的打铁间飞奔到了外面。时间是未时正（下午一点），但外面却有些昏暗。

今年冬天一次雨都没有下，土地和空气都已经干透了。昨天夜里开始刮起了大风，卷起大量尘土，从早上开始天空就很昏暗阴沉。站在不忍池边连上野山都看不清，笼罩在一片灰色的沙尘中。

"师父，是那边！"

正吉仰望着西边的天空。灰蒙蒙的天空中升起一股黑色的浓烟，红色的火星四处飞舞。火灾就发生在对面不远处的山丘上。

"应该是本乡吧。"

本乡那里有加贺大人的宅邸。冒烟的地方好像就在宅邸的门口附近。

"会烧到这边来吗？"

强风从西北面吹来，可能会带着火势沿山丘而下。到时候，从汤岛到池之端一带的町屋就会变成一片火海。

虎彻望了望天空。黑烟不断地向干燥的街道上扩散。

"很快就会过来的！"

虎彻咬紧牙关，思考该从哪里着手。

他跑进屋内，把佛坛上孩子们的牌位一把揽入怀里，又背起阿雪来到不忍池边。

"不管发生什么你都坐在这里别动,孩子们会保护你的。"

虎彻让阿雪抱着牌位。今年因为水位下降,池子与房屋之间的岸边变得很宽。就算房子被烧了,待在这里应该是安全的吧。

接着把全套的锻造工具搬了出来,又把棉被、衣柜、锅碗、米柜等搬出来堆在旁边。

虎彻又在阿雪身上披了好几件棉睡衣。

"你们去池子里取水往家里浇!"

虎彻把水桶递给两位女佣。

宽永寺的钟也被急促地敲了起来,到处都响起了报警的钟声。明历三年(1657)一月十八日午时下刻,发生于本乡本妙寺的大火在强风的吹刮下,通红的火焰顺着风势一直向东南方向蔓延。

街道上的人们乱作一团,纷纷往外搬东西。到处能听见女人们的惊叫声。虎彻也去帮附近的人搬东西。黑烟眼看着越来越浓,烟柱越来越粗。

已经能看见山丘上的火焰,正在向这边蔓延。风中有一股焦糊味。

"正吉你守在这里,保护妇女,照看一下附近。"

"师父呢?"

"我去看看兼重师父。久兵卫和直助跟我来!"

"房子如果烧着了怎么办?"

"那还能怎么办?只能看着它烧了!"

虎彻说完便开始跑起来。大街上一片混乱,无论男女老少都紧绷着脸。

虎彻往神田方向跑,可是在芋洗桥上却被人潮给挤了回来。

火势眼看着就要从汤岛越过御茶水的深谷蔓延到骏河台了。处于下风口的神田地区的人们准备往上野方向逃,一下子涌到了桥上来。人们呼天喊地,有的被撞倒在地,被人踩踏,有的从栏杆上被挤掉到桥下。这里根本无法通过。

虎彻放弃了从芋洗桥通过,继续往下游跑。和泉桥人也特别多,无法过去,最后从浅草桥才终于过去了。

虎彻直接穿过混乱的街道,来到了绀屋町。

飞奔来到了兼重家,听到入口处的土间有嘈杂声,弟子们都在那里。

"师父怎么了?"

"他不愿意逃,我们不知道该怎么办。"

正月来看望的时候,兼重的腿脚就不太好。

虎彻没脱鞋就直接跑进了屋里。往加工间一看,兼重正抱着胳膊坐在那里。

兼重的儿子一脸困惑地蹲在父亲面前。

"父亲,求求你了,快逃吧!让我来背你吧!"

"不用管我!你们快逃!"

"还在磨蹭什么呢?"

虎彻一把抓住兼重的肩膀晃了晃。

"兴里?你来干什么?"

"火势很大,我帮忙来了。"

"不需要,你们赶紧逃!这场火灾很大!"

兼重看来是不想成为别人的累赘。

"我们能眼睁睁看着师父被活活烧死吗?"

虎彻不容分说抱起兼重扛到肩膀上。

"你别管闲事!放我下来!"

"您别说话。少爷,芋洗桥那边非常混乱,从浅草桥过去,先跑到池之端再说!"

"好的,听你的!"

没等回话,虎彻就扛着兼重往外跑,径直朝池之端奔去。

这场大火几乎将整个江户城化为灰烬。

最初的大火从本乡开始,沿着骏河台、神田、日本桥,跨过河渠一直烧到灵岸岛,烧毁了江户城的整个东北部,直到半夜时分,大火才被扑灭。

第二天正午前,火又从小石川烧起来,傍晚时分,麴町也起了火。火整整烧了三天三夜,从江户城的天守阁、本丸、二丸、三丸,到大名宅邸、旗本宅邸、寺庙神社、仓库、桥梁、商家的前店后屋悉数烧毁。一眼望去,一片废墟,唯有几座土墙仓库孤零零地伫立着。江户城的六成完全消失,据说死亡超过十万人。

汤岛一带也被烧了,喷起了巨大的火柱。

即便待在不忍池边,热气和黑烟形成的巨大漩涡,让人呼吸困难。因为聚集到不忍池边的人太多,很多人差点被挤掉进池里。

人们边拍打着身上的火星,边抬头看呼呼上蹿的巨大火焰,仿佛身处地狱中一般。蹲在池边的人们都在默默地哭泣。

"这火烧得真是太悲惨了。"

阿雪自言自语道。虎彻紧紧地抱住阿雪：

"这就是火的力量,火焰的力量啊。"

"你每天就是操控着它在锻刀的呢。"

听阿雪这么一说,虎彻顿时感到后背发凉。和自己整天相对的火焰原来隐藏着如此暴虐的力量。刀匠就是操控着它来进行锻刀。刀剑之所以蕴藏着深不见底的力量,正是因为有了这恐怖的火焰的力量。

阿雪目光呆滞地看着虎彻。

"你是个坚强的人……"

阿雪紧咬嘴唇,把脸贴到了虎彻的胸前。

到了夜里,火从神田又朝东南方向烧去。虎彻一动不动地看着被火光映得通红的天空。

池之端总算幸免于难。

虎彻的家和打铁铺没被烧着,阿雪和徒弟们都安然无恙。只是一些搬出外面的工具和家什被偷了,不过这都是微不足道的事情。

虎彻让无家可归的兼重和才市舅父住到了自己家里。

两家的人口都很多,虎彻家一下子多出了几十个人,从起居室、加工间到厨房、土间都挤满了人,几乎没有立足之地。好在大家挤一挤,睡觉勉强能睡得下。大火平息的夜里,虽然风停了,但下起了大雪,废墟上很多人被冻死了。

"师父,你为什么不逃?"

虎彻让兼重坐到加工间的最里面，问道。

"我已经活这么大年纪了，想打的刀都打了，也没什么遗憾的了。"

听完兼重的回答，虎彻陷入了沉默。自己到现在为止还没有打出一把从内心感到满意的刀。到哪天面对死亡时，是否也能达到这样的境界呢？

兼重和才市都没了家，失去了锻造工具和所有的家财，但好歹家人和弟子们都安然无事，这已经足够幸运。当他们听说因为浅草御门关闭，两万多人无处可逃而被活活烧死时，都感到不寒而栗。如果再耽搁一点时间，虎彻和兼重恐怕都没命了。

大雪下到第二天早上变成了雨。众人在屋里抱膝而坐。

"只要还活着，就有很多事情要做。"

才市舅父的话深深地刻在了虎彻的心里。

第二天雨停了，众人一起来到了神田。

废墟上到处是烧黑烧焦的尸体。虎彻把兼重背在身上，看着眼前的一片废墟，流下了眼泪。

"一切都被烧了。"

"是啊，全被烧了。"

家的痕迹已经找不到了，但是根据道路可以大致推测打铁间的位置。挪开瓦砾和未烧尽的木头，发现了铁砧。

"找到了，在这里！"

虽然被大火烧得焦黑，但是四角形的形状未变。弟子们继续寻找，大锤、钳子、正在锻打的铁块还有刀身都出现了。

"刚好起到了很好的退火①作用啊。"

兼重笑道。

既然一切都失去了,还不如笑着去面对。虎彻并不知道,兼重说这话是为了填补内心的空虚。

大家将废墟清理了一下,但是接下来该做什么,一点头绪都没有。重新修建房子应该是很久之后的事了。

就在众人茫然地看着从废墟中捡出来的工具时,才市舅父从银町那边脸色大变地跑过来了。

"喂!现在就去!跟我来!少爷也来。"

兼重的儿子一脸茫然。

"去哪儿?"

"浅草。"

虎彻像是突然明白了什么似的拍了一下手。

"知道了!现在就去!"

浅草是从事废铁收购者的总头目的所在地。

江户有数不清的废品收购人,但是废铁的收购必须要有行业协会的许可。有记录显示,自这时到大约六十年之后的享保年间,江户从事废铁收购的共有四百八十五人。

发生了这么大的火灾,肯定一下子出现了很多废铁。

"您想得真及时啊。"

"收废品的不识货,他们分不清旧的好铁和新的铁。最近要常

---

①退火:将经过加工或热效应处理,已经硬化的金属材料加热到一定温度后慢慢冷却的热处理方法。

去浅草,把好铁都挑选出来。"

"不愧是机智过人的才市师傅。现在要做的事情正是这个!"

三人跑在被大火烧光的江户城里,虎彻感到有一种新的力量涌了上来。

江户不可能就这样变成废墟的,今后还会建起一排排的房子,重现昔日的宏伟景象。

到那时就需要新的刀。

负责锻造新刀的,就是我虎彻!

虎彻感到全身的血都在发热,但并不是因为奔跑。他意气风发,深深地感觉到即将到来的新的时代正在热切地期待着他。

三十二

看才市舅父用废铁炼铁已经是隔了很久的事情了。从早上一直忙到傍晚,总共炼出了七块铁。然后再将这些铁块加热,用大锤锤打延展。

打薄以后浸入水里,发出了短促而痛快的龟裂声。

"听这声音不错!"

当时也在场的兼重称赞道。光听声音就能知道是又硬又好的铁。

"才市师傅的技术就是高啊。"

兼重的儿子佩服地说道。

"因为我们打的门锁、小五金等卖不了刀那么高的价格,所以必须靠数量取胜。不能像刀匠那样不慌不忙地慢慢去打造。"

才市舅父尤其擅长把工作流程安排得井井有条。

虽说作业内容是完全一样的,都是先在炉膛内燃起小块炭,再将砸碎的废铁分几次投进去,但是,工具的摆法、风箱的操作、弟子们的动作都极其流畅,给人一种美感。

"今天是一次意想不到的学习,你们要好好领会!"

兼重对门下的弟子们说道。

虽然每天都在看自己的师傅怎么打铁,却很少有机会看到别的师傅是怎么做的。虎彻也觉得这是一个意外的收获。

兼重和才市决定在神田的房子能够重建之前,先借用虎彻的打铁铺子。虽然有些挤,但还是在打铁间加了炉子。

虽然打铁间和家里都挤满了人,但是能够和兼重师傅、才市舅父一起边干活边聊着打铁的话题,虎彻感到很愉快。

虎彻就在这热闹的打铁间继续锻刀。几个徒弟像是在和别的师傅的门下竞争似的,奋力地挥动着大锤。

随着大火的渐渐远去,在火灾中被烧毁形成的废铁从全江户聚集到了浅草的集散场。有铁钉、锅子、衣柜上的五金件、链条、铁锁、钳子、菜刀、柴刀、镰刀、锄头、铁锹、火撑子、铁锅、铁壶等等,所有能想到的东西这里都有,堆成了几座大山。

跟集散场的负责人打过招呼后,虎彻他们便开始在铁山上面搜寻。

他们再次发现,古时候的铁极其稀少。每当看到一根粗铁钉便抱着希望用铁锤砸断看一下断面,却很少是那种发出润泽的光辉的古时的铁。多数是最近的大风箱炉炼出来的光亮过度的铁。

"没有嘛。"

虎彻跟才市舅父抱怨道。

"是啊,不好找。"

"要是有旧头盔什么的就好了。"

"啊,我也一直在找,可是没有。"

大概收废品的人也知道那些东西值钱,在这堆积如山的废铁里面,除了有几把废旧的刀和矛之外,基本看不到武器。

但是过了些日子再去,又堆积出了新的铁山。经过很多次的搜寻,还是找到了一些好的钉子。这些钉子大概是大名们在江户建宅邸时从原来的领地带过来的吧。

"如果有好的旧钉子一定要留着,我们会高价买的。"

虎彻他们跟集散场的人叮嘱道,并且教给了他们辨别新铁和旧铁的方法。收废铁的人当中果然出现了善于识别的人,每次都把质量很好的旧铁单独留了下来。

不知是不是因为受到了才市舅父的刺激,虎彻感觉自己的技术有了进一步的提升。

"终于找到了正确的工作姿态了。"

一直在观察虎彻工作状态的兼重说道。

"受到师父的表扬好像还是第一次。"

"现在应该没有犹豫了吧。你一直是一个犹豫不决的人。"

师父看出了自己并没有注意到的地方。确实,虎彻的内心现在没有丝毫的迷惑和摇摆。

武用专一。

虎彻再次将这几个字铭刻于心。只要坚定了这一点,所有的迷惑都将烟消云散,就能够以清明的心境面对面前的钢铁。

此刻的虎彻,眼前清楚地浮现出了要花费毕生的精力去打造的刀的样子。

这是一场将江户的一切都化为灰烬的大火。

虽然日常生活和内心都还没有稳定下来,但即便生活在嘈杂之中,虎彻还是开始了他专心锻刀的工作。

连续锻了几把之后,刀胎子看出了明显的进步。木纹状肌理紧致,充满润泽感。刀棱和刀背之间的部分尤其显得幽深,发着蓝光。

只不过,对于刀的姿态,总觉得哪里不如意,没能打出预想的那个样子。

虽然带有怒气,但欠缺让人一看就神经绷紧的紧张感。

"一根发丝大小的误差都会造成刀姿的变化。要想打出理想的姿态,全凭你手中的小锤。"

听兼重这么一说,虎彻立刻感到振奋起来。

刀姿是由素延决定的。

素延就是把四方形的铁块捶打延展成细长形的工序。由弟子们打对锤,通过精确的锤打,把铁块延展成标准的细长形状。这道工序虎彻通常要花两天时间。经常会以为打好了,但过一会儿再一看,还是会发现缺点。这时会重新加热,重新来打。

将延展好的铁条打出弧度和整体的姿态,也就是所谓的"火造"是由虎彻一个人来完成的。他挥动着小小的手锤,大气不喘一口地花半天时间按照脑海中所描绘的姿态慢慢敲打。

但是,怎么也打不出和自己心里所想完全一致的姿态来。

打了好几把都不满意。

有的是刀尖很优美,但整体缺乏霸气;有的是刀身前后的宽度对比很协调,但是刀背过薄。总是有优点的同时也有缺陷。虽然不断地失败,但还是能感到在一点一点地进步。因为是在兼重和才市的目光的注视下,所以虎彻更加努力,他感觉这样挺好。

当虎彻感觉终于打出了满意的刀时,已经是盛夏时节。一片废墟的江户城已经开始有新的房子建了起来。盛夏的打铁间热得让人头晕眼花,汗水结成了盐,白白的,粘在衣服上。

经过火造的程序后,刀的姿态已经定下来了,接下来用铣刀磨削。

铣刀是对刀身进行磨削的钢制工具。把刀身固定在木头的台子上,握住铣刀两端的把手,对刀身表面进行进一步的整形。

磨削顺利完成后,就是烧制刃纹。虎彻给刀身涂上刃纹泥,目标是大波浪纹中带有规则的互目纹,偶尔出现尖尖的浪尖。

充分加热后放入水中淬火,激起一阵咕嘟声后腾起了一股热气。拿出来一看,刀身弯曲的程度刚刚好。

虎彻自己用磨刀石除去刀身上的刃纹土。不拿去让磨刀师研磨一下不知道,但看起来非常成功。

研磨还是交给神田明神的梅藏。

据说正月的大火把梅藏家的房子也全烧了,只有磨刀石因为投进了水井里而幸免于难。现在已经在新建的长屋①内重新开工了。

梅藏只用了四天时间就磨好刀送过来了。

"这次绝对是无懈可击。"

梅藏解开包裹布,把短刀递给了虎彻。

虎彻刚看一眼便面露喜色。果不其然,非常成功。

他用右手握起这把长一尺六寸一分(约49厘米)的短刀,笔直地竖在面前。

"刀姿有一种说不出来的凛然之气,无论是刀幅还是这浅浅的弧度,都有一种符合你的气质的敏捷感,而且,颇具品格。"

虎彻也认为确实如此。

"刀胎子的锻打也无可挑剔。刀身上锻打时的纹路较为明显,但放到磨刀石上研磨的感觉异常好,简直令人沉醉。如此温润、具有吸附力的铁我还是第一次碰到。"

虎彻将眼睛贴近刀身仔细看。确实是具有润泽感的好铁。这令他想起了在备中的大山里看到的老人的柴刀,具有一种古代的小风箱炉炼出来的铁才有的韵味。

当然,这本来就是用古旧的铁钉炼出来的铁。

上一次,虎彻认为这都是因为旧铁的力量,所以铭文刻的是"古铁"。

这次不同。

---

①长屋:将一栋房子分隔、租借给数户人家合住的住宅。

旧铁当然很好,但是费尽辛苦把它找出来,又流汗锻造出刀的是自己。

他对此充满自信。

"刻铭文吗?"

梅藏问道。

虎彻紧闭嘴唇。差一点就准备要刻了,可他还是再一次把胳膊伸到前面,看看刀身。

这样就满足了吗?

他听到了另一个自己的声音。

"刃纹稍显单调。"

"是吗?不是和兼重师傅一样的风格吗?我觉得正好啊。"

烧制刃纹确实是跟兼重学的。如果是兼重的话,这样就行了。但是……虎彻还是重新考虑了一下。

必须要超过师父。

"还不行。"

虎彻摇摇头。

"你是说这样还不行吗?"

"是的,不行。还没有达到虎彻的刀的要求。如果刻上虎彻的名号,就是名不副实了。"

"是吗?我觉得这把刀已经足够好了。"

双手抱在胸前的梅藏赞叹道。

"师傅,这把刀不卖吗?"

正吉担心地问道。不卖的话就没有钱。

"卖！你来帮我按着。"

虎彻在打铁间的角落里坐下来，拿起錾刀刻上了铭文。

长曾祢兴里

刻完这几个字便停下了手里的錾刀。

"这还是原来的我，还没有变成虎彻。虎彻的刀，应该是让人一看就会浑身震颤的好刀。只有当打出这样的刀时，才会刻上虎彻的铭文。"

"这样啊。我们实在是搞不明白。"

正吉嘟囔道。

兼重拿起刀，眯起眼睛仔细看了看后递给了才市。

才市细细看了一遍后问正吉道：

"你知道怎样才能把工作干好吗？"

"那当然是拼命地、不顾一切地投入到工作当中去。"

"仅仅这样恐怕还不够吧。"

才市又盯着短刀看了看。

"想让我告诉你吗？"

打铁间的弟子们都把目光朝向了才市。正吉低头请求才市明示。

"让你的师傅告诉你。"

一群人的视线又转向了虎彻。

"想要把工作干好的话……"

虎彻直截了当接过了话题。

"是的。"

正吉点头道。

"最重要的是要有高远的志向。拥有高远的志向,绝不要轻易满足。只要不敷衍自己,专心努力的话,就一定会达到目标。我坚信这一点。"

听完虎彻的话,打铁间内陷入了沉默。对于这些打铁的男人来说,虎彻的这番话分量很重。他们回头想一想自己,都不自觉地咬紧了牙齿。

当他们重新开始手里的活时,无论是风箱的风声还是打锤的声音,都比之前听起来更加清晰而有力了。

虎彻给这把刻有"兴里"铭文的短刀配上刀镡和白木刀鞘,然后带着它就出门了。

他准备把刀交给幡随院的长兵卫。

正月在京桥的太刀卖町,长兵卫买了一把虎彻的没有刻铭文的短刀。

那把短刀虎彻本来是不想卖的,因为他自己并不满意,是为了生计才不得不卖的。

现在终于打出了一把刻上了自己铭文的刀了。虎彻准备首先去长兵卫那里把之前那把短刀换回来。等什么时候打出了刻上"虎彻"铭文的刀,仍然第一时间去把现在的刀换回来。

"不送到圭海师父那里去吗?"

正吉一脸不乐意的表情。因为送到长兵卫那里换不来钱。

"将军现在忙于火灾后的重建,哪还会顾得上御用刀匠的事。现在肯定已经暂停了。"

确实,江户城的天守、本丸等几乎所有的建筑都被烧毁了。目前应该不会急于雇佣新的刀匠。

永久寺的圭海和山野加右卫门那里也已经去报过平安。虎彻打算什么时候打出了好刀再送过去。

来到幡随院一看,正在举行葬礼,到处都挤满了町人。

"看来只能改天再来了……"

仔细一看,好像不少都是町奴。虽然都穿着带家徽的正式和服裙裤,但是从他们的发髻、眼神等可以看出来。

虎彻正准备往回走时,隐隐约约听到了那些人的对话。

"白柄组这些家伙们……"

"绝不会饶了水野!"

"长兵卫大哥真是死不瞑目啊。"

虎彻一惊,连忙跑了过去,行一礼问道:

"你们刚才说的是长兵卫吗?"

"是啊,今天是大哥的葬礼。"

虎彻惊得说不出话来。

"难道……"

"难道什么?大哥被水野十郎左卫门给杀了!"

那长相粗犷的男人吸了吸鼻涕,眼睛红肿。

"又打斗了吗?"

"都是些懦夫!他说什么过去的事情都让它过去,要跟大哥握手言和,把大哥骗到了他的宅邸,然后故意把酒弄洒了,把大哥诱骗进澡堂。大哥就是在没有刀的情况下被他袭击的。大哥当时肯定是懊悔万分啊！"

"就是说，在没有拿刀的情况下被杀的吗？"

"就是啊，实在是卑鄙懦弱！那些家伙根本就不算武士！"

虎彻感到浑身无力，遗憾万分。

"你是谁？"

"我是卖过刀给长兵卫阁下的刀匠。这样啊，在没有带刀的情况下被杀了啊……"

虎彻来到正殿，边诵经边焚了一炷香，并奉上短刀作为供品。

最后双手合十，为长兵卫祈祷冥福。

这把短刀，我本想亲手交给你的。

虎彻不断地告诫自己，世上有很多事情是无法挽回的，努力和修炼一天都不可以懈怠。

三十三

江户城里已经建起了一排排的新房子。

一望无际的废墟被分割成了一块块的街区，为了防火而修建了宽马路和防火堤。

虎彻每日还是在他的打铁铺不停地锻刀。

他储备了很多优质的废铁，将这些废铁重新炼制后锻造。每天只是一心一意地盯着火炉和烧得通红的铁块，不懈地努力着。

一旦打出了比较满意的刀，就以兴里的铭文出售，以维持生计。

刀并不差。

但也称不上是非常出色的刀。

最清楚这一点的不是别人，而是虎彻自己。

即便是这样的刀，拿给山野加右卫门看了后，都会准予刻截断铭。只要镶上金字的二胴截断、三胴截断等截断铭，就能值二三十两金币。

收购废铁的钱、木炭钱、磨刀钱、刀镡钱、刀鞘钱，锻刀是要费钱的。能卖个高价固然令人高兴，但虎彻的内心却并不感到满足。

因为让他发自内心想要刻上"虎彻"名号的刀还没有出现。

虎彻抱着羞愧的心情继续着锻刀的工作。在发生大火的第二年，便改了年号叫万治。现在已经是万治三年。虎彻每天仍然是在打铁间听着风箱声和铁锤声度过。虽然日益感到徒劳、疲惫，但是不能停歇，总想着能早点刻上"虎彻"的铭文。焦急万分的心情感觉就要撑不住了。

这是一个炎热的夏天。不忍池的荷花已经过了最盛期，而江户的天空仍然不时出现巨大的积雨云。

在一个蝉鸣阵阵的早上，磨刀师梅藏来到了铁匠铺。

虎彻正在操作间给刀身做雕刻。

梅藏手里拿着一把包着棉布的短刀。应该是入夏前一起送过去的那批刀当中的一把。

"让我很享受的一把刀。"

他只说了这一句就放下刀回去了。

梅藏是一个喜欢说的人，要是平时他肯定要评论一番的，但那天却显得飘然脱俗。

解开包裹布刚看一眼,虎彻就感到了体内有一股清泉流过。

是那种潺潺的清冽的甘泉流过的感觉。

没有丝毫的停滞和摇摆,银色的刀身清楚地印刻在虎彻的眼睛里。

虎彻盘腿而坐,把捧着短刀的双手放在膝盖上,一动不动。

成功了!

他的直觉告诉他。

虎彻就这样一动不动地坐了一会儿。真的成功了吗?心里还是有点不安。远远地传来了阵阵蝉鸣声。

凝神细看。

还是感觉第一印象没有错。

虎彻把眼睛凑近刀身,仔细寻找有没有细小的裂纹、锻造时的瑕疵、鼓泡等有缺陷的地方。看了一遍又一遍,没有发现任何瑕疵。

岂止是没有瑕疵,越看越觉得是一把好刀,无论是刀姿还是刀身都充满着凛然的紧张感。

刀长一尺五寸八分(约48厘米)。

刀身呈浅浅的弧度,一气呵成。

无论是刀锋的流畅感,还是前端稍窄的刀身的紧张感都是无可挑剔的。

刀棱部分发出清澈的蓝光。

梅藏没有把打磨时的油光擦去,而是保持着刚完工时的状态。

这样更能一目了然地感受铁本身的光泽。

如同裹着薄纱的仙女的柔软肌肤发出微微的光芒。

刃纹是波浪纹中夹杂着互目纹,同时还随处可见流砂纹和沸点纹。沸点纹颗粒稍大,但与这把短刀的姿态般配,更显得强劲有力。

刃纹是从刀锋处开始,首先烧制一个稍细的、缓缓的波谷,从那里引出流畅的波浪纹。尽量营造出既不单调又不杂乱的韵律。

铓子(刀锋部分的刃纹)是一个规整的半圆形,散发着柔和典雅的气质。虎彻最近在涂铓子部分的刃纹泥时特别用心,所以他对这一点最为满意。看刀的人首先会看刀锋。铓子的品位好的话,会增加刀的整体品格。

虎彻将右手笔直伸向前方,把刀竖起来再看。

他再一次迟疑了。

真的成功了吗?

这是不是我的自满呢?是不是因为太累了而精神松懈了呢?

看着看着,远处已经传来了傍晚六点的报时钟声。加工间内不知不觉已经暗了下来。

"师父,晚饭已经准备好了。"

正吉过来喊道。

虎彻忽然发现,自己沉浸在这把短刀上已经一整天了。

"我不要紧,你们先吃。"

虎彻还想继续看。他把油灯拨得亮亮的,又全神贯注地看了起来。

即便在昏黄的灯光下看,刀身还是散发着蓝幽幽的光。

这样就行了吗?

无数次这样问自己,回答都是相同的。

这样就行了……

成功了,真的成功了!这样一想,虎彻感到全身的力量一下子松弛了下来。

虽然多年来为之奋斗的高度终于达到了,但他并没有因此感到喜悦,更多的是一种辛苦到达终点时的疲惫感。

虎彻拿着刀来到了二楼的房间。

已经睡下的阿雪起身坐了起来。

因为火灾,兼重和才市舅父两家及门下在这里生活、工作了近一年。虽然严格要求阿雪躺着什么都不要做,但是精神上肯定是很疲惫的。

骏河台的狩野玄英医生在火灾时被烧死了。听说是为了救患者而被塌下来的房梁砸中了。

当街上稍微恢复了一些的时候,也曾去看过几个医生,但家家都挤满了烧伤的患者和其他病人,根本无法给阿雪好好诊治。

阿雪拢了拢睡衣的衣襟,笑道:

"是不是打出来好刀了?"

"你怎么知道的?"

"我当然知道。听你的脚步声就知道了。"

虎彻把短刀递给了阿雪。

虽然每次问她,她都摇头,但最近阿雪的眼睛好像确实变得越来越差了。

阿雪行了一礼后,眯着眼睛注视着短刀。

过了一会儿后说道：

"是一把令人陶醉的刀。"

"你觉得好吗？"

"好。"

阿雪毫不犹豫地点点头。

她接着又看了一会儿后，把脸朝向虎彻道：

"拜托你一件事。"

"什么事？"

"能把拉窗打开吗？"

虎彻把拉窗打开，明亮的月光照了进来。不忍池的水面上月光闪闪，虫鸣啾啾。

阴历十三的明月挂在夜空。

阿雪把短刀举起对着月亮。

柔和的月光照射到刀面上又反射回去，好似跳跃玩耍。月光的轻快柔爽的感觉无法用语言形容。

"真好看……"

阿雪小声道。虎彻感觉此刻妻子的面容也特别美丽。

虎彻在短刀上雕了一个俱利迦罗龙王像。

俱利伽罗是不动明王的化身，它缠绕在一把烈火中的宝剑上，对着剑头作欲吞状。

背面则刻了梵文、护摩箸和莲花座。

"好不容易刀胎子打制得这么好，在上面雕刻的话会妨碍赏鉴，岂不可惜吗？"

虎彻刚开始雕刻时,正吉感到不解。

"这个铁是怎么来的?"

"是旧铁钉炼的。"

"什么旧铁钉?"

"不是火灾中遗留下来的铁钉吗?"

"那场大火烧死了多少人你知道吗?在为炼出了好铁而自豪之前,不能忘了为这些死者上供,否则就失去了作为人而活着的价值。"

虎彻这次毫不犹豫地在刀柄上刻上了铭文:

长曾祢兴里虎彻入道

"尾巴挑得好高啊。"

只见虎字那最后一勾蜿蜒向上,遒劲有力,一直延伸到上面的里字。

"这一笔表达了我的决心。"

"什么决心?"

"绝不输给任何刀匠。这条尾巴,谁敢踩谁就试试看!"

虎彻眼睛一瞪,正吉吓得缩起了身体。

"终于锻成了。"

虎彻深鞠一躬,双手奉上白木刀鞘。下谷永久寺的庭院里开满了紫色的胡枝子花。

圭海坐在寺院廊下,丰圆的脸上露出一丝苦笑。

"一定是等急了吧?真的让您久等了!"

山野加右卫门接过刀直接交给了圭海。

"嗯。"

圭海把刀鞘脱去后便半闭着眼睛看起来。从他那厚厚的眼皮底下很难读透他的表情。

长时间的沉默。一大片鱼鳞状卷积云出现在下谷的天空。

圭海数次闭上眼睛,像是在反复体味其中的韵味。他时而抬头看看天空,望望胡枝子花,再把视线收回到短刀上。

终于,圭海点了一下头,把刀递给了加右卫门。

加右卫门举着刀,先从正面(带刀时朝向外侧的一面)护手处一直慢慢往刀锋看去,接着把刀翻过来,从刀锋一路向下看。

"好刀!"

"确实无可挑剔。铁是用旧铁炼制的吧。雕刻是对火灾中死者的供养吗?"

圭海问道。

"正是此意。"

"我想,正是因为你能有如此用心,本领才有了进一步的提高。"

圭海拍拍手,来了一位年轻的僧人。圭海和他耳语几句后,僧人回到屋内,不一会儿端着一个盛供品的四角方盘回来了。

僧人将方盘置于虎彻面前,上面放有形如海参的锭银二十枚。如果换算成金币的话就是二十两。

"非常感谢!"

虎彻双手着地叩拜。

"不必客气。我的乐趣又多了一个,我还想感谢你呢!"

"承蒙厚爱。"

圭海又看了一眼短刀,然后轻轻地收进白木刀鞘里。

"御用刀匠的事情因为大火给耽搁了。老中阿部大人向年轻的将军提议举行新刀试斩比赛,不过这恐怕也要等待时机。"

老中阿部忠秋是俸禄六万石的武藏忍藩藩主,和伊豆守松平一样,原是上代将军德川家光的贴身侍从——圭海又补充道。可是虎彻对这些毫不感兴趣。首先,他并不想当御用刀匠。有了卖刀的二十两钱,阿雪的药费就不缺了,这就足够了。

不过,听到松平的名字,令虎彻想起了一件事。

"行光短刀的事,已经查清楚了吗?上次听您说是伊豆守所藏。"

"那个嘛……"

圭海那张宽大的脸上聚拢起了皱纹。

"据查是有人向他进献的。不过,再往前就不好追溯了。"

"那人是?"

"我知道是知道,但现在不能说。"

既然圭海不愿透露,也不好继续追问。圭海突然拍了一下手里的折扇,问道:

"想不想用南蛮铁打刀试试?"

虎彻听了以后犹如晴天霹雳,全身麻了一下。

"能搞到南蛮铁吗?"

"能。想用用看吗?"

"非常想试试!"

虎彻还没有锻打过南蛮铁。到底是什么样的铁,很想亲手试试看。

"我这里有刀剑奉行①的文书,你带着它去取就行了。那里对你来说可能是个很特别的地方哦。"

虎彻低头致谢,完全不明白圭海的笑容中隐藏着怎样的含义。

三十四

果然是冤家路窄!

当圭海告诉了取南蛮铁的地方后,虎彻后悔了。

原来圭海让他去绀屋町的康继家去。

确实,最经常使用南蛮铁的就是康继。

庆长十六年(1611)五月,荷兰商船运载南蛮铁来到平户,这是南蛮铁传到日本的最早记录。

第一代康继从家康那获得了南蛮铁,并开始用这种铁锻刀。

那是一种长约二尺七寸,被称为"骏州打"的大刀,铭文刻的是"以南蛮铁"几个字。

虎彻在本阿弥光温那里看过这种刀,铁质幽黑,感觉阴沉,怎么也喜欢不起来。

不过,如此又长又大的刀,其形状的打造、刃纹的烧制却没有任何破绽。从这一点来看,不得不承认第一代康继确实是一位很

---

① 奉行:日本武士执政时代的官职名。

有实力的刀匠。

除康继之外,也有其他人使用过南蛮铁,但是直接将其刻在铭文上为世人所知的,还只有康继。

南蛮铁是在南印度东海岸的科罗曼德尔精炼的刃钢。宽永锁国之后,虽有荷兰商船运往日本,但是因为价格太高,买的人少,几乎没有流通。

无论是好是坏,虎彻还是想有机会亲自试一试。

"我们直接去!"

从永久寺回来,路过池之端时虎彻没有停留,而是加快了脚步。正吉也慌慌张张紧跟其后。

虎彻是第一次去神田绀屋町的康继家。前一年的大火把这一带也全部烧毁了,不过早就重建了。

与兼重家在同一块街区,虎彻当然也知道地点。

宅子是将军家所赐,现在的主人是市之丞康继,第二代康继的长子。

因为在越前还有二代康继的弟弟四郎右卫门,所以刀店都以江户康继、越前康继来区别称呼。第三代继承人的问题仍然不明朗,而且有越来越复杂的趋势。

"不管怎么说,江户康继就在将军跟前,气势还是更胜一筹的吧?"

正吉边走边问道。

"好像也未必。"

越前的四郎右卫门康继最近已经光明正大地在自己的刀上刻

了"三代康继"的铭文。

而江户的市之丞康继只刻了"二代康继嫡子""三代下坂[①]"等字样。

都在竞争继承权的两人之间处于微妙的角力关系。江户康继的铭文写得比较委婉,作为将军家的御用刀匠,显得底气不足。

一想到四郎右卫门康继那张衰老且油光满面的胖脸,虎彻就感到败兴。

"既然是那么蛮横的男人,耍弄自己的侄子肯定不在话下吧。"

自从发生大火以后,四郎右卫门康继就经常从越前往江户跑。因为他拜访过才市舅父多次,所以虎彻也与他照过面。因为才市的人缘广,他大概是想求才市给他介绍幕府阁僚或者大名家的管家认识。

"他还在寻求成为幕府的御用刀匠吗?"

"可能吧,谁知道他想要干什么呢。"

四郎右卫门奔走于幕府阁僚和大名家,承担为在火灾中烧毁的名刀重新淬火造刃的工作。此外,保管在江户城内各处的舶来的名刀也多数被烧毁了。只要能出色地为这些刀重新淬火造刃,越前康继的声誉必然会随之提高。

"那家伙……"

虎彻边说边摇头。

无论是江户还是越前康继,都获许在刀上刻葵纹。因为不是

---

①下坂:康继原名下坂市之丞。

专门为将军家锻刀,这些刀都可以自由出售。

这两家不管怎样的平庸之作,都会刻上葵纹。不光如此,他们还毫不在乎地在一代、二代的刀上刻上"三代康继铭之""嫡子康继铭之"之类的字样,对自己的能力丝毫没有自信。像这些技术拙劣,只知道依靠权威度日的刀匠,虎彻想想都觉得恶心。

绀屋町的康继家,是一座正面宽达十间[1]的大宅子。拨开藏青色的长布帘子走进去,土间的对面就是铺着地板的加工间,有人拿锉刀在打磨刀柄脚,有人在刀身上雕刻东西。

"欢迎光临!您有事吗?"

小学徒问道。

"市之丞师傅在吗?"

虎彻刚问完,小学徒的脸上就露出了狐疑的表情。

"您是?"

"长曾祢虎彻。"

"啊,是才市师傅让您来的吗?"

"不是。我有点事要跟康继师傅说。"

小学徒用挑剔的眼神打量着虎彻。虎彻是从永久寺直接过来的,因为考虑到是见圭海,特地选了一件稍微像样的和服,但裙裤比较破旧。

"师父正在打铁间工作,现在不能见客。您有什么事?"

"我带了刀剑奉行的文书,跟这个有关的事情。"

---

[1] 间:长度单位,1间等于6日尺,约1.818米。

果然官职名起了作用,小学徒的姿态马上就变低了。

"好的,请稍候!"

说完向里间跑去。虎彻趁空扫了一眼操作间,面积很大,七八个工匠正在干活。不知道打铁间里有几个炉子,从这操作间的面积来看,应该能容纳三四十人同时干活。

从里屋方向远远地传来了三人打对锤的声音。

单调的锤音总有些拖泥带水之感,没有能够让人精神紧绷的感觉。

"真差劲啊。"

正吉小声耳语道。

"住嘴!"

虎彻嘴里训斥正吉,但心里想的是和他一样的。对锤的声音哪怕再小再微弱,也能想象得出来当时打铁间里的情景。脑海里会浮现出火焰映照下的弟子们那粗壮的手臂以及坐在正面的师傅的面庞。能锻造出好刀的打铁间,打锤的声音听起来必然是干净利落的。

"请往里面来。"

一个看起来像是掌柜的人领着他们来到了会客间。刚一落座,一个三十岁上下的男人就进来了。

难道是官府的人?

虎彻不自觉地想到。穿着一身漂亮的荷兰进口的细条纹和服,剃得干干净净的月额,皮肤白皙。根本看不出来是在打铁间待过的。

虎彻的工作服被飞溅的铁渣烫得尽是破洞,手上、脸上也沾满了炭灰,不是这样的话是干不了打铁的活的。

"在下康继。请问刀剑奉行大人那里有什么事吗?"

眼神中带有一些狐疑。他可能本以为对方是一位武士。

"想请您赐一点南蛮铁给我。具体写在这里。"

虎彻将折叠成细条形的文书递过去,市之丞打开文书两头的捻封。

"原来你是铁匠啊。"

市之丞的语调一下子变得随意起来。

"是的,我叫长曾祢虎彻。"

"长曾祢家的话,不是打锁具、五金之类东西的吗?"

市之丞的脸上明显带有蔑视的表情。虎彻生气了。

"我是打刀的。"

市之丞康继仍然用藐视的眼神看着虎彻。

"长曾祢家最近也开始打刀了吗?"

"打刀的只有我一个。所以,想请你赐一点南蛮铁,一贯就够了。"

市之丞将双手插在怀里,歪着头。

"这个嘛……"

"有什么不便吗?"

"不,我是在考虑该收多少钱合适。"

"费用由刀剑奉行大人支付。"

虎彻听圭海这么说的。

"但是文书上并没有写啊,所以我很担心。"

市之丞把文书摊开放到榻榻米上。

请向持此文书者提供南蛮铁。

文书中只写了这么几个大字,签有刀剑奉行押田丰胜的名字和花押,盖了黑印。

"确实会由奉行大人拨付给你,我听得清清楚楚。"

"可是这里又没写,说什么会拨付,又不好催……"

虎彻急躁起来了。市之丞不管是手上还是脖子上,一处烫伤的痕迹都没有。本来,这样的人自称铁匠就让虎彻很冒火。

"既然这样,你说一下价格。我现在就付给你。"

虎彻觉得和这样的人磨蹭,简直是浪费时间。刚好怀里揣着圭海给的二十枚锭银。

市之丞不断地点着头,慢悠悠地说道:

"南蛮铁硬度高,不锈不腐,就算涂上腐蚀铁的药水也比和铁强十倍。正因为是舶来的珍奇稀有之物,价格也比较难定啊。"

"再怎么珍奇总不会比银子价格高吧。"

"如果是那些随处可见的铁,的确不会比银子的价格高。不过,这可是越过千里波涛……"

虎彻越来越焦躁了。他解下腰兜,把里面的东西通通倒了出来。二十枚锭银全部散落在榻榻米上面。

"我付同样重量的银子。快拿南蛮铁给我!"

市之丞惊得睁大了眼睛,而虎彻用睁得更大的眼睛瞪着他。

呈葫芦形状的南蛮铁铁块大概有手掌大小,每块不足一百文目(375克)。一枚锭银大概四十文目,所以,虎彻直接拿了十块南蛮铁揣进怀里就出了康继的家。

本来让正吉在土间等候的,可是不见他人影。

出了屋子一看,他正站在巷子口跟一个姑娘在说话。

"回去!"

虎彻喊了一声便往回走。

正吉一路小跑着追了上来,在虎彻耳边小声说道:

"这位康继可真是一个游手好闲的人呢。"

虎彻没说话,继续快步往前走。

"刚才跟我说话的是这里的女佣。看到她出门买东西我就追上去,跟她打听了一下康继的事情。"

"不要做这些打探别人的事!"

"哦,对不起!"

正吉吓得赶紧闭了嘴,不说话了。

"然后呢?"

虎彻边快步走着边催问道。

"哎?"

"我是问市之丞,他到底是怎样的人?"

虎彻对小学徒没说实话感到耿耿于怀。小学徒明明说市之丞在打铁间,而他却没有穿工作服,而是穿着一身漂亮的条纹和服出来的。为什么要撒这个谎呢?

"听说他自己并不坐火炉正面的主座。"

"果然如此啊。"

虎彻停下脚步，回头看了看正吉。

主座是打铁铺的师傅所坐的位置。师傅坐在那里观察铁的熔化情况，指导徒弟打锤。坐在那里，不可避免会有因飞溅的铁渣而造成的烫伤。

"坐在主座的是上一代康继的大弟子，而这位公子却坐在打铁间一角所设置的榻榻米小房间里哼着小曲儿呢。"

就算这样，只要是在打铁间里，衣服就不可能那么干净。打铁间里面到处都是炭灰。

"可他那样一副打扮出来，也太干净了吧。"

"据说切炭的地方设在别处，切好后运到打铁间。"

如果是这样的话，确实不会太脏。

"真是混蛋一个！"

"还听说因为沉迷于吉原的花街柳巷，上一代的弟子当中陆续有人离开了康继家。现在人数虽然也不少，但剩下的尽是些无能之辈。"

虎彻不自觉地握紧了拳头。

怎么能让这种人的刀乱刻葵纹！

虎彻出奇地愤怒，胸中的怒火久久无法熄灭。

三十五

虎彻仔细地端详着南蛮铁。

扁平的葫芦形，颜色略带灰色。

"为什么是这么奇怪的形状呢?"

弟子直助问道。

"大概是为了好拿吧。"

正吉答道。虎彻也不知道准确的原因。

经过逐一仔细检查,发现铁块的一侧表面有褶皱,且稍微凹陷。

"是用铸模铸的吧。"

虎彻感到疑惑。

在日本的话,把铁熔化浇入铸模的一般是铣铁。含碳量多的铣铁,加热到夕阳一样的柿子色就熔化了,而含碳量少的钢必须加热到正午的太阳那样明亮的颜色才会熔化。两者相差有三百摄氏度。

难道是铣铁……

光看表面会让人有这种感觉。毕竟是来历不明的南蛮之物,究竟是如何炼出来的,实在无法推测。

虎彻拿一块放到铁砧上,用手锤敲。

随着一声钝响,葫芦从中间的细腰部断开了。

看一下断面,虽然有些黯淡,但不像是铣铁。应该还是钢吧。

"准备生火!"

虽然已经傍晚了,但虎彻感觉不试一下不行。他焦急地等着炉子里的火起来后,把半块南蛮铁埋进了炭火里。

等铁块烧红后用钳子夹取出来,放在铁砧上。

虎彻握起手锤轻轻敲打。

先轻敲几次体会一下手感,然后加大力度。

太脆了。

手感不好。

虎彻又把铁块从铁砧的边缘伸出来一半,试着敲打。

如果是好铁会有韧性,会变弯。

而南蛮铁敲了两三锤就断裂了。

"太差劲了!"

正吉皱起了眉头。

连续试了三块南蛮铁都是一样的。质地太脆,根本无法锻造。

"这是铣铁吧?"

虎彻凝神注视着铁砧上的南蛮铁。加热后的颜色感觉和铣铁又有点不同,带有一点点蓝青色。

"不,大概是杂质比较多吧。"

那个时代的人还不懂得微量成分的分析,铁匠们只能靠自己的五官感觉来识别铁的性质。他们将外观形态、手的感触等深深印刻到自己的记忆中,不断积累。通过长期积累的经验进行确切的判断。

南蛮铁含磷的成分高,这是虎彻所不知道的。他能够立刻做出的判断是,这样的铁太脆,不适合锻造。

"能锻造吗?"

不知道。

"康继是怎么锻造的呢?"

不知道。

"是不是只在日本产的铁里面掺一点使用呢？"

也不清楚。

"是不是康继锻打的次数多呢？"

"行了！住嘴！"

虎彻发怒了。

"不试试怎么知道？有时间在这啰唆，不如想想下一步该怎么办！"

虎彻在脑海中回忆起过去所锻打过的各种铁的颜色以及手感。与哪一种铁最为相似？那一种铁又是如何锻打的？各种加热后的铁的颜色一下子全浮现了出来，虎彻顿时觉得脑袋发涨。

来到神田银町的才市舅父家时，他正在土墙仓库的二层忙活。一面很小的窗户下面放着一张小桌子，桌子上有一张正在绘制的图纸。大概是在为制锁而绘图。从那复杂交织的细线条中就可以看出才市的聪明才智。虎彻记得从小就对才市舅父那细长的手指感到羡慕。

"怎么愁眉不展的？遇到什么难题了？"

这位舅父快言快语的风格也是难得。这也反映了才市过人的聪明才智。

"南蛮铁您锻打过吗？"

"打过啊。"

才市一直注视着虎彻的脸。

"怎么样？"

"你呢？试打了很久吧？"

虎彻点点头,朝窗子望去。透过铁丝网看到的天空已经带有深秋的气息。在天天与南蛮铁的对峙中,不知不觉日子就过去了。

"有人说南蛮铁硬度高,不生锈,我总觉得不可信。"

"啊,那是骗人的。现在日本的好铁多的是,可还有人一听说是南蛮货就认为是好东西,真是奇怪。这世上自己不动脑子,盲目听信别人的人太多。"

虎彻连连点头。

这段时间以来,从早到晚对着南蛮铁,触摸、加热、熔化、锻打,可无论怎样小心地折叠锻打都粘不到一块去,总是像铣铁似的缺乏韧性,根本无法打成刀。虽说如此,与铣铁又有区别。虎彻知道这是因为含有杂质。

听人说可以用竹炭,特地去多摩伐竹烧炭炼了一次,没有任何区别。

"康继到底是怎么锻的这个铁呢?"

"你觉得呢?"

虎彻把双手抱在胸前。

"不知道。"

虎彻的确一无所知。

"我认为那只是个幌子。"

"幌子……"

"所谓南蛮铁,只是在刀柄脚里掺了一点点而已。这样,即便名不副实也很难说什么。"

"果真如此吗?我以为有什么秘方,都快急疯了。"

才市摇摇头。

"我是从二代康继铁铺里的工匠那听说的,大概不会错。"

"原来如此啊……"

虎彻顿时感到很泄气。为了能使南蛮铁增加韧度,几乎尝试了所有能想到的方法。

"我尝试过掺进少量的金、银、铜、铅等,都毫无作用。"

"你至少知道了这些方法都不行,这也是收获。什么事不试一试都不知道。"

"那么,康继的刀为什么是黑色的呢?有些磨刀师和刀匠说是因为使用了南蛮铁。"

虎彻想起了据说是一代康继用南蛮铁锻造的那把大刀。那是一把发出让人不寒而栗的黑光的刀。

"正因为这样才是日本的铁吧。我认为是北边的铁。"

"难道和出羽的月山、越中宇多的刀是一样的么……"

奥州和北陆的刀,质地黝黑的较多。虎彻也曾想过会不会是那儿的铁,但是又不确定。因为刻着"以南蛮铁"字样的铭文,就深以为那是南蛮铁的颜色。

从江户初期开始,由于出云的风箱炉炼铁兴盛起来,大量优质廉价的铁开始卖往全国。

然而,在那之前的时代,各地都有小规模的风箱炉在炼铁。奥州不是用铁砂,而是用一种叫做铁饼的铁矿石来炼铁。

早期的铁都有各个地方的特色。

奇怪的是,那时的铁会与当地的天空和大海的颜色相似。比如，相模等东海地区的铁带有清澈的蓝色，而北方的铁则会发黑黯淡。

虎彻沉默了。他觉得自己很可悲，被铭文迷惑了而没有看穿本质。

才市的表情严厉了起来：

"要相信自己最初的直觉，并且将它转换成语言。只是在脑子里想的话，跟自己都传递不清楚。是黑色，还是红色？还是蓝色？是什么样的蓝色？与什么相类似？又与什么不同？要细致思考，追究到底。然后用自己的语言记下来。"

虎彻垂下了头。他一直认为无法用语言表达的地方正是铁匠技艺的精妙之处。但是，即便是铁熔化时的微妙的色调也都是可以用语言表达的吧。

比如说满月色，是秋天的满月还是春天的满月？是下雨前的满月还是满天灰尘的夜里的满月？同为满月却又完全不一样。只要细细追究，并不是不可以转化为语言。

"记住，相信最初的直觉！只有这样才能打开新的世界的大门。"

"感谢教诲！"

虎彻深深地低下头，对舅父充满智慧的教导非常感激。他决心要用语言的力量向前再迈出一步。

虎彻拿五百文目的南蛮铁进行了反复锻打。

如果是一般的铁，正反各锻打七八次，再进行折叠锻打就会形成很好的钢。铁中所含的杂质会随着大锤的延展敲打而被打出来,从而形成钢的韧度和强度。

二层、四层、八层,因为是成倍数增长,经过十六次折叠后,铁块将会累积六万五千五百三十六层。

折叠的次数并不是越多越好。要根据铁的品质,找到最合适的折叠锻打的次数,这才是铁匠的功力。

"嘿呀!"

虎彻坐在火炉正面的座位上,左手握着撬棍,右手握着手锤,不时发出阴阳怪调的声音给徒弟们打气。

"看好了!"

三把大锤要从举过头顶的地方准确地落下。三个年轻人并排而立,接二连三地快速挥动两到三贯重的大锤,这是一项非常危险的作业。精神稍有不集中,大锤就可能在头顶上相碰。

虎彻并非稳稳地坐在正座上,而是一边膝盖稍微上提,用脚尖撑着地。保持这样的姿势是为了防止万一出了差错,大锤或者铁块砸了过来,可以迅速逃离。

通过不断的锤打,去除铁中的杂质和氧化铁,铁块会渐渐变小。经过十六次折叠锻打以后,铁块就变成了原来的一半至三分之一左右。

用大锤将南蛮铁块延展后,用錾刀在正中间錾一条沟,然后放在铁砧的边缘往上掰。

"还是不行。"

掰的时候感觉到的韧性还远远不够。

最初的阶段如果用大锤猛力砸,感觉就要直接碎裂开了,所以虎彻让徒弟把大锤提在腰间的位置,不怕费时,用很弱的力量按压似的小心叩打。光这项作业就花了很多天。

本以为五百文目的铁块足以打一把短刀,现在已经小得连打短刀也不够了,可见有多少杂质被打了出来。

再次把铁块投进火炉里加热。

"混蛋!什么狗屁南蛮铁!"

正吉忍不住骂道。

"怒吧怒吧!再猛烈一些!把你的怒火转化为打锤的力量,肯定能打出好铁!"

虎彻却感到了愉快。他打算与南蛮铁奉陪到底。

又反复锤炼了一些日子。

还是炼旧铁吧。

因为怎么也锤炼不出韧劲,虎彻中途曾想要放弃,但最终还是横下一条心,准备奉陪到底。

在经过三十次的折叠锻炼后,铁块只剩下一百文目了。这样连打短刀都不一定够了。

不糊弄,不被糊弄,一定要弄清楚事实!

虎彻这样告诫自己。不能被幌子给蒙骗了,要相信自己的所见、所感,亲自动手试验。

因为铁块太小了,虎彻让大锤停下,用自己的小锤来煅打。每当他将右手高高举起砸下去的时候,他都感到了自己的渺小。这世上难以到达的高度真是太多了。

终于达到令人满意的韧度是在折叠锻打到第五十五次的

时候。

"哟西！"

虎彻长舒一口气，脸上也自然绽出了笑容。

"真是自作自受。"

正吉在一旁小声嘟囔道。与虎彻所想正好一样。

"你说得很好，一点没错！"

虎彻显得很愉快。他放声大笑，内心涌起无限的满足感。

因为铁块太小，最后只打出了一把刃长不足五寸的小刀。

虎彻在刀身背面刻上"以南蛮铁长曾祢兴里入道"的铭文后进行淬火。他觉得这样的小刀不配刻上"虎彻"二字。

淬火很成功。刃纹是缓缓的波浪状，带有流砂纹和温润的沸点纹。

又在刀柄脚上刻下了这样几个字：

龙虎梅竹

虎彻边挥锤边想，光有令人生畏的感觉不行，需要添加一些柔和的要素，这样才显得平易近人。

把刀送到永久寺，圭海见后开怀大笑：

"不错！真的不错！非常符合你的风格。"

那天天气寒冷，虎彻被请进了铺有榻榻米的客厅内。圭海当时正在看刀，面前摆着一排刀。

"是啊，这把小刀才是这个男人的真实面目！"

山野加右卫门也愉快地笑了。

榻榻米上铺着呢绒，脱去刀鞘的六把刀一字排开。

都不是古刀。虎彻离得远远的都能看出来那些刀是最近刚出的新刀。

"我收集了一些最近的刀匠们的作品,但都感觉平淡无奇。无论是江户的石堂、法城寺、加卜,还是大阪的国助、助广、国贞(后来的真改),刀虽然都做得很好,但总觉得光亮过度,容易使人厌倦。"

确实,虎彻虽然离得有点远,也能感觉到那刀胎子缺乏韵味。

"你可以过来看。"

虎彻移向前去,迅速扫了一眼,目光停留在了一把拳头似的大胆的丁字纹的刀上。

"那是大阪的国助。大阪的刀匠喜欢华丽的刃纹。"

虽然刀胎子并无特别之处,但每位刀匠对刃纹都深有研究。

虎彻自信地认为自己的刀在刀姿和锻打上都几乎达到了成熟的地步,今后最大的课题就是如何在刃纹上下功夫。

"你的刀得到了幕府阁僚的高度评价。既威风凛凛,又不乏风流俊俏。"

江户应该有江户的新刀。

锻造新刀的不是其他任何人,而是我虎彻。他对自己这样说。

"谢谢!"

"应该不久就会有大名来找你。你就期待着吧。"

虎彻放下刀,叩拜行礼。屋外微风轻拂,阳光透过树木的枝叶映照在拉窗上,随风摇曳,像是在嬉闹似的。

三十六

最近虎彻的技艺有了明显的提高。

时间到了宽文二年(1662)秋,首次刻上"虎彻"名号的第二年。

江户的新街市上到处充满了蓬勃朝气。原来只能靠小船往来的不忍池的辩天堂①也架起了石桥。

在明历大火中被烧死的十万人的遗体葬在了两国②的回向院。当时曾流传说大火是由一个因悲恋去世的少女的长袖和服引起的,现在已逐渐变成很久之前的传说了。

而虎彻对这些世情的变化毫不关心,好像生活在另一个世界。

他仍然整日待在打铁间,面对着铁和火,一刻不停地打着他的刀。

近来的状态不错。

锻造的每一把刀都姿态凛然,刀胎子紧致透彻,发出蓝幽幽的光。

很成功!

看着磨好的刀,虎彻有时自己也感到很满意。虽然脑子里还经常纠结成功与不成功之间微妙的差距,但与之前比起来,这种情况少多了。现在已经能够比较稳定地锻造出满意的好刀了。

尤其是对于特别满意的刀,连自己都感到心驰神荡,无比神

---

①辩天堂:祭祀辩才天女的庙堂。
②两国:地名,位于今东京市中心。

往。这确实不是虎彻骄傲自满,因为最近经常能受到别人的夸赞。

"就是这个效果!越是武用专一越美!这才是你应该坚持的道路!"

只要把新打的刀送给圭海看,他总是不住地点头,给予赞赏和鼓励。

而山野加右卫门则马上让人在院子的土坛上叠放几具犯人的尸体试刀。随着他的一声大喝,尸体便断成了两截。

"刀刃非常锋利,只有在对铁质的准确把握的基础上才能锻出这样的效果。"

得到了他的褒奖,便可以镶上二胴切落、三胴截断等金字的铭文。

有了加右卫门的截断铭,刀就能卖出高价。即便付给了加右卫门高额的酬谢金,得到的钱仍然不少。

截断铭给虎彻的刀带来了声誉,越来越多的旗本对他的刀赞不绝口,并且争先恐后地要买。加右卫门便负责与这些买主周旋,省去了虎彻的麻烦。

获得了表扬,肯定会高兴,有了钱则更加庆幸。

虎彻有时在打铁间回味起那些赞扬的话,会不自觉地笑起来。

"怎么了,师父?"

眼尖的正吉察觉到了师父的异样。虎彻连忙摇摇头。

"没什么。"

的确,这些赞扬算不了什么,当做耳边风听听就好。

虎彻这样告诫自己。

千万不要自满。

满足于现在的自己就不会有更大的进步。

过去的刀匠们曾锻出过更好的铁,打出过更好的刀。

比如相州镰仓的刀匠们。尤其是行光,想想那短刀的细腻,还有什么理由自满?虽然曾说过正宗之辈这样的话,但他的刀也绝非平庸之作。

备中青江的刀匠也相当不错。乡义弘也非等闲之辈。美浓关也有不错的刀匠。还有大和、山城……只要抱着谦虚的心态来看古代的名刀,就会为那凛冽的刀姿和清澈的刀胎子所震撼。

你会不禁感叹,曾经有人锻打出过如此细腻精致的铁。这个国家确实有过这样一些人,他们顶着烈火,满身汗水和炭灰,挥舞着铁锤锻造出了无与伦比的好铁。

想到这些,虎彻不禁打了个寒颤。

流传下名刀的刀匠们并非都能得到世人的认可,过着安稳的生活,更多的是不被认可,在贫苦中死去。还有些刀匠忍受着疾病的折磨仍然继续打铁,不放弃原来的目标。这些刀匠们肯定都有自己的困苦和烦闷,甚至饿着肚子、连累家人也坚持着打铁的工作。

虎彻在越前时也曾在贫苦中挣扎,因为饥饿和疾病,四个孩子相继死去。他不曾忘记过失去孩子时的痛苦。

然而,生活在战国乱世中的刀匠们所饱尝的辛酸恐怕还要远甚于此吧。

刀匠们从不把悲苦说出口,泪水也好痛苦也好,一切都融入了手里的铁锤。他们的悲哀和苦闷都被砸进了无言的刀中。正因为如此,他们的刀才会强韧而美丽。

如今的虎彻,刀不愁卖,生活无忧,米饭可以吃得饱饱的,还能吃到鱼和蔬菜。

过着这么奢侈的日子而锻出来的铁却不如过去刀匠的话,会感到耻辱。

人上有人,天外有天。

技艺得到提高的虎彻反而变得谦虚了。对于那些流传于世的名刀,他已经能够坦诚地认可其价值了。

并且,也更加自信了。

那是因为在与名刀进行对比后,更加认识到了自己的刀的优点。

毫无疑问,我正在锻造好刀。

这不是骄傲自大,而是经过冷静思考的明确的自信。

在此基础上,虎彻萌生了达到更高目标的野心。

能够超越我的只有我自己。

充满自信的虎彻感到全身热血沸腾。

只有始终抱有崇高的目标,才能虚怀坦荡地与铁对峙下去。也只有这样,天天面对着铁与火才会变成一件异常愉快的事情。

"在吗?"

就在虎彻一边为下一把刀挑选废铁,一边思绪万千的时候,磨刀师梅藏把头伸进了打铁间。

"就知道你肯定在。除了打刀你根本没有别的事情可做。"

梅藏的快言快语对于虎彻来说是难能可贵的。他不会一味地夸奖,有缺点也会认真地指出来。

梅藏手里拿着刀袋子,大概是前几天送过去的刀。

"这次的刀……"

梅藏没有继续往下说,而是看着虎彻,面露微笑。

"怎么了?你说清楚啊。"

被梅藏这么盯着看,虎彻感觉好像内心正在被别人窥视一般。

"最近有点自傲吧。"

虎彻听后感到后背阵阵发凉。虽然时刻都在警醒自己,然而,只要有一丝的自傲掺杂在里面马上就会被磨刀师看穿。

"打得不好吗……"

虎彻沮丧地垂下了头。

铁这个东西确实是难以操控的。就算看透了每一片铁的性质,能如神一般地调节炉内的火势,仍然会出现难以预测的情况。不能如愿的情况也仍然很多。

梅藏摇摇头。

"不,正好相反,好得过分了。我从来没磨过这么好的刀。自傲没什么。男人是拿命在锻刀,如果没有我就是天下第一的自豪感,是打不出什么好东西的。"

梅藏解开了系黑棉布刀袋的细绳,将包着漂白布的刀取出来递给了虎彻。

虎彻解开裹刀布,握住刀柄脚。他将手臂伸向前方,把刀笔直地竖起。

这是一把浅弧度的长二尺三寸五（约71厘米）的刀。刀身的根部较宽，往前则稍稍变窄，姿态流畅，凛然而有气派。

刀尖刺向天空的英勇姿态，好像是在表现虎彻的志向之高。

虎彻将左手的袖子卷在手腕上，将刀背置于其上，然后凑近刀身仔细观察，眼睛几乎要贴到刀面上。

没错，刀胎子打得很成功。木纹状肌理紧致而清晰，毫无疑问是好铁。

"可以去明亮的地方看。"

被梅藏提醒后，虎彻靠近窗户边。不忍池上方的天空中，晚秋的朝阳有些晃眼。

虎彻举着刀，将刀锋朝向阳光。

刃纹是舒缓的互目纹。两个波峰相连，形似葫芦，间隔一个浅浅的波谷后又是相连的两个波峰。

波谷下面有一道发光的线条垂向刀刃，这些像腿似的线条不光好看，它能使铁的软硬部分复杂交错，让刀身更加坚固。

"怎么样？是不是像朝阳照在初雪上一样闪闪发光？你看，还是七彩的呢。感觉好像太阳也喜欢你的刀，跑到刀面上来玩耍，不是吗？"

梅藏的语气中带着自豪，好像这刀是他自己打的似的。

再看看刃纹边缘部分，沸点纹的颗粒厚重，雾状纹清晰柔和。总之也是明亮耀眼。

"此外，刃纹的烧制很出色。正是那稍稍拖长的直线纹，使得整把刀更显气派。"

这是虎彻最近想出的新方法。

整个刀身的刃纹是有波峰和波谷的,而接近刀柄的地方特地烧制成直线型纹。这种刃纹连师父兼重也没有试过。

虎彻再次将刀竖起来眺望,直线型刃纹使刀身整体带有一种优雅的紧张感。

反复眺望以后,虎彻终于确信自己的水平真的上了一个新的台阶。

"确实还不错。我想刻上铭文,能帮我按一下吗?"

"没问题啊。"

梅藏愉快地答应了虎彻的帮忙请求。虎彻将刻铭文时用的台子放置于土间明亮的窗边,然后把刀交给梅藏。

虎彻用錾刀在刀柄脚上一丝不苟地刻下了铭文:

长曾祢虎彻入道兴里

"嗯?'兴'字的写法变了吗? 很好看!"

之前所刻的"兴"字用的都是类似于"奥"字的简体字,而这次却改成了规规矩矩的正体字。因为短笔画太多,字形不好把控,所以才用简体字刻的。而最近双手变得出乎意料地灵巧,大概是因为对自己更加自信了吧。

"我觉得我终于越来接近我自己了。"

梅藏听了露出惊讶的表情。

"这叫什么话,你不一直是你自己吗?"

"是吗? 也许是吧。"

虎彻大声笑了起来。他由衷地感到高兴,觉得来江户做刀匠的决定是完全正确的。

三十七

矢田部竹庵医生给阿雪诊查完后回到一楼的客厅,摇摇头道:
"没办法了。"
"没办法了吗?"
"嗯,没办法了。这样下去很快眼睛就会完全失明,肺痨也会越来越严重。"
"已经这么严重了吗?"
"是的,情况很不好。我的药也只是勉强延缓了病情的发展,但看来也到了极限了。"
竹庵将双手交叉抱在胸前,闭目思索。这位医生六十岁上下,总是穿一身绸缎的道袍。他是最近日本桥一带的名医,因为医术好,诊疗费也特别高。诊疗费高反而让他更加出名,有钱人家都喜欢请他看病。
"求您帮忙想想办法!"
虎彻将一个涂漆的托盘递到竹庵面前,上面放着一个纸包,里面是今天的诊疗费十两金币。
竹庵把手伸向纸包,迅速拿起装进了怀里。
"疾病的治疗,最重要的是调动出病人体内自身的治愈的力量。至于如何去调动,办法也不是没有……"
竹庵看着天花板说道。虎彻向前挪动一步。

"务必请您想办法把这个力量调动出来!求求您!"

竹庵看了看虎彻道:

"你知道长崎有个叫出岛的地方吗?"

虎彻感觉好像听说过,但不是很清楚。

"不太清楚。"

"那里有荷兰国的商馆。荷兰是个医术发达的国家,如果能弄到那里的药,不管是肺痨还是眼病都能马上治好。"

"真的吗?"

"医生能撒谎吗?"

"那就拜托您用那里的药吧!"

竹庵歪着脑袋,用食指抵着太阳穴,一直看着虎彻。

"……哦,差点忘了。"

一副欲言又止的样子。

"有什么困难吗?"

"说了也没用,就当我没说吧。"

竹庵随即准备起身。

"请等一下!为什么这么说?"

竹庵重新坐下来,用抱歉似的口吻说道:

"价格太高了。要是大名家或大店铺……"

说着环视了一下屋内。

"钱的话……需要多少?我虎彻的刀最近也小有名气,能卖个好价钱。所以,钱的事无论如何会想办法的。求您救救阿雪吧!"

"三百两……"

"哎?"

"要想获得荷兰国的药,得花三百两金币。"

虎彻倒吸了一口凉气。

虎彻的刀再怎么能卖出高价也至多不过几十两。这还必须要有加右卫门的截断铭,否则的话只能卖五至十两。

而且,这还是武士从加右卫门那里购买的价格,而虎彻从加右卫门那里得到的只是扣除了高额酬金剩下的部分。即便如此,虎彻的收入还是比江户的普通刀匠高出很多,所以才勉强承担了这么长时间以来竹庵的诊疗费,但是三百两对于虎彻来说无论如何都是个巨额数字。

但是,为了阿雪,虎彻还是咬了咬牙。

"知道了,药费我会准备的。务必请您弄来荷兰国的药,拜托!"

虎彻双手着地低头请求道。竹庵悠然地点了点头。

虎彻走上楼梯正准备上二楼时,听到了阿雪的咳嗽声。咳嗽声听起来无力却反复不断。每到风寒时节,阿雪的身体就会接受一次考验。

虎彻静静地听了一会儿,脸上出现了两道泪痕。

我为这个女人到底做了什么?

想着想着,心里感到阵阵痛苦,泪水不断地涌了出来。

等阿雪的咳嗽停下来后,虎彻擦了擦眼泪,打开拉门。

"感觉怎么样?"

"很好,没事。"

阿雪躺在床铺上强作笑颜,让人看了顿生怜意。

"是吗……"

虎彻在床铺边坐下,用手摸了摸阿雪的额头。额头有些发热,但面颊却苍白得像透明的似的。

"最近没有让我看你的刀了。"

阿雪说了句。

"噢,最近没有打出想让你看的好刀。"

其实是虎彻认为盯着刀看对她的眼睛有害,所以没让她看。阿雪摇摇头。

"我并不是想要看名刀,我只是想看看你每一天的样子。"

虎彻疑惑不解:

"样子不是每天都看到吗?"

"不,你最近喜欢撒谎了,而刀不会撒谎。"

阿雪的表情变得严肃起来,正视着虎彻。

"为什么这样说?"

"你一点儿也不跟我说实话。你老实告诉我,医生是怎么说的?"

"他说没事,正在好转。你不用担心。"

"全是谎话……"

虎彻无言以对,坐在那里沉默了一会儿。

晚秋柔和的阳光照在窗户纸上,闪闪发光。

"给你看一把好刀。"

虎彻起身下楼拿一把刀上来了。

"能起来吗?"

"能。"

像平时一样,在房间的一角放一床卷起来的被子,让阿雪靠在上面。

虎彻脱去白木刀鞘,把刀递给阿雪。正是今天早上刚在铭文里刻上"兴"的正体字的那把刀。

"好看……"

阿雪半眯着眼睛,微微点了点头。

"看得见吗?"

"嗯,看得很清楚。这样我就放心了。"

阿雪拿起枕头边的毛巾托着刀背,将脸凑近刀身看。

"让你看过后,我放心了才对。怎么样,这把刀?"

阿雪目不转睛地注视着刀身很久,虎彻急切地等着她的回答。

"你……"

"什么?"

"终于成为一名了不起的刀匠了。"

"是吗……"

"与以前那些逞强好胜、虚张声势的刀不同,我感到这把刀让我看到了坦诚质朴的你。"

"坦诚?……"

"是的,我觉得体现出了你最好的一面。"

虎彻扑哧笑了一声。

"原来我也有好的一面啊。"

"当然有啊。"

"那是哪一面呢?"

阿雪笑而不语。

"到底是什么啊?"

"就不告诉你。"

阿雪做出了调皮的表情。很长时间没见她露出这么明快的表情了。

"太过分了。"

"过分怎么啦?谁叫我是爱撒谎的人的老婆呢,过分也没办法。"

虎彻气得咬牙切齿。阿雪故意装作没看见。

"能扶我去窗户那边吗?"

阿雪把刀收进刀鞘中说道。

"噢。"

虎彻用双手抱起阿雪,忽然发现阿雪已经轻得让人吃惊。

虎彻让阿雪在窗边坐下,阿雪把紧抱在怀里的刀重新抽出了刀鞘。

她将刀身举在阳光下面看。

"好看!真的好看!"

"是么……"

"你最好的地方就是……"

阿雪眼睛看着刀说道。

"……"

"对自己严格,对别人宽容。"

虎彻感到不能认同,注视着阿雪道:

"我是个任性的男人。"

阿雪摇摇头。

"不,真正的你不是这样的。"

"是什么样的?"

"是一个热情、温柔的人……"

展开笑容的阿雪对于虎彻来说,是无可替代的宝物。

三十八

虎彻带着新刀去了下谷的永久寺。刮过枯稻田的风吹在脸上有些寒冷,已经是冬天的感觉了。

圭海看过刀后,满意地点了点头:

"铭文改了吗?这的确是与此铭文相称的一把刀。"

"我曾经说过,让你先打出十把来。其实,你用这一把就完成任务了。"

圭海让虎彻打十把刀送去已经是六年前的事情了。

只算数量的话,虎彻一年能打二十至三十把刀。

不过,要从这么多刀当中选出真正满意的,最多一两把。而送去给圭海看的,又是优中选优。

"我推荐你当幕府的御用刀匠。"

圭海曾经这样说过。虽然因为火灾而不了了之,但他好像至今还在为这事而活动。

圭海到底有什么目的,虎彻搞不清楚。

但可以想象的是,并不只是喜欢虎彻的刀这么单纯的理由。

也许是幕府阁僚中发生了政治斗争,打算以虎彻的刀作为楔子打入对手的阵营中,或者是想利用虎彻的刀作为棋子来增强圭海的发言权。能推测到的大概就是这些。

"之前那些刀,我都请合适的人看了,评价都很高。"

"谢谢!"

"很多大名、阁僚都喜欢你的刀,尤其是特别合额田藩松平大人的意。"

"额田藩……"

"常陆的额田,俸禄两万石。松平赖元大人是水户藩光国公的弟弟,喜欢刀。"

听圭海这么一说,虎彻两眼放光。

"那真是太好了!会买我的刀吗?"

"当然会买,不过他问能不能到他宅邸去锻刀。"

"去宅邸锻刀?是要雇佣我吗?"

"不,不是雇佣。松平大人恐怕也清楚,眼下谁家都不会轻易新雇佣刀匠。"

"这样啊。"

虎彻很失望。他本想着藩主喜欢自己的刀的话,也许会给自己提供禄米。

"你想做雇佣刀匠吗?"

圭海看出了虎彻脸上流露出的失望。

"如果可能的话。"

"想获取禄米吗?"

"是的。"

虎彻坦率地回答。

"你还是别想了,额田是个小藩。就算获得一点点禄米也没什么用。"

"您说的一点点大概是多少呢?"

越前的康继从松平家领取二百石禄米。他那样的水平能领取二百石,自己应该能值个五百石一千石吧,虎彻心想。

"这个嘛……"

"五百石差不多吧?"

虎彻刚说出口,圭海立刻面露不悦。

"说什么浑话!你以为自己是谁?刀匠的禄米最多三十袋至五十袋就不错了。"

这样的话,阿雪的药费根本凑不出来。

"那,能以高价购刀吗?"

"高价?……我记得你很少说这样的话啊。"

"不记得是什么时候,圭海师父曾说过,这样的刀,一定会有人不惜重金来买的。能请您给说说,让额田的那位大人高价收购吗?"

"很想要钱吗?"

"是的。"

"想要多少?"

"三百两。"

刚一说出口,圭海的表情就僵硬了:

"胡闹!怎么可能值这么多钱?"

圭海一脸不高兴地瞪着虎彻。

"但是,听说正宗的刀本阿弥都是估价五千贯、七千贯。"

五千贯钱值大金币二百五十枚,换算成小金币就是两千五百两。虎彻本以为说三百两已经很保守了。从刀匠本身的能力来看,自己的刀值这个价也不足为奇。虎彻对此抱有很大的信心。

"正宗是正宗,与你打的新刀级别不一样。"

级别不一样——虎彻听了这话立刻情绪激动起来。即便有古今之别,自己锻造的铁质却毫不逊色。正宗的刀是好刀,但是,我的刀更好!虎彻越想越气愤。

"请恕我直言,正宗的刀和我的刀如果交锋的话,必定是正宗的刀先断。我完全不屑与那种刀相比较。"

"喂!够了!你知道你在说什么吗?"

坐在一旁的山野加右卫门斥责道。

"哼!稍微表扬一下就得意忘形,真是个愚蠢的刀匠!"

看到圭海充满鄙视的目光,虎彻的情绪更加激动起来。他想要争辩,却又不知该怎么说,急得坐立不安。

就在这时,他的目光落在了圭海身旁那把刀上。

"对不起!"

他噌地站起来,一把抓起收在白木刀鞘里的刀。

"你干什么?"

加右卫门立刻跳起来挡在圭海和虎彻中间。

虎彻躲开冲过来的加右卫门,打开拉门,飞奔到院子里。

环顾四周,发现有个石灯笼。

直觉告诉他,能劈开!

虎彻拔出刀,双手紧紧地握住刀柄,然后高高举过头顶,径直砍了下去。

手里传来了石头被劈开的感觉。

随着一声闷响,灯笼盖子上的一个圆圆的帽檐角掉落到苔藓上。

能劈开,什么都能劈开!

一点也不输给正宗之辈!只有亲眼确认这个事实,才能平复虎彻激动的心情。

圭海和加右卫门站在走廊上看着眼前的情景,惊得说不出话来。

虎彻如金刚门神似的站在那儿瞪着两人。圭海吓得往后退了一步。

虎彻拾起刀鞘把刀收了进去,然后跪倒在地。

"请宽恕我的无礼!哪里的宅邸我都愿意去,不会说半句不满。恳请您宽恕!"

虎彻双手撑地,低着头,牙齿发出了咯吱咯吱的摩擦声。

三十九

常陆额田藩的江户宅邸位于小石川的吹上。

平缓宽阔的山岗上有一个大得几乎可以跑马的庭园。园内有谷有池,每到春天,万朵樱花一齐开放,故名占春园。

园内一隅传来了打锤的声音。

原来那里新建了一个铁匠小屋。

窗子是关着的,屋内一片黑暗。迎着火焰,坐在炉子正前方的正是虎彻。

虎彻握起撬棍,从火炉中取出四方形铁块,直接放至铁砧上。

铁块已经熔化呈金黄色,正往下滴落。

"嘿!看好了!"

虎彻挥起手锤朝铁块的正中央砸下去。

正吉将举过头顶的大锤准确地落在那一点上。

一声爆炸似的巨响,火星四射。那是铁块中的杂质被砸了出来。紧接着,直助和久兵卫也迅速落下了大锤。

"打出声音来!"

打锤的声音越高亢,打出来的铁就越强有力,越漂亮。其实锤音中已经充满了力量,而虎彻还要追求更强的声音。

虎彻认为工作上从不能说什么"这样就行了",是没有终点的,一定还有新的可以到达的高度。

他一心只想着要锻造出从日本到天竺、从南蛮到荷兰从没有人锻造过的锋利、结实且漂亮的刀。

永久寺砍石灯笼的鲁莽行为消除了虎彻心里的怨气。他现在只想着把铁打好,这样的话,其他的事总会有办法。

阿雪的药费是山野加右卫门借的。

三百两有什么大不了的?只要打刀很快就能还上。

虎彻胸中涌起了一股力量。

就算胳膊打断了也要继续下去。

一定要打出几十把乃至几百把名刀来。

这与其说是志向、决心,不如说是一种执着。

弟子们的大锤继续接而连三地打在铁块上。

虎彻用手锤在铁砧的侧面敲了两下,大锤很快停了下来。

虎彻把手锤换成錾刀,对准铁块的正中,正吉用适当的力度敲击錾刀,然后将截断的铁块折叠起来。

接着把铁块扔到稻草灰上,直助马上熟练地抹上稻草灰。

虎彻把铁块拉到跟前,用勺子整个浇上泥浆。

久兵卫已经将炉子里的炭拨到了一边。

等铁块放好后,久兵卫将通红的炭小心地盖上去,包住铁块,又添了些新炭。

匆匆跑过来的正吉一把握住风箱手柄,开始往火炉里送风。

黑色的炭上面燃起了蓝色的火焰。

虎彻用手背擦了擦额头上的汗珠。

他轻轻努一下嘴,久兵卫和直助便从离虎彻远的地方开始,逐个将窗户板打开。

一直待在黑暗的打铁间里的武士们,被明亮的光线照得睁不开眼睛。

穿着一身正式的和服,坐在折叠马扎上的武士大声赞叹道:

"哎呀,实在佩服!原来锻刀的场面如此惊心动魄,紧张得让人大气都不敢出一口。"

说话的是额田藩主松平赖元。

"实不敢当。"

坐在正座上的虎彻单手着地,躬身致意。听管家说,在打铁间里可以向藩主直接答话。

赖元是水户藩主德川光圀的弟弟,兄长继承家业后,他分得了常陆额田的俸禄两万石的领地。才刚刚三十出头的年纪,性格非常豁达。

好武的赖元不满足于自古以来的名刀,决心在自己的宅邸内请人锻造新刀。

今天是铁铺开工第一天,虎彻和弟子们都是一身白色直垂和服,戴着武士黑漆帽。

虎彻是想让他们知道锻刀工作的严酷,才一口气展现出紧张激烈的锻造过程。赖元和随从们个个凝神屏气,念祈祷词的神官仍然僵直在打铁间的一角,一脸惊讶的表情到现在还没缓过来。

"其实我也是第一次看到锻刀的场面。的确,正是因为有如此激烈的过程,才能锻出宝刀的吧。"

穿着僧衣,披着金丝袈裟的圭海说道。

"刀匠们锻刀的过程都是如此激烈吗?"

赖元向山野加右卫门询问道。

加右卫门并没有折叠马扎可坐,而是在土间的最边上单膝撑地。在藩主的宅邸,他只是个被叫做"人斩"的身份低下的存在而已。

"虎彻尤其是如此。正因为这样,他才拥有锻造出古今无人能比的好刀的力量。"

"的确。难怪那么锋利呢。"

赖元已经试过虎彻的好几把刀。请他本人来宅邸设打铁铺锻刀正是因为对他的刀很满意。

"是啊,他打的铁确实大胆而细腻,有着不逊色于古刀的深韵。他可不是那种半吊子名人哦。"

圭海满足地点点头。

自从劈过石灯笼之后,圭海看待虎彻的眼神就发生了变化。虎彻本以为圭海再也不会找他了,实际上他对虎彻更加刮目相看,还时常给予他一些金钱。

应该试一下的。

虽然是这么想的,但虎彻还是告诫自己不要膨胀。以为用那种方法可以处世,那就大错特错了。

趁着铁块在火炉里加热的功夫,虎彻向赖元解释了锻刀的过程:

"首先是挑选废铁炼制,将炼出来的铁加热锻打延展,浸水处理后分割成小块,再将小铁块累起来加热至熔化的临界点……"

虎彻认真地按顺序一直讲解到刀的最后完工。赖元听了满脸惊讶：

"原来这么费事啊。"

"您说得没错。这个过程中只要有一个工序偷工减料都无法锻出好刀。"

"嚯！"

赖元似乎不胜感慨。

"我看贮藏室里堆了那么多炭，打一把刀要用多少炭？"

"大概二十四包。如果遇到生手徒弟，三十包、四十包都不够用。"

"难道不是炭用得越多越能打出好刀吗？"

"不是的。铁熔化的次数过多就不中用了，打不成锋利的刀。熟练而迅速地加热、锻打是关键。越好的刀匠用的炭会越少。"

"原来如此。我也了解到一点锻刀的精髓了。一直以为应永之后世上无刀，可是日本这么大，优秀的刀匠还是有的。是吧，圭海师父？"

应永以后，世上无刀，这是人们常说的一句话。

南北朝结束后不久的应永年间（1394—1428），出云的风箱炉炼铁开始大规模化。那里炼出来的铁流通到全国，到处的刀匠都开始用同一种铁锻刀，所以打出来的刀都平淡无奇，失去了特色。

在那之前的古刀，所用的铁，是由各地的小风箱炉炼的铣铁精炼而成的刃钢，或者是刀匠们发挥各自的智慧用废铁精炼而成的，所以每个刀匠打出来的刀都呈现不同的质感。

"没错，发现了优秀的刀匠，贫僧也非常高兴。每天夜里当我拿起刀来欣赏时,总会沉浸在喜悦之中。"

"让圭海师父沉浸在喜悦之中的不光是刀吧?还有更加念念不忘的东西吧?"

圭海摇了摇头。

"您说的什么话,贫僧身在佛门,没有什么念念不忘的东西。"

圭海那厚厚的眼皮子下似乎隐藏着什么。

"现在伊豆守死了,正是圭海师父出动的好机会啊。"

赖元莞尔一笑。

被称为智慧伊豆的老中松平信纲的名字,以前就听圭海说过。

被杀害的越前贞国的行光短刀就是为伊豆守所有。究竟是经什么人的手最终落到他那里的,至今仍是个谜。不过,圭海似乎知道内情。只要坚持不懈地顺着线索追查的话,应该能找到杀害贞国的凶手。

赖元曾向人打听,知道伊豆守松平曾主持修建前代将军家光在东叡山宽永寺的灵庙,而且法事也是他主持的。

不难想象,如此受幕府器重的伊豆守和宽永寺大僧都、派头十足的圭海之间肯定会有摩擦。

而这位伊豆守就在这个春天,因病去世了。

当然,赖元并没有直接提行光的事。

他转身向虎彻道:

"请你在这里一定要打出好刀来。我想什么时候就在这个宅邸,邀请老中、刀剑奉行来举行试刀大会。我要让他们看看,你的刀比康继的刀锋利得多。"

"康继……"

听到这个名字,虎彻不自觉地往前挪了挪。

"和康继竞赛吗?"

"是的。你必须要同时战胜江户康继和越前康继两方。越前的四郎右卫门康继频繁地来江户,向幕府阁僚们做工作,你知道吗?"

"知道。"

越前康继最近比以前更加频繁地来江户活动,这事虎彻从才市舅父那里听说过。

"那家伙很不简单,已经笼络住了老中酒井雅乐头[①]。"

赖元的表情变得严肃起来。

"为什么啊?"

"拉拢他做后盾啊。看来无论如何还是想要一个将军家御用刀匠的名誉。哼,愚蠢的行为!"

圭海哼了一声。

"可是,事到如今,想要成为将军家御用刀匠,会被提拔吗?"

虎彻谨慎地问道。

"同样还是康继家,并不是御用刀匠的交替。因为是家业继承的问题,应该不会出现大问题。江户的第三代康继市之丞技术不行,这是世人皆知的。如果有了雅乐头的支持,再得到刀剑奉行的认可,事情就差不多了。"

---

①雅乐头:雅乐寮的长官。

赖元跟虎彻解释道。

"那越前的松平大人……"

"作为越前松平来说肯定不乐意。但是,如果康继一门都去了江户,恐怕也顾不得那么多了。"

没想到这位越前康继到处活动真的取得了这么大的效果。可见他的处世之术要比虎彻他们强多了。

虎彻咬了咬嘴唇。

明明技术不行,却只想靠着圆滑的处世之术而成为将军家的御用刀匠,这样的人绝不可饶恕!一想到越前康继那狂妄的表情,虎彻就不由得怒上心头。

"我想要推举你做将军家的御用刀匠。"

再次听到松平赖元这么说,虎彻抖擞了一下精神。

"非常感谢!"

边说边双手着地叩拜了一下。他并没有希求过什么名誉,然而事到如今已经没有退缩的余地。

"嗯,当今世上还没有哪个刀匠能达到你的水平。而将军家的御用刀匠必须得是高水平的名匠。"

听了赖元的话,虎彻感到很庆幸。他首先想到的是,如果成为将军家的御用刀匠,阿雪的药费就不用担心了。

"不过,要推选你并不是那么容易。现在,就算是将军家也拿不出禄米给新雇佣的刀匠。只能是辞退掉康继,将他的那份禄米转让给你。要想这样,不仅要同时得到三位老中的认可,还要获得将军本人的同意。"

"将军……"

上代将军家光去世后,继承人是刚刚十一岁的家纲。虽然家纲现在已经过了二十岁,但是生来体弱多病,政务全部交给阁僚们管理。

家纲的辅佐人是他的叔父,会津藩主保科正之。

现在的老中是阿部忠秋、雅乐头酒井忠清、稻叶正则三人。相对于已步入晚年的阿部,酒井和稻叶才四十上下,较为年轻。

更换将军家的御用刀匠这样的事,恐怕需要得到这些重要人物的一致同意才行。

"不用担心。老中里面,稻叶大人与我们是一伙的。他对你的刀非常喜欢。我兄长光圀不用说也会支持。稻叶大人说了,不会让雅乐头为所欲为。"

赖元说着皱了皱眉。

"只因年纪轻轻时就担任传达官这样的要职,人就变得傲慢,这样可不行。这种人的存在让人很不舒服。"

圭海的话让虎彻总感到一种不该是僧人所有的世俗气味。通过圭海的话,虎彻的所有疑惑都解开了,果然和料想的一样。

这并不是刀的事情。

圭海也好,赖元也好,并不是只因为喜欢虎彻的刀才推荐他当御用刀匠的。

老中稻叶正则的阵营。

同为老中的酒井雅乐头的阵营。

虎彻已经卷入了这两人的对立之中。

在战乱时代，刀是武力夺取的力量。

而在太平盛世，刀成了获取力量的工具。

御用刀匠一事终归只是政治斗争的工具。不管是虎彻还是康继，都只是这盘棋当中的一个棋子而已。

虎彻暗暗攒了攒劲。事已至此，哪还能管它清浊对错。虽然心里明白这是一场复杂的斗争，也只能接受了。

"明白了！我一定会锻造出不辱将军名号的天下名刀！"

虎彻大声发出誓言。

四十

这是一个午后，自从在吹上的额田藩邸住下后已经有些日子了。

"这座宅邸的环境真舒服啊。"

宅邸的庭园树木茂密，清风不时从树梢吹过。透过窗户可以看到从枝叶的缝隙中洒下的初冬的阳光，温暖柔和，光看着就让人心情平和。

"这繁茂的树林让人不敢相信是在江户。"

弟子直助看着外面说道。

"是啊，好像身处越前或者出云的森林中一样。好怀念啊！"

虎彻说着，将搬运工刚送来的箱子打开了。

这是浅草的废铁收购商为虎彻收集来的优质的古铁。

这次是旧头盔。

从头盔的形状来看,很可能是镰仓时代的。简洁流畅的盔钵上有一列棘刺一样的星状花纹。虽然被大火烧过,用铁锤砸一块下来看看断面,仍然发着清晰的光。确实是好铁。箱子里全是这样的头盔,大概有十几个。

虎彻喜出望外。

用这样的旧头盔来炼铁的话,肯定能得到好铁。虎彻此刻的心情就好像与康继的试刀比赛已经赢了一样。

他把这些被大火烧过的头盔摆在一张长木板上,一一行礼。

十多个头盔排成一列,很是壮观。与后来的战国时代的头盔不一样,镰仓时期的头盔钵形流畅,钵身的隆起处堪称美妙。

多数头盔因为连缀线烧断了,没有护颈板,面颊两边的护甲也脱落了。但当你仔细凝视它们的时候,似乎能够听到锻造的时候那清晰的铁锤声。

虎彻随手拿起一个头盔放到铁砧上,单手拜了一下,然后果断地一锤砸下去。

对准的是稍微偏离顶部中心点的地方,铁锤却被轻松弹了回去。

右手震得发麻。

"真结实啊。"

弟子久兵卫惊讶道。

"是啊,太结实了。"

本想从头顶把呈放射状拼接在一起的铁板砸开,然而,由于锻造头盔的铁匠的执着精神,铁板互相牢牢地连接在一起。

拼接的铁板大约十块至二十块。

虎彻把头盔翻过来,用手锤从内侧慢慢敲,直至铁板与铁板的接合部产生松动,然后拆开。

其中一个头盔竟然由四十六小块铁板接合而成,星状花纹一列十六个。

"太厉害了!"

久兵卫睁大了眼睛。

"嗯,确实了不起!像这样的头盔我也造不出来。"

"要不留一个下来吧?"

"不,全部炼铁。好好看看,记在脑子里就行了。"

"总感觉太可惜了。留一个摆着做装饰不行吗?"

"头盔可不是装饰品,是用于战斗的武器。这些头盔都在大火中被烧了,气数已尽,已经不能再使用了。"

"这样啊。"

"把它回炉重炼,赋予新的生命的话,就会再次充盈气数。这对铁来说才是最好的选择。"

直助和久兵卫点了点头。就在这时,打铁间的门开了,正吉慌慌张张地跑了进来。可能是一直在跑,累得上气不接下气。

"师父,不好了!"

"怎么了?"

正吉回了一趟池之端的家里。因为阿雪有病在身,必须时不时地有人回去看看。

"那个医生,被抓起来了!"

"什么？哪个医生？"

"竹庵！因为矢田部竹庵一直没有送药来，我就去了趟日本桥他家里。一去才知道，原来这家伙是个完全不懂医术的江湖骗子！"

虎彻手握铁锤嗖地站了起来，快步朝门口走去。

"您要去哪儿？"

"当然去竹庵那儿！"

"听说已经被衙门抓起来，送入小传马町的大牢里了。他家沿街的板门是关着的，我就向附近的人打听。据说他到处行骗，骗取了大量金钱。现在都在传言说他可能被斩首示众或者流放离岛。"

"是吗……"

"师父也付给了他不少药费吧？"

付了三百两药费的事，虎彻没有跟任何人说。

"没，没付多少。"

虎彻摇摇头，又重复了一遍：

"没付多少钱……"

像是在说服自己。

比起懊悔，虎彻更加吃惊于自己的愚蠢。就因为听人说他有名，就直接相信了。见过多次面，本应该能看穿他的把戏，却盲目轻信了别人的评价。没想到被他那气派的房子和蛮像么回事的仪表、言谈给蒙骗了。我是有多么的不识人啊！

虎彻感到全身都没了力气。

他站在原地想了一想。

如果去衙门报案的话，钱也许还能追回来一部分。

不，首先要做的应该是为阿雪找一个真正医术高明的医生才对。

虎彻此刻脑子里很混乱，各种想法交织在一起，不知道首先应该做什么，可以做什么。

他环顾了一下四周。自己到底该做什么呢？

这里是打铁间。

自己是刀匠。

他发现该做的事情只有一件。

"炼铁！都拿起手锤，把头盔砸碎！"

说着便拿起头盔，坐到了铁砧前面。

"师父，那师母怎么办？"

"她情况怎么样？"

虎彻一边挥锤一边问道。

"没有特别的变化，就是一直剧烈咳嗽……"

"吃的呢？"

"买了鱼送过去了。"

要是交给阿雪自己的话，她不会让女佣随意花钱。除非有人送去一些营养品，否则阿雪只喝粥。

"那就行了。做好炼铁的准备工作！"

"可是……"

"新的医生我会找的。今天早点收工，我去找才市舅父商量一下，看看能不能给我介绍一位医术高明的医生。"

有一段时间没见到才市舅父了。虎彻忽然想到傍晚收工以后出去一趟。这样就行了,这就是自己应该做的事情。

虎彻和三个徒弟各自坐在铁砧前,默默地砸着手里的头盔。打铁间里只有此起彼伏的铁锤声在持续不断地响着。

四十一

宅邸的外廊上放着一个四角方盘,上面是一把白木刀鞘的短刀。

额田藩邸的庭园里阳光明媚,小鸟啼鸣。不知不觉间又一个冬天过去了,宽永三年(1663)的春天来临了。

坐在廊下的松平赖元抓起刀鞘,抽出了刀身。

然后把刀身笔直立起,凝视着。

虎彻远远地伏在地上,毕恭毕敬地低着头,但眼神不时上挑,偷偷地注意着宅邸那边的情况。

坐在廊下的赖元一动不动,只转动着眼珠子凝视着刀身。春天的阳光照射在刀身上,连远处的虎彻都能感受到刺眼的反射光。

庭园尽头处的榉树下面,已经准备好了一个土坛。

今天要用虎彻那把刚刚磨好的短刀进行试刀。土坛上已经叠加放好了两具无头尸体。山野加右卫门把裙裤的下摆提起掖在腰带里,绑上了白色的束袖带在原地等候。

只见赖元对旁边的老臣说了句什么,老臣直摇头,似乎很不赞同。但赖元还是站了起来,脱去和服的一侧袖子,露出了肩膀。

他拿着刀走下庭园,看来是要准备自己亲自试刀。

赖元来到土坛前站稳后便举起了短刀。

只见刀尖在头顶一闪,没有任何停顿便果断地砍了下去。

远远地也能感觉到短刀嵌入了土坛中,虎彻舒了口气。

一位侍童跑了过来。

"藩主请你过去。"

虎彻保持着弯腰低头的姿势来到了藩主面前,重新跪下。

"很完美!比我当初要求的刀身要宽,本来有点担心,没想到毫无妨碍,就像吸进了土坛里一样。是不是动了什么新的脑筋啊?"

这是一把长一尺五分八寸(约48厘米)的短刀。之所以将刀身打得比要求的宽,是意识到了这把刀将会被用来砍切放置物。同时,刀背相应地打薄了些。刀尖打长了一些,形似梭子鱼的鱼头,也是为了让刀更加锋利。这把刀就算是三胴、四胴也能毫不费力地斩断,虎彻对此是有自信的。

"这把短刀最大的优势是锻造它的铁。是由旧头盔精炼的铁锻造的,铁质同时具备柔韧和强硬的特点。"

"是吗?那用这把刀能不能劈开头盔?"

"当然能。这是将最好的头盔铁用最好的技术重新锻造的,如果是熟练的刀手,只要投入全力,肯定能把头盔一劈为二。"

"山野,你觉得呢?"

赖元问加右卫门。

"我认为和这位刀匠所说一样。"

"好！那就当众劈一次头盔让他们看看。看了以后,我想大家也就认可了。押田估计也不会不为所动。"

听说三月份要邀请老中稻叶正则和刀剑奉行押田丰胜来藩邸。

"我说,你真是个手巧的刀匠呢。这个金刚的雕像是你自己雕的吗?"

离刀护手不远的地方,雕了一个金刚像。这对于虎彻来说只是雕虫小技。

"是的。在下只是个愚笨的铁匠,今年正好是半百之岁,已经到了随时离开这个世界都不足为奇的年纪。我想今后还要继续努力提高,只锻造真正的好刀。我已经把这样的心情刻在铭文里了。"

赖元卸下刀柄,查看刀柄脚。只见上面刻了两行字:

本国越前住人至半百居住

武州之江户尽锻冶之工精尔

"一个铁匠能说出如此令人钦佩的话,果然与众不同啊。"

赖元露出了满意的笑容,决定予以虎彻奖赏。

奖赏品是点心和十枚金币。

离开藩邸后,虎彻直接将金币全部交给了加右卫门。他想把欠加右卫门的三百两能还一点是一点。

加右卫门把一包金币装进怀里后说道:

"那家伙死得还很不甘心呢。"

"您说的是谁?"

"就是骗了你三百两金币的冒牌医生啊。昨天在小传马町被斩首了。"

欺诈、行骗比盗窃罪高一等,就算只骗取一两钱币也是死罪,加右卫门补充道。虎彻虽然向衙门报了案,但是钱恐怕追不回来了。

"临死还哭着请求宽恕。竟然被这种小人给骗了,你虽然看铁很准,却看不穿人啊。"

"是我有眼无珠。"

"用你的刀斩首的。"

虎彻轻轻摇了摇头:

"虽然被骗了,但我只是感到糊涂而已,并无仇恨。"

"你很豁达嘛。"

"我不认为是豁达。我今年已经五十了,没有时间为刀以外的东西烦神。"

在死之前还能打多少把刀?又能有几把刀留存于世,成为古来稀有之名刀?

虎彻心里想的只有这些。

虎彻郑重地拿着点心盒子回到了池之端的家中。

"得到藩主大人的奖赏了。"

他捧着盒子在阿雪的被褥旁坐下。解开包袱皮后是一个木制的盒子。盖子上写着"云居樱"三个字。

解开红白双色的花纸绳,打开盒盖,里面有二十个左右点心。点心是淡淡的乳白色,不知道是用什么材料做的,上面散落着一些粉红色的花瓣形图案。这么奢侈的点心还是第一次见到。

"吃吧。"

虎彻拿起一个点心递给半躺着的阿雪。

"真好看！都不忍心吃掉。"

"这是点心，不吃的话制作点心的人会伤心的。"

可阿雪还是只看着点心不吃。

"这是给你的奖赏，你先吃。"

"好，我吃，我当然吃。"

去年秋天请才市舅父介绍的医生来给阿雪做了诊断，结果不理想。

后来又托山野加右卫门、圭海甚至松平家的用人多方介绍医生，结果每个医生说的话都是一样的：

"多吃些滋补的食物，好好保养。"

点心里含有糖，应该会有滋补效果吧？多少能起到一点驱除疾病的作用吧？命也能多延长几天吧？虎彻心想。

"快吃吧，你先吃！"

虎彻催促道。可阿雪还是不吃，只是一动不动地盯着点心看着。

四十二

庭园里一株老樱花树花枝繁茂，远看犹如蓝天下的一片彩霞。

一列长长的队伍从额田藩邸的大门鱼贯而入。从涂有泥金画的黑漆轿厢中走出一位正值壮年的武士,长相贤明。

赖元站在入口处殷勤迎接。

"哎呀,稻叶大人,欢迎欢迎!"

来人正是老中稻叶正则。

"听说这里的樱花有名,所以一直想来看一看。难得今天天气这么好。"

稻叶说的也并非是客套话。这里的庭园与青山的池田宅邸、溜池的黑田宅邸并称为江户三名园。

"是啊,今天风和日丽,真是太好了。在下略备酒菜,敬请享用!"

赖元把稻叶领到铺着鲜红毛毡的樱花树下。

稻叶和先到的水户藩主德川光圀互相打了招呼。光圀的水户藩俸禄二十六万石,稻叶的小田原藩是九万五千石。

圭海的哥哥增山正利也来了,他的领地在三河西尾,俸禄两万石。圭海在他们中间自如地应酬着。

坐在末座的是刀剑奉行押田丰胜等几位旗本以及本阿弥光温等几位刀剑相关人物。因为有老中和几位大藩的藩主在场,他们显得有些拘谨,个个恭恭敬敬地坐着。

待酒过三巡之后,光圀派侍童把押田丰胜叫了过去。

"押田大人担任刀剑奉行,看来是三河国以来的世家吧?"

光圀递出喝干了的酒杯,询问道。大概是考虑到押田年纪已大,语气颇为礼貌。

"不，听说最早出身于近江，战国乱世中迁至下总，太阁①殿下小田原征战以来侍奉于东照宫殿下。"

押田接过酒杯，恭恭敬敬地答道。

"是么？那你的先祖们很厉害啊。"

"不敢当！不敢当！"

东照宫家康的孙子亲自递来酒杯，俸禄仅四百石的老旗本诚惶诚恐。

"刀剑奉行可是要职，丝毫疏忽不得，一定颇多辛苦吧？"

"我虽一把老骨头，不中用了，但是只要在职一天我就会竭尽全力做到不出差错。感谢！老臣领受了。"

押田双手捧杯一饮而尽。

光圀又问了他许多关于将军家流传的名刀的事情，然后，像是突然想起什么似的说道：

"对了，关于御用刀匠康继的事情，听说当时东照宫殿下被锻造现场的壮观场面所震撼，随即决定雇佣，真是这样的吗？"

"这我也听说过，不过也有传言说康继在越前时早就获得结城康秀殿下的赏识。这两种说法是否属实都不好判别。"

秀康虽为家康之子，但因为是庶出，被送出做养子，成为越前松平家的开创人。

"原来如此。确实年代久远了，无法弄清。"

"虽然我不知道到底是东照宫殿下还是秀康殿下先看中了康

---

①太阁：指丰臣秀吉。

继的才能,但是我认为两位都具有很高的眼力。康继的刀不愧是少有的宝刀。"

光圆悠然地点了点头。

"康继的刀确实是宝刀,尤其是骏府①时期的刀,那豪壮之气令人不寒而栗。"

"您说的没错,我也曾有幸目睹。那样的刀,光拿在手里就令人毛骨悚然。"

"没错没错,正因为如此,东照宫殿下才准许其刻上葵纹的吧。第一代康继确实是无愧于葵纹的名工。"

话里有话的光圆朝押田看着。

"很遗憾,如今的第三代康继的刀还未曾一饱眼福。不过,既然是继承了名人的血脉,想必也一定是一位出色的刀匠吧。"

押田顿时语塞,立刻低下了头。

"没错,是位名刀匠。"

"不过,关于他好像有一些不太好的流言呢。"

插话的是弟弟松平赖元。

"哦?什么流言?"

旁边的稻叶正则也起了兴趣。

"这话只能在这里说啊,听说已经去世的二代康继是游侠组织的成员。由旗本组成的白柄组等暴力团体您知道吧?"

稻叶用力点点头。

---

①骏府:旧骏河国国府所在地,今静冈市。

"这我知道,经常在江户的大街上寻衅滋事的那些人。正在考虑什么时候对其头目水野十郎左卫门进行处分。原来二代康继也是这些团体的成员啊,这还真不知道。"

稻叶边说边点头,而赖元故意摇头道:

"不不,只是听说而已。仔细一想,将军家的御用刀匠不可能是游侠组织成员的,大概是谣言吧。是吧?押田大人。虽说人已经死了,可万一真是如此,那问题就大了。"

押田全身僵直。

"是啊,游侠组织成员什么的,没有的事。"

"那就好。本来就该如此,不,必须如此。"

赖元点了点头,忽然,他用折扇在膝盖上拍了一下:

"想起来了!不过,这也是传闻。听说那水野十郎左卫门用康继的葵纹刀与町奴搏斗,刀刃被对方砍出了豁口,结果落荒而逃。"

"这不会是真的吧?"

圭海巧妙地附和道。

"对,只是流言而已。康继的刀怎么可能出现豁口的情况呢。"

"但是,虽说是流言,也未必完全是空穴来风吧。"

"未曾听说过水野家从东照宫殿下那儿获赐过康继的刀。想必是出现了私刻葵纹的赝品吧。你说呢?押田大人。如果是康继的刀,即便是二代、三代之作,也不可能那么容易就被砍豁了刀刃。是吧?"

"没错,如果康继的刀那么容易就崩刃什么的,那可是很严重的事情。"

在康继家,刻有葵纹的刀是可以自由出售的。到了第三代,不管是江户还是越前康继,再平庸的刀也会刻上葵纹,随便出售。而这件事情却从没有人提起过。

"稻叶大人有没有看过锻刀的过程?"

松平赖元问道。

"其实我早就想看的,只是一直没有机会。"

"大哥呢?"

"我也没看过。"

"那太疏忽了。作为武士之魂的刀,到底是如何锻造出来的,还是要亲眼看一次比较好。"

"啊,看是想看,可是每当我说要去铁匠铺,护卫人员就很担心。想到他们那么为难,我也就打消了这个想法。"

赖元笑着摇了摇头。

"不需要前往铁匠铺,让铁匠到宅邸来就行了。"

"宅邸内没法打铁啊。"

"建一个打铁铺子就行了,很简单。"

"这东西能建在宅邸内吗?"

稻叶很惊讶。

"能。"

赖元用力点了一下头,继续道:

"本来铁这个东西,只要有火和风它就会熔化、沸腾。"

"嗯? 等等,又不是开水,铁怎么会沸腾呢?"

"虽然听起来有点意外,但铁确实会沸腾,就像开水一样沸腾。

正因为会沸腾,才能用铁锤锻打,打出美丽的形状。"

"说得好像你刚刚去看过一样。"

"岂止是看过,我这只手仍然还记得当时的感触,通过撬棍感受到的铁在火炉中'呼哧呼哧'沸腾的状态。因为太好奇了,我还试打了几下。打铁的事情,只要有火和风就行了。怎么,不相信吗?你们看,我就让人在那边建了一个打铁铺子。"

赖元抬手示意了一下,樱花树对面拉起的一张帷幕被取了下来。

只见野外造了一个炼铁炉,旁边放置一个风箱,炉子里面已经燃起了火焰。

旁边,一个穿着白色直垂和服的男子趴在地上叩拜,身后并排跪着的大概是他的徒弟们。

"这是刀匠长曾祢虎彻一门。虽然不像康继那样有名,但是他们斗志昂扬,会让我们看到一个完美的锻刀过程。"

四十三

虎彻被要求穿上了崭新的直垂和服,感觉自己就像一个被耍的猴儿。

猴子也好什么也好,让我当什么都行。

这些都无所谓了,当众展示也没有问题。因为现在唯一的目标就是得到承认,获许在自己的刀上刻上葵纹。

这样一来就能有钱了。

有了钱就能把借债还了,让阿雪去看更好的医生,还能给她买一些点心之类的滋补品。

虎彻忘不了阿雪尝了一口藩主奖赏的点心时露出的笑容。那是发自内心的喜悦的笑容。

再怎么劝说,阿雪一天只吃半个点心。她还清点数目,把点心分给虎彻和徒弟们,也让女佣尝了尝。

当虎彻准备再去买一点又甜又有营养的点心时,却大吃一惊。一小盒点心的价格要远远高于一把便宜的刀。

"原来这么贵啊……"

虎彻不由得惊叹道。店头的二掌柜见状,脸上露出了怜悯的神情。

"很久没有顾客来我们店会惊讶于价格的了。"

上等的点心价格特别高,这似乎是江户人都知道的。可是就连这个虎彻都不知道。如果是普通的馒头、年糕之类的,几文钱就能买到。但是,虎彻想再看一看阿雪那陶醉的笑容。

所以,当众展示也好什么也好,虎彻都愿意做。只要自己的刀能够得到认可,卖出高价,什么都不在意。

"开始锻造!"

赖元一声令下,虎彻在炉子前方的正座坐下,开始拉风箱送风炼铁。

不一会儿,"呼哧呼哧"沸腾的感觉通过撬棍传到了手上。虎彻将小笤帚浸入水桶里,然后拿出来把铁砧充分打湿,接着从火炉中取出铁块放到铁砧上。早已做好准备的正吉立刻将高高举起的大锤毫不犹豫地砸了下来。

随着放炮般的一声巨响,铁花四处飞溅。不出所料,围观的人们神情立刻变得严肃起来。

这好歹是赏花的余兴节目,虎彻打算尽可能地唬一唬他们。铁砧上面沾的水多,声音自然会非常猛烈。

紧接着,久兵卫和直助也迅速轮番挥起了大锤。

虎彻紧握手锤在一旁加油鼓劲。一阵风吹来,樱花纷纷飘落。虎彻的身上、铁砧上都落下了几瓣樱花。

刚落下的花瓣立刻被猛烈的大锤击得无影无踪。

"哎呀,锻刀的场面原来如此激烈。太令人吃惊了!"

在一旁站立观看的光圀连连后退了几步。丝绸的和服裙裤被飞溅的铁屑烫了好几个洞眼。

"如此壮观的场面至今都没有看过,实在是太大意了。一定要让将军大人也看看!"

老中稻叶正则感佩不已:

"我也是这么想的,一定要让将军大人看看。当今之世,奢华之气太重而勇武之心渐弱,希望将军能够不失勇武之精神。"

"什么时候找机会让他看看。确实值得一看。"

稻叶一边感叹一边盯着几近熔化的铁块。

折叠锻打进行了三次之后,赖元命令虎彻停了下来。

"今天还将举行试刀活动,已经准备就绪。"

赖元拍一拍手,侍童立刻跑了过来。庭园中的一棵高大的榉树下面,已经垒好了土坛。众人移步到土坛旁。

"今天试的刀是第三代康继的刀,以及刚才诸位所看到的虎彻所锻之刀。康继的刀不用说,肯定很锋利,但是为了助兴,今天将二者放在一起比较一下。先从康继的开始。"

几张折叠马扎一字排开,稻叶、光圀、增山等人纷纷落座。

上身绑着束带,下身穿着裙裤跪拜在地的山野加右卫门站立起来。

他把头盔放置到土坛上,并且确认头盔里面塞满了土,没有空隙。

山野轻轻点点头,单膝跪地的小随从马上把刀递了上去。

刀上安有又粗又长的专门试刀的白木刀柄。山野握住刀柄,轻轻拔出刀身。

只见他迅速扫了一眼刀,站在土坛前用穿着草鞋的脚在地上稍稍划了几下,最后确定了站立的位置。

山野闭上眼睛,调整了一下呼吸。

然后睁开眼睛,慢慢地将刀举过头顶。

他踮了踮脚,刀尖伸得更高了。

所有人都屏息注视着。

这时,一阵风吹过,从对面吹来了飘落的樱花瓣。

"请等一下!"

喊话的是坐在末席的刀剑奉行押田丰胜。在场所有人的目光都集中到了丰胜身上。

"怎么了?"

赖元问道。

"试刀之前我想看一下那把康继刀。刚才听说有伪造铭文的赝品,我有点担心。"

"这您不用担心。我们都是直接从市之丞康继那里拿来研磨的。不用担心会是假货、赝品什么的。"

本阿弥光温不紧不慢地解释道。

"你们本阿弥店也做刀镡和白木刀鞘吗?"

押田表情严厉地问道。

"不做,这些交给刀镡师和刀鞘师做。"

"刀镡师和刀鞘师在哪里工作?你们店里吗?"

"不……把刀拿回去。"

"这样的话,他们把刀调换掉不是也有可能的吗?"

"这种事情不太可能……"

"行了!总之,我要看一下。"

稻叶正则和光圆互相看了一下。年长的稻叶点了点头,表示同意。

"好吧,让他看一下刀!"

赖元大声表示准许。

一直将刀举在头顶一动没动的山野加右卫门这才把刀放了下来。

押田从加右卫门手里接过刀,瞥了一眼刀身后露出了疑惑的表情。

"抱歉!"

押田向众人颔首致意后拔下了固定刀柄的榫钉,然后取下套环，仔细检查刀柄脚。

"果然……"

"有什么问题吗？"

光圀问道。

"这是伪造的。因为有了康继的铭文就能卖出高价，所以最近出现了很多赝品。"

本阿弥光温的脸色都变了。

"不可能的，我刚刚还检查了。第三代江户康继市之丞之作，确定无疑。"

"住嘴！"

押田的声音粗暴而有威力。

"你敢断言你绝不会犯错误吗？绝对没有看走眼的时候吗？"

面对押田的怒火，光温退缩了。

"这……"

"人做事情，百密总会有一疏。我不是责备你，请你再仔细鉴定一下。"

本阿弥光温先是犹豫了一下，然后接过了刀，歪着脑袋仔细瞅着。

"怎么样？仔细看铭文。与市之丞康继本人的铭文相比，'继'字的刻法不同。绞丝旁'系'字下面的三划应该是并列的三点。如果连这个都不知道你就不是本阿弥。"

"对，是三点啊。"

"蠢货！你瞎了眼吗？好好看看！这是点吗？睁大眼睛看！

这刻的不是'小'字吗?而且,錾刀的使用也很不熟练,简直拙劣无比。这种东西不可能是真品!"

押田的声音越发粗暴。本阿弥汗都流出来了。

"怎么?还看不出来吗?"

本阿弥像是被威逼似的,又看了看刀。

"啊,要这样说的话……"

"对吧?再仔细看看!"

"确实,好像真是……"

"怎么样?"

"……慢慢能看出来是赝品了。"

"是啊。你终于能看出来了。"

"是的,确实如您所说,这把刀是赝品。康继不是这样的。"

押田丰胜转向众人道:

"刀的鉴别是很难的,就算是行家本阿弥,也会有看走眼的时候。既然是赝品,就不能用来试刀了,改天拿真正的康继刀来一试。我得去查查这把伪造品的来源,就此告辞了!"

没等众人反应过来,押田迅速将那把康继收入刀鞘中,带着刀匆匆离去了。

四十四

不忍池中开着粉红色的荷花。天空晴朗,太阳火辣辣地照着,远处的积雨云发出亮眼的白光。

虎彻用自己炼的铁制作了一个风铃，系上长纸条，挂在二楼的屋檐下。虽然形状有些粗陋，但只要微风拂过便会发出清脆的响声。

"真的感觉凉爽了呢。谢谢你！"

"别忘了我可是铁匠啊，这事小菜一碟。"

天气一热阿雪便几乎吃不下东西。虎彻让人用井水冰了一些豆腐，制作冻粉等清凉食品让阿雪吃，但是最近阿雪总是刚吃一点就放下筷子。

"再吃一点，没有营养可不行啊。"

虎彻让女佣准备了两个一样的碟子，和阿雪一起吃。

"制作风铃的那个铁……"

虎彻刚一开口，忽然感觉有点怪怪的。两人吃饭时聊的话题总是离不开铁。

"你总是听我说铁的事情会觉得无聊吗？"

"不，我是铁匠的老婆嘛，每次听都觉得很有趣。为什么这么问？"

"没什么……"

虎彻心想，正是因为有这样一个愿意热心听自己唠叨铁的女人，自己才能每天不知疲倦地跟铁打交道吧。

远处隐约传来了打雷声。

"今天看来会有雷阵雨。"

关于试刀大会的事情，自从上次之后就再也没有消息。只是听圭海说下次要隆重举行，会邀请将军大人参加。如果真是这样的话,事前的沟通、准备工作肯定会很花时间。

"来,再吃一口。"

虎彻把装冻粉的小碗递到阿雪面前。他准备如果阿雪不吃的话,就用筷子一口一口地喂她吃。就在这时,听到了有人匆匆忙忙上楼梯的声音。

"师父!"

是正吉的声音。

"怎么了?"

"刚刚才市师傅派人过来了!"

"是吗? 让他喝点凉麦茶,我马上下去。"

"好像是非常严重的事情,请您现在就下去。"

虎彻放下小碗,立刻站起身来。阿雪脸上也不安了起来。

"什么事?"

"是这样的……"

两人走到外廊后,只见正吉脸色铁青。

"到底怎么回事?"

"听说才市师傅被抓起来了。"

"被谁抓起来了?"

"好像是密探……"

虎彻一脸疑惑地走下楼梯,看到才市舅父的大徒弟正在底下等着。看来是一路拼命跑过来的,只见他敞着衣襟,衣服已经湿透了。

"怎么回事?"

"突然一帮武士闯到店里来,说什么太不小心了,便直接把师父塞进囚笼里带走了。"

虎彻还是没有听懂怎么回事。大徒弟浑身颤抖,上气不接下气。

"等等!到底犯了什么罪?什么太不小心了?"

"说是师父把金库的开锁方法告诉了别人,纳户组①的捕快也来了。"

这么说来虎彻大概明白了。

虽然才市舅父不可能把开锁的方法告诉出去,但是终于弄明白他为什么会被抓走了。才市做的锁遍布江户城。

"先去店里看看!"

虎彻撩起和服下摆塞进腰带便朝外跑去。

在神田银町才市的店里获取的信息并不多。

三十来个武士和捕吏突然闯进店里。

武士们让密探逮捕了才市。

罪行是把金库的开锁方法泄露了出去。

他们不听才市的抗辩,强行把才市塞进竹制的囚笼里带走了。

这就是店里的人在现场所看到的所有情况。

"现在该怎么办呢?"

弟子们都慌了神。才市的老婆在一旁号啕大哭。店门外,附近的人纷纷围聚过来,一边朝里看一边窃窃私语。

---

①纳户组:江户幕府掌管金银、器物、服装等出纳的机构。

"你们都正常干活！长曾祢才市是不可能犯罪的,我去找知情人问问情况。你们打起精神,好好干活!"

说完,虎彻便向下谷方向跑去。

会客室的门口挂着苇帘,阵阵凉风吹了进来。山野加右卫门听虎彻把事情的经过说了一遍后,摸摸下巴,眼睛盯着半空中不说话。

"才市绝对不会把开锁的秘密透露给别人,他是被人陷害了。请您务必帮帮忙,拜托了!"

加右卫门终于开口了。

"跟一般的捕吏不同,那些密探很难对付的。"

"此话怎讲?"

"要是衙门的捕吏,我也不是不能想想办法。可是密探的任务是监视旗本,我拿他们一点办法都没有。"

"可才市并不是旗本。"

"密探们连将军的警备人员和小孩都在监视范围内。因为涉及金库,事关重大,所以出动了密探。"

"但才市是冤枉的啊。"

"没有证据的话密探是不会轻易出动的。一定是有人告发的。"

"那告发人肯定在撒谎。"

"如果是明显的谎言也不会受理的,应该是有一定的缘由。"

"密探肯定是被骗了。"

"这必须要靠才市去证实。"

"可是……"

虎彻摸了摸自己的光头。

"怎样才能帮帮他呢？"

"我去找找圭海师父吧，他也许能知道点什么。"

"那就拜托您了！务必请您帮忙！"

虎彻把头贴在榻榻米上叩拜恳求。

远处传来了隆隆的雷声。

"要下雨了啊……"

虎彻抬起头一看，刚才还晴朗的天空此刻已经阴云密布，大粒的雨点已经开始落了下来。

远处的雷声也感觉越来越近了。

四十五

离才市被捕已经过去十天了。这天天气很热，虎彻被叫到了宽永寺。

寺里的男仆带着虎彻穿过偌大的寺院一直往里走，来到了一座很大的建筑旁边。

"请在这儿等着。"

院子里铺着碎石子。正是烈日当头的时刻，看不到一个人影。

虎彻双膝并拢跪坐在地，剃得光光的脑袋被火辣辣的太阳晒得生疼。

等了很长时间，一位披着金丝袈裟的僧人才出现在走廊，此人正是圭海。

"最近事情太多,都没有工夫去下谷那边。你靠近一点。"

虎彻挪到了走廊边上。那儿照样是烈日暴晒。

"再近一点。"

虎彻又往前挪了一点。

"才市的事情,大致的情况我已经了解了。"

圭海站在走廊边上,小声对虎彻说道。

"到底是怎么回事呢?"

"是那些家伙干的。"

"那些家伙是?"

"康继和押田。我们晚了一步。"

"江户康继吗?"

"貌似以越前为主。大概是计划先搞垮我们这边,然后再慢慢处理继承权问题。"

"可是,针对我也就算了,与才市舅父没有任何关系啊。"

"不是这个道理。在他们看来,这叫先从容易的地方攻破。酒井雅乐头肯定也参与了。我已经和稻叶大人商量对策了,不过,要想洗刷才市的罪名很困难。"

"是么……"

"他们雇佣了一个盗贼。盗贼半夜在护城河边被抓,手里拿着一把什么地方的钥匙。一查,原来是金库的钥匙。盗贼说是才市教他开锁方法的,并且约好了盗来的钱分给他一半。"

"没想到……"

"这是精心策划的阴谋,想推翻很难。不招供就只能刑讯拷问,让他抱块石头倒吊起来,任他是谁也会招的。"

"可盗贼并没有得逞……"

"他要是犟,就让他到死都痛苦不堪。要不了十日,肯定会跪地求饶。"

"有什么办法能帮帮才市吗?"

"正在想办法。我们也必须采取行动了。好不容易现在伊豆守死了,这个雅乐头却跑来碍事!"

很久没有听到伊豆守的名字,虎彻的脑海里瞬间闪过一念。

"那个拿着钥匙的盗贼是?"

"不太清楚,但好像是外地来的仆役。可能是事先约好了事成会给他什么好处。"

"仆役的话,会不会是游侠呢?或者是白柄组的成员或帮手?"

"有可能。"

"莫非……"

虎彻早就在心里有所怀疑。

"把行光短刀献给伊豆守的会不会是越前康继呢?"

虎彻终于把疑问说出了口。

圭海盯着虎彻看了良久,然后点了点头。

"虽然还没有确凿的证据,但我也觉得他很可疑。"

这也正是虎彻疑心很久的事情。

是不是越前康继雇了游侠去盗取行光短刀的呢?

他一直这样怀疑。

越前康继是加入白柄组的二代康继的弟弟,跟游侠有往来也并不奇怪,教唆游侠去干这种事并不难。

潜入贞国家中准备行窃的游侠因为被贞国发觉,便将他杀害。

一定是这样的!

虎彻一直在心里这样怀疑。

"只是,这之后的事情没人知道。如果弄不清楚之后发生的事情,也定不了康继的罪。"

即便能够确定是康继将盗来的短刀献给伊豆守的,也不能因此说康继就是罪犯。

这一点虎彻也明白。

还需要更多的证据。

虎彻将撑在地上的双手紧紧握起,手心中是两把滚烫的石子。

"请您一定想想办法救救才市舅父!"

"我会尽量想办法的。"

这时,一个小和尚沿着外廊一路小跑着过来了。

"大僧都!"

"什么事?"

圭海转过身,脸上露出从未有过的严肃。

"城中派使者来了。"

"谁派的?"

"老中兼美浓守稻叶大人。"

"马上过去。"

圭海站起身来。

"你千万不要轻举妄动,知道吗?"

丢下这句话后,圭海便头也不回地朝着长廊的另一头走去。

四十六

宽永寺的山头涌起了巨大的积雨云,好像在俯瞰着江户城。不忍池茂密的荷叶中开着一朵朵大大的荷花。时间虽然是早晨,油蝉已经开始不停鸣叫。

位于池之端的虎彻的打铁铺板窗全部关闭,炉子里的火焰正熊熊燃烧,噼里啪啦,火星四射。

虎彻握着撬棍的左手已经感受到了铁块在"呼哧呼哧"地沸腾。

"嘿呀!"

虎彻大喊一声取出了炉子里的铁块。

四方形的铁块已经熔化成金黄色,黏稠的铁水慢慢往下滴落。

刚一放到铁砧上,正吉便落下了大锤。随着一声爆炸般的巨响,通红的铁屑向四面八方飞溅而去。

直助和久兵卫的大锤也紧跟着落了下去。三把大锤高亢的声音此起彼伏,形成一种轻快的节奏,反复不断。

"砸这里!"

就在虎彻用手锤敲击铁块后的一刹那,他感觉到了大锤的声音有一丝停顿。

一抬头,发现大锤正朝自己砸来。

虎彻迅即向后跳离座位。

几乎与此同时,正吉的大锤砸向了铺在座位上的圆形的草垫子。

面对着如此灼热的铁块,危险随时都有可能到来。所以每当坐到这个位子上时,虎彻总是踮起一只脚,屁股不敢坐实,以便能够随时离开座位。

如果刚才没有离开座位,三贯(约11千克)重的大锤就直接砸到虎彻的头上了。

"蠢货!"

虎彻大怒。

"……哎?"

"你到底在搞什么?! 给我认真点!"

"对不起。"

嘴里虽然道着歉,脸上却带着情绪,让人不禁觉得他是不是故意失手的。

"怎么回事? 有什么话想说吗?"

正吉表情呆滞,不愿回答。

"不,没什么……"

"那就……"

虎彻话没说出口又停了下来。

在火光的映照下,正吉的眼里闪出一道厌恶的神情。这样继续下去,也不可能打出好刀。

"打开板窗!"

直助和久兵卫把板窗打开,热气腾腾的打铁间里立刻吹进来一股清风。

正吉坐在窗口,抬头看着天空中的积雨云。衣服的后背已经被汗水湿透了。

才市舅父被密探抓走已经十多天了。虎彻昨天被叫到了宽永寺,圭海叮嘱说不要轻举妄动。

虎彻为自己什么也做不了而感到懊恼,只好又开始打铁锻刀。现在他能做的只有这个。

"才市舅父的事情你不用担心,圭海师父会替我们想办法的。"

为舅父的安危担心不已的其实是虎彻,但是他并没有说出口,因为说也没有用。

"不是这件事。"

正吉摇摇头,背对着虎彻继续道:

"在师父看来,我一定是个大傻瓜吧。我已经被师父给笼络了。"

"什么意思?"

"不用再问了。身为弟子,我现在无法报仇,我离开这里。如果再这样继续受父亲的仇人的照顾,我会受世人耻笑的。"

正吉说着便起身头也不回地往外走去。

"等等!原来是在说你父亲的事情啊。你是听谁说了什么吗?"

虎彻觉得,现在突然提起这件事一定是听到谁说了什么。

"我向天地神明发誓我没有杀贞国师傅。他是在锻刀方面给过我很多教导的恩人。我看起来像是那种忘恩负义的浅薄之人吗?"

虎彻立即跑出打铁间,绕到正吉面前,双手抓住他的肩膀,死死地盯着他的眼睛。

两人就这样对峙了许久。

首先移开视线的是正吉。

难道是他?

如果说有谁教唆正吉,肯定是那家伙。

"你见康继了?是不是?"

正吉拨开虎彻的手,朝不忍池的方向望去。池边的阳光很刺眼。

"天真热……"

"现在是夏天,当然热。"

"嗯……"

"康继说什么了?"

正吉没有回答,朝不忍池望了一会儿后,用手背擦了一下额头上的汗。

"在这样的盛夏季节还打铁,恐怕也只有我们了吧。"

确实,盛夏的最炎热时节一般是不点炉子的,做一些雕刻工作什么的会轻松一些。

但是,对于现在的虎彻来说,只有通过拼命打铁,才能发泄心中的苦闷。

"痛苦的时候就去打铁,难过的时候就去打铁。这是铁匠维持生存的力量。"

正吉抬头望了望天空，虎彻也跟着抬起头。积雨云在朝阳的照射下，边缘部分发出银色的光，很漂亮。

"你看那道银光，刃纹如果能烧制成那样就无可挑剔了。"

虽然把云边比喻成刃纹很奇怪，可听了虎彻的话后，正吉僵直的身体稍稍放松了下来。

他转过身，轻轻一笑。

"师父真是一个脑子里只有刀的人。"

"那是当然。对我来说，刀绝对是第一位的，除此之外，别无其他。"

正吉一直看着虎彻的脸，突然，他愉快地大声笑起来。

"有什么好笑的？"

"对不起。一想到师父沉迷于刀到了病入膏肓的地步，就不由得想笑。"

"刀匠喜欢刀不是很正常吗？没什么奇怪吧？"

正吉直直地看着虎彻问道：

"为什么？师父为什么喜欢刀？为什么要锻刀？"

虎彻放弃做盔甲师而当刀匠，本是因为当今太平之世盔甲卖不出去。

当然，不仅仅如此。

刀有一种无法尽言的不可思议的魅力，有一股强大的吸引人的力量。

手里如果握有一把好刀，就会想一直盯着看而不放手。看着看着,目光就像被吸住了一样,眼睛眨都不愿眨一下,只想一直凝视着直到世界的终结。

虎彻总是在思考,这究竟是为什么?

最近,他似乎终于找到了答案。为什么一把好刀只要拿在手里,就会有那么强的吸引人的力量?

"刀是杀人的工具。"

"那当然。"

"但是,不仅仅是杀人。手里握刀的人,首先要凝视刀,然后要思考。所以,刀是杀人前用来思考的工具。"

"用来思考的工具?"

"武士每天在擦拭自己的佩刀的时候,是不是总会盯着刀看?你知道他们看的时候在想什么吗?"

"……"

"不知道吧。"

"这个嘛……"

"我很长时间以来也不知道,只顾着锻刀。但是,最近我明白了。"

"想什么?"

正吉一脸认真地问道,被虎彻带得语气也变得郑重起来了。

"生死。"

"生死……"

"是的,生与死。刀乃是追究生死的哲理的工具。"

"生死的哲理……"

"是该杀还是该放?该死还是该生?进一步说,人为什么要生?为什么要死?手握刀剑的人,必须要思考生与死的问题。我说的不对吗?"

"确实……"

"如果刀只是用来砍人的,就不需要什么美丽的刀姿,也不用拘泥于铁质的好坏。再钝的刀,砍杀五个人、十个人是没有问题的。但是,我并不想锻造这样的刀。"

"这么说来……确实如此。"

"如果说刀是追究生死的哲理,进而实际掌管着人的生与死的工具的话,那么,不管是形状、铁质还是刃纹,就必须要有品格,要有尊严。刀匠的工作便是赋予其这些东西。"

"气质与……尊严?"

"嗯,刀最重要的就是品格。为了打出有品格的刀,每天都在进行殊死的搏斗。"

虎彻说出这样的话还是第一次。直助和久兵卫站在打铁间的门口一脸认真地听着。

"凛然的刀姿、沉静幽深的质感、大胆而细腻的刃纹,哪一样稍有欠缺都不行。此外,没有高尚的品格是成为不了好刀的。最近我终于明白了这一点,不过这并没有什么大不了。回想一下,以前贞国师傅就教导过我这些。刀即是品——锻刀十年有余,终于达到了贞国师傅这句话的境界。"

正吉不动声色地倾听着。

"你回想一下那把行光短刀的刀胎子,从那里是不是能直接感受到生活在镰仓时代的藤三郎行光的诚实的品格？那个一心打铁的男人的形象是不是会在眼前浮现？"

"师父您通过铁就能看出刀匠的人品和形象吗？"

"当然能，会浮现在我眼前。行光是一个始终专心一意的人，如果不是如此不可能锻造出那样冷彻幽深的刀的。"

正吉的嘴角露出了笑容。

"你笑什么？"

"没什么。我只是在想，如果行光在师父手里，肯定会每天看着它过日子，一刻也不会放手吧。"

那把被盗的行光不知道经过什么人的手，最后落到了伊豆守松平那里。而这位伊豆守已经于去年命归西天了。

虎彻点点头。如果那把行光是属于自己的，大概每日早晚都会拿出来观赏，绝不会让与他人。

"很抱歉！内心一时迷惘了。请让我继续打铁吧！"

正吉恭敬地低下了头。

"你见到康继了吗？"

虎彻还是忍不住要问。正吉点了点头。

"是的，三天前我去神田办事，路过绀屋町时被他叫住了。"

"市之丞吗？"

在绀屋町建有铁匠铺的是江户第三代康继，年轻的市之丞。

"不，越前的……"

虎彻很惊讶。果然如圭海所说，江户康继和越前康继已经联手了吗？

"他跟你说什么了?"

"嗯……"

"快说!"

"仔细想想,都是一些胡说八道。"

"什么?"

"没……不……"

"给我说清楚点!"

正吉摇摇头,一脸毅然决然的表情。

"说什么恩将仇报是虎彻的惯用手段,才市也真是可怜……"

"才市舅父为什么可怜?"

"……"

"他说什么了?"

正吉的目光很犹豫,一定是听到了很难听的话。

"又不是你说的,不用顾虑。我只是想知道一下康继到底胡说了些什么。"

正吉像是下了很大决心似的,终于开口了。

"他说是师父您从才市舅父那儿偷来了钥匙的图纸。"

"什么?!我为什么要这样做?"

"因为师娘生病,您借了巨额外债……"

"胡说!你当时就一声不吭地听着吗?"

正吉连忙摇头。

"我当时就反驳说师父不可能做这种事,胡说八道。而他却嘲笑我是老好人,骂我是傻瓜,竟然糊里糊涂地拜父亲的仇人为师。"

"这个家伙……"

虎彻怒火中烧。忽然,他又想起了什么。

自己竟然得不到多年的弟子的信任。

"是我德望太浅,连你也怀疑我,我是一位多么可悲的师父啊。"

"不,没有的事。是康继太会说了,我竟然被迷惑了,是我太愚蠢。当时要是立即跟您说就好了。"

虎彻真想立刻跑到神田去把康继痛打一顿。

但是,圭海已经叮嘱他不要轻举妄动。

虎彻内心愤懑不已,却什么也做不了。

"师父!"

正吉重新系好和服腰带。

"继续锻刀吧。刀匠无论遇到什么事,只管打刀就好了。这不是您教导我们的吗?"

虎彻点点头,回到了打铁间:

"是啊,确实是这样的。打刀吧。关上窗!加炭!"

直助和久兵卫迅速关上板窗,往火炉里加炭。

"会很热的。鼓起干劲用力打!"

"打铁间里嘛,热是肯定的。"

虎彻拉起风箱,炉子里冒起了蓝色的火焰,火星飞舞。

四十七

翘首以盼的圭海的使者终于来了。这时已经是听不见蝉鸣的季节,天空出现了一层卷积云。

虎彻来到了下谷的永久寺,在僧房前的院子里等候。过了许久,圭海和山野加右卫门来到了外廊。

圭海的表情很难看:

"实在没办法了,只能请你放弃了。"

虎彻听后立即站了起来,跑近外廊边:

"您说放弃是什么意思?为什么一个因不实之罪而被捕的人必须要放弃呢?"

虎彻紧紧地抓住外廊的边缘,抬头看着圭海。

"那个手拿金库钥匙被抓的人一口咬定钥匙是从才市那儿得到的。看来对方是给他承诺了,如果是死罪,会付给他的老婆孩子一笔巨款。"

"死罪……您是说死罪吗?"

"想潜入将军的城堡盗窃金库,而且连钥匙都准备好了,必然是重罪无疑。"

"那才市舅父会怎么样?"

虎彻狠狠心想,最多是流放孤岛。如果是流放孤岛,迟早能够回来,还有洗清冤罪的机会。

圭海仰头看着天空。

"已经定了死罪。"

"什么？这太荒唐了！"

虎彻一把抓住圭海的袈裟：

"为什么？为什么遭受冤枉的舅父会是死罪？还有王法没有！"

"没办法，才市招供了。"

"招供……"

"是的，他承认是自己把钥匙交给盗贼的。"

"那一定是经过严刑拷问的吧？"

"是啊，让他抱大石头，不堪忍受痛苦，只好认罪了。"

"这原本就是康继和刀剑奉行的计谋吧。舅父却完全蒙在鼓里。"

圭海缓缓地点了点头：

"你说的没错。"

"既然这样为什么这种非人道的事情能够肆意横行？江户城内难道就没有正义了吗？"

圭海轻轻哼了一声：

"江户城内尽是魑魅魍魉，哪有什么正义，别幼稚了。就是因为想让你做将军家的御用刀匠，才发生了这些事情。"

"让我做御用刀匠……"

"这不是谁好谁坏的问题。有人就是不希望你掺和进来。他们想要敲打敲打你，却找不到借口，只好让才市做牺牲品了。"

虎彻用力抓住圭海的袈裟：

"这都是你出的主意,你快想想办法帮帮舅父吧!"

圭海抓住虎彻的手一把推开了,力气出乎意料地大:

"才市天运已尽,还是死心吧。是老中们决定的,事到如今已经毫无办法了。"

"太荒唐了!什么天运……"

"明天在小塚原处斩,别忘了给他烧一炷香。"

"小塚原?"

通常的罪犯是在小转马町的监牢内被斩首,而小塚原那里是用来施行刺刑和火刑的。

"决定施行腰斩试刀。"

"腰斩试刀……"

直接拿活的犯人来试砍叫做腰斩试刀,比单纯的斩首罪行要重得多。

"作为锁匠,把金库的钥匙交给盗贼的行为是罪大恶极。为了震慑罪犯,防止类似事情的发生,所以决定用重刑的。"

"简直太过分了!难道就一点办法没有了吗?"

"听说稻叶大人极力反对,但是雅乐头丝毫不让。这是老中们商量决定的,想要更改是不可能的了。"

老中们之间有着怎样的斗争,虎彻完全不知。看起来好像是美浓守稻叶和雅乐头酒井各自卷进去一帮人而形成了对立。这种斗争在虎彻看来离自己还远得很。

虎彻感到全身无力,一下子瘫坐在地上。没有愤怒,没有悲伤,脑子里一片空白。

投靠才市舅父来到江户已经十余年。为什么得到的却是如此结果？这不是自己所期望的。在圭海的怂恿下，自己也动了想要成为幕府御用刀匠的心思，难道是自己错了吗？

"明天将由我来施刑。我会尽量让他黄泉路上少受痛苦。"

山野加右卫门不紧不慢地开口道。

虎彻再次站起身，一把拉住坐在外廊边上的加右卫门的裙裤：

"请让我一起去！求求你！求求你！"

虎彻扯着加右卫门的裙裤拼命哀求。

那天，虎彻一夜没有合眼。

第二天早上天还没完全亮就去了下谷，来到山野加右卫门府上借了一套武士衣服，装扮成随从的模样。虽然头上没有发髻，假扮成加右卫门的弟子应该问题不大。

"记住，千万不能有疯狂的举动。"

加右卫门叮嘱道。

"我知道。我去现场只是想看才市舅父最后一眼而已。"

除此以外，虎彻并没有其他的期望。事到如今已经不指望有任何转机。

"让我看看刀。"

听加右卫门这么一说，虎彻马上把带来的刀袋子解开了。

虎彻在手头几把得意之作当中，选了一把可以说是使尽浑身解数的呕心之作。

这是一把浅弧度的一尺八寸（约54厘米）长的短刀。

加右卫门将双手举到与眼睛齐平的高度，恭敬地接过了刀，脱去刀鞘，查看刀身。

他扫了一眼刀身，立刻被深深地吸引，睁大了眼睛。

紧致的木纹肌理，密集的沸点纹，刀面清澈而明晰。波浪状刃纹中时而夹杂着互目纹，频频可见一道道刃纹脚。刃纹的边缘就好像昨天看到的积雨云的那道银边，闪闪发亮。

加右卫门拿着刀站了起来。弟子把拉门打开。

加右卫门走到外廊，对着刚刚升起的黄色的太阳举起了刀。刀身立刻因反射阳光而熠熠生辉。

"是把好刀！"

加右卫门不住地点头。

"这个字是……不动明王吗？"

昨天夜里睡不着时，虎彻在刀身上刻了梵文和莲花座。梵文正是如加右卫门所看到的不动明王几个字。

虎彻点点头。

"明白了。我会先念唱这句真言，然后再下手。"

虎彻没有再作声。就算想说什么，也无法用语言表达。他和另外三位随从一起，跟在加右卫门后面走出了府邸。

四十八

小塚原位于千住大桥的前面。

从下谷沿着河边的道路来到了吉原前。周围是一大片绿油油的水田。稻子已经开始抽穗，但稻穗仍然是青的，大概还没有灌浆。

　　加右卫门大步往前走，一路没有说话。虎彻抱着装刀的布袋紧跟在后。因为不习惯那身正式的衣服，走起来很费劲。秋日的天空是晴朗的，而虎彻的内心是悲伤而痛苦的。

　　刑场是面向奥州大道的一片原野。

　　入口处悬挂着两具人头，已经变成青紫色。旁边的罪状牌和幡子上写着一些字，但虎彻已经无心去看。

　　道路和刑场之间只用木桩拉了根绳子隔开。

　　挂着草帘的小屋里的人见到加右卫门后立刻跪地叩拜。这些人大概是行刑时帮忙的吧。比如刺刑，用长矛刺死犯人就是他们的工作。

　　官府的人和才市舅父还没到。

　　加右卫门端坐在弟子准备的折叠马扎上，双手置于膝盖，半睁着眼睛，朦胧地望着前方的刑场。

　　三个弟子并排蹲在加右卫门身后，虎彻也学他们蹲在旁边。几个人都纹丝不动。

　　风静静地吹着。

　　刑场的周边是稀疏的杂木林，空气中飘着淡淡的尸臭味。虎彻感到一阵恶心，五脏六腑都在往外翻。

　　他使劲忍着，抬头望着天空。

　　高高的蓝天中飘着几道白色的卷云。从未见过如此透彻的蓝天。

　　几个人就这样一直等了约半个时辰。

这时,穿着武士礼服的一群人走了过来,是本阿弥光温和他的弟子们。

光温朝加右卫门行了一下注目礼,便在弟子放置的折叠马扎上坐了下来。两人没有交谈。通常情况下,作为本阿弥本家的光温是不去新刀试斩现场的,应该是分家的人来。今天光温亲自到场,意味重大。

时辰已近巳时(上午十点),稻田中央的大路上出现了一列队伍,正朝这边走来。

行列中有三人骑马,后面都跟有持长枪的随从和穿黑外褂的捕快。

山野加右卫门和本阿弥光温立刻从马扎上起身,单膝跪地,垂下头。

骑在马上的武士是刀剑奉行押田丰胜,另外两人大概是密探和监视人。

杂役抬着两个囚笼从虎彻面前走过。

前面的囚笼里面是一位五十岁左右的男人。

后面的囚笼里坐的是才市舅父。

才市舅父穿着白色的单层和服,手被反绑在背后。额发和胡须因为很久没剃而长得很长,眼睛深陷了进去。从他的样子来看,一定是经过了严刑拷打,不过他仍然挺着腰,直视着前方。

虎彻一直忍着想跑过去的冲动。

囚笼停在了刑场的边上。杂役抽出木棒,打开笼子。两个犯人背着双手,两腿并拢跪在地上。

捕快和助手都在各自的位置上单膝跪地。坐在折叠马扎上的密探扫了一眼众人。

"马上开始行刑。因为是腰斩试刀，犯人可能会失去理智，一定要小心进行。山野要做好指导，防止出差错。"

"明白！"

山野加右卫门行了一礼。

密探又转向押田丰胜。

"押田大人，可以开始了吗？"

押田点了点头。

"今天有两名罪犯，我们也将试两把刀。首先是越前康继。"

虎彻听后，全身一下子僵住了。

今天要腰斩两名犯人，这么说来确实可以试两把刀。虎彻因为尽想着才市舅父的事情，万万没料到会在这里遭遇越前康继的刀。

"犯人准备！首先是相州的无业人员源八！"

助手们把绑得紧紧的绳子解开，让他站起来，然后带到刑场的中央。

"你有什么话要说吗？"

密探问源八道。对方是一个瘦瘦的、眼睛尖尖的男人。

"少啰唆！这世上我已经活腻了，快动手吧！"

助手们把他的外衣脱去，只剩下兜裆布。然后用布蒙上眼睛，在两边的手腕上各系上一根长长的绳子。

加右卫门恭恭敬敬地接过押田丰胜递过来的刀。他抽出刀，查看了一下刀身,然后取下白木手柄,换上了黑线缠绕的手柄。

他插好榫钉后用右手使劲挥舞了两下,再检查一下刀身,然后点点头把刀交给弟子拿着。

加右卫门将裙裤下摆高高提起掖在腰带下面,又把上衣解开垂在身后。

他重新接过刀拿在右手,半闭着眼睛调整了一下呼吸。

两个助手分别拉起左右两侧的长绳,源八像田里的稻草人一样张开双臂。

源八的腰部摇摇晃晃,虽然嘴上强硬,膝盖却在不停抖动,眼看着就要瘫坐下去。

加右卫门远远地观察了一会儿后命令道:

"用绳子勒住腰部!"

助手按照加右卫门所说用绳子在源八的腰上绕了一圈,然后用力扎紧。这样一来,腰终于挺直了一些。

"抓住他的手臂,让他往这边走!"

助手们的脸上表情僵硬,眉头紧皱,好像很痛苦的样子。他们一人抓住一只胳膊慢慢往前拖,源八踉跄着走了起来。

山野加右卫门向并排而坐的密探和刀剑奉行颔首致意,然后用脚上的草鞋在地上蹭了蹭。

他放低腰身,小步从正面跑向源八。

加右卫门把刀从右上方高高举过头顶,几乎要贴上后背。然后猛然向前一步,大喝一声,斜砍下去。

随即就是骨肉断裂的一声钝响。

只听见源八一声惨叫,分不清是呻吟还是呼喊。

负责逮住源八胳膊的两位助手应声向后倒去。

刀从左肩一直砍到右腹,从腹部出来。

鲜血喷涌而出。

两人脸色煞白,迅速放开了手。

连着右臂的是右侧肩膀、头颅和被斜斜砍断的躯干。

左臂连着另一半躯干和下半身。

"漂亮!"

密探倒吸了一口气。这样看着别人在自己眼前死去,他感到眼睛有点不适应。

地上源八的躯干随着脉搏的跳动,血还在往外喷涌。前面几次势头很猛,慢慢地就停了下来。地上大大的一摊血,如池塘一般。加右卫门敏捷地躲闪过去,身上没有溅到一滴血。

虎彻生怕错过一点点,看得眼睛都不敢眨一下。看生斩活人还是第一次。

山野加右卫门和刀剑奉行、密探以及本阿弥光温等来到源八的尸首旁,查看断面情况。只见他们在说着什么,但虎彻那里听不见。

不知什么时候隔离桩的外面聚集了很多看热闹的人。刚才还很安静的刑场,现在变得嘈杂起来。

检查结束后,源八的尸骸被收拾走了。

"下面试虎彻的刀。奉行大人,您先过一下目。"

山野加右卫门大声道。

被反绑着双手在刑场边上一直仰望天空的才市,立刻转头看了一下加右卫门。

虎彻小跑着来到押田丰胜面前,单膝跪地,双手捧上一把配有白木刀鞘的短刀。

押田好像才注意到是虎彻,吃了一惊,睁大了眼睛。他似乎想说什么却没说出口,默默地接过了刀。

押田抽出刀,将刀身立起来,默默地注视了好一会儿。

"不错!"

押田点点头把刀交给了加右卫门。加右卫门大概事先跟他商量过要试虎彻的刀。

虎彻迅速回到原来的地方,面向前方蹲下,发现才市正从对面朝这边看着。

才市朝虎彻轻轻地点了点头。

虎彻也朝才市点了点头。

助手们把才市身上的绳子解开,押到刑场中间。

"还有什么话要说吗?"

密探问道。

"有一事相求。"

"什么?"

"我想近距离看一下斩我的那把刀。"

密探哼了一下。

"你提出这样的要求,是准备拿到刀后大闹刑场吗?"

"不,到了这个时候哪还会有那样的举动。虎彻是我同族,最近突然名声大振。我只是想亲眼看看他这把呕心锻造的宝刀。"

密探盯着才市看了一会儿,然后点点头询问押田:

"就满足他这个最后的愿望吧,您看呢?"

押田面容扭曲:

"看了又怎么样?"

"我要把这刀胎子的质地印在脑海里,亲自体会它的锋利程度,然后在那个世界等着虎彻的到来,跟他一起讨论刀的好坏。"

才市紧盯着押田的眼睛说道。

"荒唐!从来没听说过还有这样的愿望。我看不要理他!"

沉默了一会儿后,密探开口道:

"押田大人,此人也是铁匠,能够在临死之前还想着鉴别铁的好坏,这种精神不是很令人敬佩吗?"

押田面露不悦。密探继续道:

"奇怪了,这样的人会把金库的钥匙给一个盗贼吗?我感到很怀疑。虽然都到了这个时候,但是我觉得是不是应该重新审问一下呢?"

押田丰胜的脸开始抽搐:

"事到如今你胡说什么!他已经承认了罪行,老中们也下了裁决。赶紧动刑吧!"

"干吗这么急?事关人命,难道不该慎之又慎吗?才市,我问你,你真的把金库的钥匙给了源八吗?"

才市摇摇头:

"我早就说过了,我是冤枉的。但是,我现在愿意从容赴死。"

密探感到不解：

"为什么？说说原因。"

"我觉得自己很可悲，懊悔不已。我被掀了指甲，被迫抱石头，因为忍受不住疼痛就承认了莫须有的罪名。如果抓我的不是密探，而是社会上的坏人，他们用同样的方法拷问我，我岂不也一样把金库的开锁方法告诉他们了吗？像我这样的锁匠还有脸活在世上吗？这就是我的罪状。请你们动刑吧。"

虎彻在一旁听得全身直起鸡皮疙瘩。舅父拥有多么高的精神觉悟啊。这是怎样一种工匠的自尊啊！舅父那一脸的坚毅在虎彻看来庄严而神圣。

"令人钦佩！既然如此，就准他看吧。"

押田丰胜用眼神示意一下，加右卫门走上前把短刀递给了才市。为了防止不测，加右卫门侧身对着才市，做好了招架的姿势。

才市恭敬地接过了短刀，然后把刀笔直竖起，直起后背开始认真查看。

他首先从护手处慢慢往上看，转一面后再从上往下看。然后，他用袖兜托住刀背，眼睛凑到离刀身只有一寸远的地方，盯着刀胎子细细观看。

没有一个人说话，连路边看热闹的人都鸦雀无声。

尽情看完之后，他再次把刀竖起来看一眼，然后鞠了一躬：

"此乃虎彻的顶峰之作，用它来结束我这条凡命有些可惜了。饱了眼福了！"

才市将刀刃朝向自己，把短刀还给了加右卫门。

"还不快动手!"

听到押田的命令,助手们赶紧抓起绳子站了起来。

"不用,我自己走过去,时机正好时就请下手。刀刃我已经仔细看过了,请不要蒙眼睛。"

助手们看了看押田。押田点了点头。

才市脱掉单层和服外衣,只剩下兜裆布。只见他胳膊上和胸前的肌肉硬邦邦地隆起,胸口能看到数不清的烫伤痕迹。

才市转动一下脖子,然后鞠了一躬。

加右卫门站在稍远的地方,右手提着虎彻的短刀。他向密探鞠了一躬,正欲抬脚往前跑时,听到密探大喊一声:

"等等!"

"不可以愚弄官府啊,才市。不能以没有犯过的罪来处刑的。"

才市摇摇头:

"不,屈从于痛苦,失去了自我节操,这正是我的罪行。现在再怎么后悔也来不及了。谢谢你的慈悲,请动手吧!"

话音未落,押田丰胜便迫不及待地高声道:

"可以了吧?又有老中们的裁定,本人也这样说。我看还是快点动手吧!"

密探始终看着才市。

才市的眼里充满了哀伤。他似乎确实对自己忍耐力的不足而感到耻辱。

密探点了点头。

押田朝加右卫门抬了抬下巴。

加右卫门小步向前跑去。

才市朝这边走来。

加右卫门将短刀高高举起。

才市猛然睁大眼睛。

加右卫门用力跨出一步,从右上方斜砍下去。

虎彻的短刀从才市的肩膀进去,侧腹出来,没有一点声音。

才市仍然站在原地。

只见他厚厚的胸膛上出现了一道红色的斜痕。

才市微微点下头,迈出右脚。

就在他准备迈出左脚时,身体晃动了一下倒了下去。倒下的同时,鲜血从那道斜斜的红口子喷涌而出。

站在正前方的加右卫门,脸上、胸口、腹部全都被鲜血染红了。

倒在地上的才市,从左肩到右腹,整齐地断开,从稍远点地方看,断面整齐漂亮,毫无紊乱。

那天夜里,虎彻哭了。

抱着妻子阿雪痛哭。

尽情哭过一场后,第二天早上,虎彻锻造天下名刀的决心更加坚定了。

四十九

虎彻继续潜心锻刀。

日复一日,每天沉浸在黑暗的打铁间里,盯着炉子里的火焰,不断地打着铁。

每当抡起锤子砸向那金黄色熔化的铁块时,虎彻总感觉胸中的悔恨、愤怒、怨憎、悲伤等所有的情感都随着四散的铁渣而飞散,只留下了中间最纯粹的部分。

才市舅父为什么要选择死?

明明可以不用死的,密探也说了要重新审查。为什么他自己却希望死呢?

在日复一日打铁的过程中,悔恨、怨憎等都作为杂质从疑问中被清除了。

归根结底是生与死的问题。

人为什么生?为什么死?

从生到死,也就几十年时间。人在这几十年里能够做什么?应该做什么?

随着打铁日数的继续积累,虎彻的疑问越来越纯粹化了。

他开始一心考虑生存的价值到底是什么。

欲望横流,野心膨胀,充斥着嫉妒与羡慕,这就是现实世界。杀,要不被杀;盗,要不被盗,只求不饿着肚子活下去都很难。在这样暴风雨般艰难的人世中生存,能够凛然屹立的是什么?拥有毅然的品格而立于世的又是什么?

虎彻在打铁的过程中突然想明白了。好像终于找到了答案。

他感觉有点理解才市舅父的心情了。

是自尊心吗?

男人为志向而生,为自尊而死。

才市舅父没能忍受住疼痛而承认了莫须有的罪名。

受挫的不是肉体,而是心灵。

既然承担了为金库打锁,就要拥有为了保守秘密,无论怎样的痛苦折磨也要甘愿忍受的强大内心。

这才是锁匠真正引以为豪的吧。

才市正是因为失去了这种自负而觉得活不下去了。

也就是失去了生存的意义。

虎彻继续打铁,边打边思考。

我活着的意义又是什么?

面前的铁砧上,弟子们的大锤正激烈地敲打在呈满月色熔化的铁块上。

两三贯重的大锤每敲击到铁块上,杂质就会四处飞散。

虎彻的胸口经常会被飞溅的铁屑烫焦。

就是铁!

除此之外,别无其他。

虎彻生于越前北庄的长曾祢家族。长曾祢家族世代以打铁为业。作为家族的一员,虎彻是从小听着铁锤声,看着炼炉里的火长大的。

打出强韧的好铁就是我的唯一目标,就是我的生命。除此之外,作为刀匠活着还有什么意义吗?

虎彻终于领悟到这一点时,已经是冬去春来,新的一年了。

宽文四年(1664)春天的风很大,江户到处沙尘弥漫,天空是朦胧的黄色。

在一个大风的日子里,梅藏送来了一把刚刚磨好的刀:

"你的刀最近越来越让人感到毛骨悚然了。磨着磨着会让人感到后背发凉,直起鸡皮疙瘩。"

梅藏带来的是去年年底打的一把刀。

虎彻解开裹刀布,握着刀柄脚,胳膊向前伸直凝视。

这把刀弧度浅,刀身薄,长二尺三寸四分(约71厘米)。确实,刀身充满了锐气,就好像要朝自己这边砍过来一样。就连锻造这把刀的虎彻本人都感到颤抖。

"你之前打的刀多少有一点粗野的感觉,而这把刀无论是粗野感还是紧张感都好像完全被隐藏到了内部,但并没有消失。让人感觉是猛龙沉入泉底,而看到的只是表层清澈透明的泉水。"

梅藏果然看出了优点所在。磨刀师有如此的鉴赏力,对于刀匠来说实属可贵:

"紧致的木纹肌理中能看到一些线状沙粒纹。沸点纹的银砂状颗粒清晰饱满。醒目紧致的雾状纹和不时出现的刃纹脚也实属上品。"

刃纹是圆头的互目纹,像葫芦一样两两相连。为了不显得单调,适度地打乱了形状。

虎彻用左手的衣袖托住刀背,将刀尖朝向窗口。他将目光投向刀身,发现有多条发光的线条从刃纹谷处垂向刃口。果然如梅藏所说有刃纹脚。

"一个刀匠,应该要把痛苦转变为手中铁锤的力量。我很钦佩你,发生了那样的事情却没有自暴自弃,很了不起。能把痛苦、煎熬转化为工作的动力才是真正的男人。虎彻不愧是男人中的男人。"

虎彻为没能阻止舅父的死而非常懊悔。

"男人？"

虎彻有点不好意思。为了掩饰这种情绪,他卖力地打着铁。可是,再怎么卖力地打,也无法摆脱心中的懊悔。

虎彻劝说才市的儿子把银町的店继续下去,但他最后还是带着母亲回到越前去了。可能是想要离开江户这个伤心之地吧。

才市的弟子们都分散了。年轻的弟子当中,有四个人希望成为刀匠,虎彻把他们领了回去。因为弟子增加了,锻刀的工作也进展得更加顺利了。

虎彻拿着刀上了二楼。

阿雪最近状态不错。在新请的医生的指导下,虎彻在池边养了几只鸡,每天让阿雪吃一个鸡蛋。偶尔杀一只鸡,用鸡肉和人参炖汤给阿雪滋补身体。看来有了效果。

虽然还有欠债,但是通过卖刀已经还了不少了。虎彻的刀在大名和富裕的旗本中间评价很好,据说想要者众多。山野加右卫门不光用虎彻的刀试斩,赋予其截断铭,还帮忙介绍买家。这样的话,只要不断地锻刀,过个两三年就能把欠债全部还清。

打开二楼的拉门,阿雪正在梳头。自从得病以来,阿雪不梳发髻,将一头黑发直接披散着。白皙瘦削的脸与黑发很般配,显得很美。

"现在偶尔也想梳个发髻。下次可以叫个梳头匠来吗？"

"啊,可以啊。你能这样想是大好事啊。"

"平时总能从这里看到上野山,很想去寺里拜一拜。离得那么近,却很多年没有去过了。不知道今年樱花开放时能不能去。"

宽永寺是赏樱的胜地,除了禁止饮酒之外,普通老百姓是允许在那里一边吃便当一边赏花的。

"雇一辆轿子,随时都可以去啊。"

"谢谢,但是我想要走着去,最好是和你一起。"

"能走吗?"

"我觉得鸡蛋和鸡肉很有滋补效果,我现在经常在屋里练习走路呢。"

"是吗?那太好了!"

"刀磨好了吗?"

"你看看。"

"好的,让我看看。"

虎彻解开裹刀布后把刀递给了阿雪。

阿雪行了一礼后眯起眼睛看。

"能看见吗?"

"嗯,能看见。"

虽然视野变窄了,但好像看是能看见的。虎彻总是不放心地确认,他怕阿雪是为了不让他担心而故意装作看得见。

"怎么样,这刀?"

"嗯……"

阿雪稍稍歪着头想了想。

"感觉像是透彻的蓝天背后隐藏着威猛的雷神……"

梅藏也说了类似的话。难道大家的鉴赏力都是一样的？

从阿雪半睁的眼里流下了一行泪水。

"怎么啦？"

阿雪轻轻地摇了摇头。

"说实话,当你说要离开越前去做刀匠时,我担心得不得了,不知道将来会怎么样。虽然我相信你既然下定了决心,再怎么艰苦也一定会成为名匠。但是,虽说都是打铁,盔甲和刀是完全不同的东西。我一直在心里祈祷,希望你千万不能因一时的不顺而放弃。而现在,终于打出了如此出色的刀……你真了不起。"

阿雪的话让虎彻感到意外惊喜。他帮阿雪把刀放下,紧紧地抱住了她。

五十

师徒几人正在打铁,突然,打铁间的板门开了。

晃眼的阳光从背后射来,人影黑黑的,看不清,只是那圆圆的头巾看起来很眼熟。

"打扰了！"

原来是圭海。他没有披僧衣,而是穿着隐居式的茶色和服外褂。山野加右卫门跟在后面进来了。

虎彻只是轻轻点了一下头,没准备停下手里的活。但是,因为突然的光亮,弟子们打锤的节奏发生紊乱了。虎彻敲击了两下铁砧的侧面,示意弟子们停下来。

"打开窗户!"

一声令下,弟子们马上把木板窗打开了。打铁间里立刻亮堂了起来。

"为什么不去?"

圭海站在原地问道。他那厚厚的眼睑中透露出明显的不快。

圭海多次派人来传话,让虎彻去下谷的永久寺,但虎彻每次都称病不去。恼怒的圭海没办法,只好自己来了。

"我病得很重,出不了门。"

"你不是正在卖力地打刀吗?"

"是心病,锻刀对我来说就是治疗。"

圭海哼了一声,眼睛始终盯着虎彻:

"最近你的刀又有了明显的进步。确实是一心一意打造出来的令人望而生畏的宝刀。这样的刀,绝不会输给任何人。"

虎彻现在打好了刀都是让弟子送到加右卫门府上。听说加右卫门对于上次受到梅藏褒奖的那把刀大加赞赏,说是可以斩断四具垒起的尸体。要是嗜刀如命的圭海,肯定会爱不释手吧。

虎彻摇摇头。

"我锻刀并不是为了争输赢。您今天登门有什么事吗?如果没事,请让我们继续打刀。"

两人的目光对视了一会儿,谁也没有让步。

"事情嘛,就是来订购天下第一等的好刀。九月重阳节时,老中阿部忠秋将在别墅招待将军大人,举行试刀比赛。届时,如果能被认定为天下第一等好刀,你就能实现成为将军家御用刀匠的愿望了。"

虎彻朝窗外望了一下。不忍池对面的上野山上,树木已经吐出了新芽,隐约可见朦胧的绿色。樱花树大概也已经长出了嫩叶。樱花开放时,虎彻带着阿雪去了一趟宽永寺。阿雪抓着虎彻的胳膊一步一步地往前走。虎彻从妻子身上感受到了生命的顽强。阿雪最近也像是有意要告诉虎彻这一点似的,非常注重保养。

"天下第一等什么的,我并不关心。我也不想做将军家的御用刀匠。我只希望每天能尽心尽力地锻刀就够了。"

虎彻深深地欠身道。

"水户的光圀大人非常热心,聚集了当今一流的刀匠们的作品。越前康继和江户康继都会现身。兼重、法城寺的石堂不用说,大阪的国助、助广、国贞(即后来的真改)也会参加。大家肯定都会带去自己最得意的作品,但我觉得你的刀不会输给他们。"

虎彻点了一下头:

"那当然,我也认为不可能输给他们。"

虎彻的内心是不服输的。

"既然这样,你就锻造一把最好的宝刀,让阁僚们吃惊一下。你也借此打造一把毕生的杰作给他们看看。"

虎彻扑哧笑了:

"我每天都是抱着这样的信念在锻刀。只有平庸的刀匠才会一味焦急不安却力不从心。我并没有打算跟其他的刀匠们竞争,我只是希望打出自己满意的刀而已。"

圭海的目光落在了铁砧上。铁块的红色渐消，开始变黑冷却：
"对了，那把行光……"
虎彻抬起头来。圭海的话在虎彻的心中刮起了一阵强风：
"行光短刀吗？"
"对，就是那把行光。"
圭海没有继续说，眼睛盯着虎彻的脸，太阳穴部分微微颤动着。
"那把短刀现在怎么样了？"
"现在在我手里。"
"真的吗？"
"真的，不骗你。"
"那不是已经归伊豆守松平大人所有了吗？"
"献刀的旗本前些天剖腹自杀了。松平家大概也不想要保存这种人敬献的东西，我让本阿弥去劝说，给买下来了。现在在我那儿保管着。"
单膝跪地的正吉面容僵硬，好像是在使劲克制着，什么也没说。
"切腹的那个……把行光献给松平的那个人是谁？"
"名字大概你也听过，就是那个叫做水野十郎左卫门的旗本。明明领着三千石的俸禄，却到处肆意横行。前些年享有斩杀町奴而不受追究的特权，最近称病不出勤，却经常跑到大街上闹事，被传唤到了评定所①。去评定所的时候他竟然不梳发髻,不穿正式和服,而是穿着一身白色绉绸面料的和服,最终因为不敬之罪,第二天被迫剖腹了。"

说到水野,就是之前在京桥的刀市跟幡随院的长兵卫打起来的那个旗本。他召集了旗本中的一些无赖之徒组成团伙,称为白柄组,自任首领。这些人的肆意妄为已经让人无法容忍。

"那么,在越前杀害贞国的是……"

"水野没有去过越前。很遗憾,线索还没有找到。总之,这事肯定与旗本奴有关,但是如今已经没法查了。"

旁边传来了呜咽声。只见正吉低着头,肩膀在颤抖。虎彻因为自己的无能为力而感到懊悔不已。

"如果你在试刀会上赢得了天下第一等好刀的名誉,那把行光也不是不可以奖赏给你。"

虎彻能做的只有锻刀。说到锻刀,他是充满自信的。如今在这个国家,能锻出最好的刀的人就是我——对于锻刀的自负让虎彻高高地扬起了头。他想要为正吉要回那把行光。

虎彻从正座上站起来,来到土间跪拜在地。

"您能够约定把那把行光奖赏给我吗?"

"嗯,就这么定了。不过,你必须要锻出谁看了都挑不出毛病的第一等好刀,可以吗?"

虎彻使劲点了点头。

---

①评定所:江户幕府的最高司法裁判机关。

"当然可以,我保证完成任务。"

"好!只要你能做到,那把行光我一定会奖赏给你。"

圭海心满意足地眯起了眼睛。

"有一件事情,我可以问一下您吗?"

"什么事?"

"圭海师父为何如此偏袒我呢?"

圭海脱去头巾,摸了摸自己的光头,轻轻一笑:

"是啊,实话告诉你吧。一开始可能是因为野心吧。我想用你的刀来撬动幕府的阁僚们,好让我坐上东叡山贯主甚至天台宗首领的宝座。我认为你的刀有如此的力量。不过嘛……"

虎彻静静地听着。他从圭海的话中感受到了不一般的分量。宽永寺的贯主是从京都来的法亲王。要想赶走那位皇族亲王,肯定需要相当的实力。

"现在不一样了。看了你最近打的刀以后,我觉得这些都无所谓了。现在的江户康继的刀完全不行,越前康继的刀也不怎么样,但他们却不以为然地悉数刻上葵纹,以高价出售。我时常在想,这样的刀匠能够原谅吗?能允许这样的刀存在吗?你的刀好像具备一种让人反躬自省的魔力。"

"谢谢!"

圭海如此高度评价自己的刀,虎彻感到很高兴。而且,圭海准确地体会到了虎彻锻刀的意图。

圭海用手背擦着眼角。

"刀确实是掌管人的生死的工具。具有凛然的气派比什么都重要。在鉴赏你的刀的过程中,我慢慢为自己感到羞耻起来。首先,你的刀充满了一心打铁的志气,凝缩了一种不管是作为铁匠还是作为人,始终追求真挚生活的志向。这是一种令人敬重的铁匠所具备的性格。"

跪在圭海面前的虎彻一直没有抬头,他不想让圭海看到自己泪流满面的样子。

五十一

怎么还没到呢?

从宽永四年(1664)的正月开始,虎彻就一直等待着一件货物的到来。

待在加工间的时候,只要听见外面有人的声音,就会抬头朝外面看看。但是,这件货物可不是那么轻巧的东西,运到的时候应该是沉重的货车的声音。

去年秋天就已经发去订购的信函了。

明历大火之后,虎彻弄到了很多质量上乘的旧铁,但是已经快消耗尽了。今后将要用哪里的什么铁,虎彻一直在惦记着,并且在寻找。

最近,经营铁、钢、铣铁等的大阪的批发商在江户开了几家分店。虎彻在江户桥的分店看了很多钢和铣铁的样品之后,选中了其中的一种。

"我们确实和那里有交易,不过,能否顺利拿到货……"

掌柜有些犹豫。虎彻强行委托他购买,并预先支付了货款。他还写了封信拜托店家送给对方的主人。

"最快需要三个月,如果对方花费时间长的话可能需要半年。对方也有可能拒绝送货。这样可以吗?"

因为掌柜事先做过说明,也不好催,虎彻能做的只能是等待。

池之端一带终于响起了沉重的运货车的声音。这时已经快到梅雨季节了,春天发的嫩叶已经长成了绿荫。

"长曾祢家的打铁铺是这儿吗?"

虎彻正在打铁间炼制旧铁,听到门口传来粗犷的说话声。虎彻的宅子面向大路有个正门,入口处用墨水写着"刀匠虎彻"几个字,一般是从那里进来。但是客人当中有人听到了打锤和拉风箱的声音,闻出了木炭的味道,顺着声音和味道从小巷绕到池边,直接进入了打铁间。

站在门口的男人头戴武家风格的草笠,身穿和服外褂和裙裤,一副旅行的装扮。

等他取下草笠一看脸,虎彻惊得说不出话来。

原来是出云的铁师、可部屋的主人樱井直重。虽然十几年没有见面,他那精悍的面容还是和当年虎彻在炼铁场时没有两样。

"哎呀,您亲自过来了啊。特地来一趟,真是辛苦了!"

虎彻站起身,满面笑容地迎接。虽说是久别再会,可直重却阴沉着脸,紧皱眉头:

"我还从来没有这么生气过。你给我好好听着!印有'菊一'铭文的钢才是我们出云可部屋的招牌。那天听说有来自江户的订单,我打开信一看,什么?竟然说想要我们的铣铁。不是开玩笑吧?你记好了,可部屋的招牌是风箱炉炼出来的如玉一般的钢。要是订购的话就请订购我们的钢。我们最好的钢比金银还要闪闪发光。你不是也在炼铁场炼过钢的吗?不应该不知道吧?"

看来这些怨气已经在心中憋了很久了,一口气全吐了出来。

"嗯,您说的我都知道,不过我确实想要好一点的铣铁。我看了很多地方的铣铁,但都不够满意,最后我想起了可部屋。我认为用可部屋的铣铁一定能炼出预想中的钢来,于是我变得坐立不安,立刻就去订购了。现在送来了,太好了!"

虎彻朝外面看了一眼,看到货车上载有一个稻草包的箱子。边上站着直重的随从五人和若干搬运工。樱井家比那些低级大名都要有财力得多,派头也大。

"你傻啊!用风箱炉炼铁,炼出的粗钢里面确实含有铣铁。但是,那种东西值得千里迢迢不惜绕道运到江户来吗?提供给当地的铸工使用不就行了吗?有运输价值的是钢。要是'菊一'钢,虾夷[①]也好天竺也好,不管哪里我们都愿意运。你偏偏要买铣铁!我看了你的信后气得三晚没睡着觉。"

风箱炉炼出来的粗钢里面不仅有钢,还混杂有很多含碳量高的铣铁。因为太脆,不能用于锻造刀和铠甲,但是熔点低,适合铸造锅、釜等。

"你当年不是说要做刀匠吗?难道又改当铸工了?"

[①]虾夷:日本古代对北海道地区的称呼。

"不许胡说！在江户只要提到虎彻的刀,无不拍手称赞。"

"哎？你还真以为我不知道吗？正是因为知道,我才感到懊恼。为什么不用我们的钢？"

樱井直重解开腰间的刀柄上的套子,拔出了刀。

这是一把发着幽蓝的光的宝刀,刀姿凛然而充满霸气。

"这刀不错！刀胎子打得非常好,刀姿透着紧张感。可惜的是还差一点儿品格。是位不错的刀匠,可惜了。"

"你要是再吹毛求疵地评头论足,小心我一刀砍了你！你好好看看这是谁打的刀！"

虎彻接过刀,仔细凝视着刀身,看到有细小的沸点纹。

"嗯？这好像是我打的刀……本以为我的刀要更有品格一些的。"

"你这个愚蠢的刀匠,真让人生气！你连自己打的刀都忘了吗？"

虎彻再次看了看刀,一股怀念之情油然而生。这大概是三年前打的刀,以自己现在的眼光来看,不成熟的地方很多。刀胎子虽然打得不错,但刀姿的霸气太盛,欲望流露在表面,容易让人产生厌恶之情。

"像师父这样刀姿不断变化的刀匠大概很少见。可能只是很细小的变化,但每次打出来的刀总比上一次进步一点。"

正吉说道。

"你是贞国的儿子吧。怎么样,杀害你父亲的凶手抓到了吗？"

"没……"

"是吗？不过你不要放弃。无论什么事，只要不放弃，必会有好的结果。你看看这个愚蠢的铁匠，虽然笨拙，但从来不放弃，所以才能打出这样的刀来。要是使用我们的钢，会打出更加熠熠生辉的刀胎子，而他却非要一意孤行地自己炼铁，这让我非常懊恼。"

"您为什么懊恼呢？"

正吉问道。

"哼！因为这个笨拙的铁匠炼的铁比我们的钢更好。我们产的钢虽然光亮度高，但是打成刀以后总觉得过分闪闪发光而缺少铁的韵味，不像古代的青江刀那样有幽深感。而这家伙炼的铁不但明亮，而且具有浓郁的韵味。虽然懊恼，但是大型风箱炉炼出来的铁就是没有这个味儿。"

虎彻点了点头。直重对于自己的风箱炉的优点和缺点，终于都充分认识到了。

"听说他要从我那儿订购铣铁，我气得不行。我就想要看看他到底是怎样把铣铁锻造成刀的，所以特地从出云不远千里来到了江户。好了，告诉我你打算怎么使用这些铣铁吧。"

搬运工们解开运货车上的绳子，搬下沉重的木箱。打开箱子一看，里面全是乌黑的铣铁。

虎彻拿起一块拳头大小的铣铁放在手里。那乌黑的感觉比其他风箱炉炼铁场的铣铁要显得温润得多。

这个肯定没问题。

刀匠的直觉告诉他。

"现在就炼！准备好炉子！"

弟子们把炼铁炉里的炭全部掏出来,重新铺上一层炭粉。也不知是何原因,在潮湿的梅雨季节炼旧铁会更顺利。这天虽然没有下雨,但上野的天空阴沉沉的,刮的风也是湿润的,是非常适宜炼铁的日子。

"送风!"

虎彻一声令下,正吉便拉动了风箱的拉杆。

众人都默默地注视着炉子里生起的蓝色火焰。风箱里的风声听起来就像是从天上而来,令人愉悦。

当火势达到一定程度的时候,开始投进敲碎的铣铁。

过了一会儿,铣铁便开始发出沸腾的声音。

这时,开始换成虎彻来拉风箱。每抽送一次拉杆,铣铁就会熔化滴落一次,变成上乘的好钢。虽然看不见炉子里面的情况,但虎彻通过出风口的风声和风箱手柄的感触可以清楚地感知到。

能够有好的铣铁来炼,虎彻感到很高兴,因为好的铣铁将会变成好钢。

而且,比这更令人高兴的是直重特地为他送来了好的铣铁。

五十二

不行!

虎彻对刚刚淬过火的刀进行初步的打磨整形。

他用加工间的磨刀石除去约三寸宽的刃纹土,并粗粗地磨了几下。

失败了！

长长的刀身虎彻只看了其中三寸就发现淬火是不成功的。

虽然波浪形刃纹和葫芦状互目纹都显现出来了，但刃纹的边缘模糊不清，没有出现沸点纹，刀刃也欠缺力量感。

钢是出云的可部屋的铣铁炼出来的，从锻打时的感触来看，也毫无疑问是上等的好钢。

应该是淬火的问题。

"这就不行了吗？"

新来的弟子疑惑地问道，正吉摇了摇头。如果是一般的刀匠这也不是不行，但虎彻要求严格，不允许有半点疏忽。

一直在加工间观看的樱井直重拿起刀，凑近看了看。直重在虎彻家已经待了将近一个月，哪儿也没去，专门看虎彻他们锻刀。

"换一个水桶试试看呢？"

"我也是这么想的。除了这个也想不出哪里有问题了。"

淬火用的水桶因为用了很长时间，有点漏水了，虎彻找木匠用杉木板重新做了一个。

使用新的水桶后，可能是木材中有树脂渗出吧，前两三次淬火还是不成功。这样也就算了，令人困惑不解的是，换了四五次水继续试，刃纹却一次比一次模糊了。

锻刀是一步步精细作业的叠加过程。

一旦在某个工序上出了问题，所有的工序都要重新评估一遍。

是铣铁不好吗，还是炼得不好？

从锻打时手锤的感触来看，应该是没有问题的。确实是有韧劲的好钢。

是炭有问题吗?

炭的质量也是个问题。即便是在同一家店买的炭,也未必是来自同一座山,是同一个烧炭工烧的。不同的烧炭工选择松木的标准不一样,烧制的程度也不同。有时还带有土腥气。所以对炼铁不可能不产生影响。

是炭的切法有问题吗?

现在由才市舅父那边过来的弟子们负责切炭。虽然正吉很认真地教他们,但不能保证不出现没有去除掉油脂多的树皮或者大小不均匀的问题。如果炭块的大小不一,炉子里面的通风情况就会发生变化,温度也会发生差异。

不过,切好的炭虎彻都亲自检查过,没有问题。

是炉子潮气重了吗……

当初在这里开铁匠铺的时候,炉子底下都挖得很深,铺了石头和铁板,填进去了黏土。但是这已经是近十年前的事情了,也许土里的铁板生了锈,湿气冒了上来。难道在这湿气重的池边开铁匠铺本来就是个错误吗?

因为找不到答案,虎彻想得脑子都发热了。每天焦躁不安,动不动就朝弟子们发火,就连对樱井直重这么尊贵的客人有时候也没有好脸色。

反复试了很多次,淬火始终不顺利。刃纹昏沉沉不清晰,刀面也没有出现柔和的雾状纹和紧致耀眼的沸点纹。

到底哪里出了问题呢?

虎彻苦恼不已。

好不容易炼出了上乘的铁,锻造出了威风凛凛的刀身,一旦在淬火的瞬间失败,一切都白搭。花费大量时间和劳力的努力瞬间化为徒劳。

已经失败了不知道多少把了。

虎彻还换了一个木匠重新做了水桶,但还是不行。

问题到底在哪儿?

任凭虎彻想破了脑袋,还是找不到答案。

就在刚才,又一把刀以失败告终。虎彻灰心地来到了二楼。

梅雨季节已经过去,从敞开的窗户可以看见初夏爽朗的天空。时间是上午,天空的颜色浅浅的,云很白。

"给你泡杯茶吧。"

阿雪脱去了睡衣,穿着条纹和服。因为虎彻严厉要求她不要勉强做事,所以阿雪专心养病,最近脸稍微长胖了一些,咳嗽也明显少了。

阿雪让女佣提来铁壶,自己动手泡了一杯荞麦茶。这种茶就是把荞麦用浅砂锅烘焙一下,闻起来香香的,味道不错。

虎彻侧躺在榻榻米上,边吃煎饼边喝着茶。夏日明朗的天空反而让虎彻萌生恨意。

阿雪什么也不说,只是看着虎彻笑。

"有什么好笑的?"

"你面对墙壁躺着的姿势让人有一种非常靠得住的感觉。"

虎彻"哼"了一声,未加理睬,继续喝茶。

"味道怎么样？"

"嗯,很好!"

虎彻对茶的味道无所谓,他更在意的是淬火的事情。为什么总是淬不出漂亮的刃纹呢？之前的刃纹,不管是雾状纹还是沸点纹不都是那么清晰明亮吗？为了不放弃一切可能性,他把旧水桶的洞塞住重新试了一次,结果还是不行。到底是什么地方出了什么问题,完全无法弄清。

"我觉得最近这茶的味道不太好喝。"

阿雪规规矩矩地坐下,双手捧着茶杯轻轻地喝了一口荞麦茶。

"好像是的呢。"

虎彻也喝了一口。听阿雪这么一说他似乎也感觉到了,但是又不太确定。

"是不是荞麦烘焙的问题呢?"

"不,我觉得是井里的水质变了。"

听了阿雪的话,虎彻一下子跳了起来。

他盯着茶杯里的茶,慢慢地重新喝了一口。

"井里的水质变了?"

因为荞麦的味道很香,虎彻还是没有品出来有什么不同。

"这一带房子越建越密集,不忍池的水也感觉比以前浑浊了。屋后的水井肯定是和池子相通的吧。"

"找到了!"

"什么?"

"淬火总是不成功就是因为井里的水质变了!"

一定是这样的！虎彻确信不疑。

淬火这道工序，水是最关键的。水桶里的水温稍有不对，淬火就会不顺利。淬火的水温是机密，传说过去正宗的弟子只要把手伸进了水桶里，就会被砍断胳膊。

水质也有很大的影响。

最不好的水是当把烧红的刀浸入里面时会产生过多气泡的水。因为刀身附着了气泡后，就接触不到水，也就不能够迅速冷却。一直以来都是把打上来的井水放置一段时间再用，却没有注意到水质本身发生了变化。

这就难办了。

如果自家的井水不能用，那该用哪里的水呢？池之端一带的水井应该都是一样的吧？用哪里的水来淬火呢？

"那个……"

阿雪小声道。

"什么？"

"水的话，宽永寺花圃里的井水很好喝。上次去赏花时，你还打了那井里的水给我喝呢。"

"对呀！"

虎彻忍不住拍了一下大腿。

从正面的黑门进入宽永寺后，左手边的斜坡上有一大片花圃。因为是大清早，还没有人，两人赏过樱花后还观赏了棣棠和雪柳。阿雪说的就是那里的水井。

"那水的口感确实很柔和。"

不知道是不是因为在山上，与池之端的井水味道不一样。大概是因为水脉不同吧。那口井里的水也许可以用。

虎彻当即决定让弟子带着水桶去打水。直重也跟着去了。

"江户这里的水不行，不过这水还马马虎虎。"

直重净说些令人生厌的话。

打回去的水用锅加温后装满了一桶。

虎彻拿一把刀试着淬过火后，赶紧研磨一小部分看看，没想到意外成功。小颗粒的沸点纹清晰可见，雾状纹也紧凑漂亮。

"这把刀非常好，卖给我吧。"

直重由衷地感到钦佩。

"送给你。作为交换，请你今后继续给我送来上等的铣铁。"

直重苦笑了一下，眼神却仍然不离刀身，不住地点着头。

五十三

明天就是重阳节了，山野加右卫门来到老中阿部忠秋位于麻布的郊外宅邸，为试刀会做准备。

加右卫门率领了约十名弟子。穿着一身正式和服，装扮成随从的虎彻也混在弟子中间进了阿部宅邸的大门。

大门里面是一个宽敞的院子，院子里摆放了很多花盆，有大朵的漂亮菊花，也有吊盆的小菊花。

院子的正中央已经挂起了帷帐。虎彻脱去和服，和弟子们一起筑土坛。首先将膝盖高的木箱置于两侧，然后往中间填土加固。

加右卫门的儿子勘十郎也在捶土,加固土坛。明天的试刀会不光是加右卫门,弟子们也会动手挥刀。据说衙门掌管佩刀的部门也会派人来。

"明天将会斩头盔,一定要把土坛夯结实!"

加右卫门说道。

"头盔?……"

想起之前跟头盔有关的事情,虎彻心里感到不舒服。

虎彻的刀已经交到加右卫门手上,是一把长三尺两寸(约97厘米)的大刀。用于试斩的话,长刀的离心力强,能增加击打的力量。这是一把使尽全力打造的大刀,对于它的锋利程度不可能没有自信,可是虎彻总还是感到不安。

"不用担心。那把刀就算是炮筒也能一劈两断,无愧于你更改过的铭文。"

虎彻自己也感到很不可思议。在锻造这把刀的过程中,他感到名利、野心什么的全都消失不见了。

不折、不弯、锋利且有品格的刀。

仅以此为目标不断追求到底,直到打出自己满意的刀,在这个过程中,虎彻感到自己突然变得轻松了。

他感觉并不是自己在锻刀,而是金屋子神和八幡大菩萨降临到自己身上,一切都变得很顺利。这样令人满足的锻造过程,是虎彻当铁匠以来的第一次。

这把刀,无论是刀姿还是刀胎子,虎彻自己都感到很满意。

在观看梅藏磨刀的过程中,虎彻忽然对之前铭文中"虎"字的尾巴上翘的刻法感到羞耻。他感到,那样的铭文是在夸耀自己。

虎彻带着刀去了永久寺,把自己的想法告诉了圭海。圭海眼睛盯着半空中想了一会儿,然后在纸上写下一个"虝"字。

"这是虎的俗体字,没有任何含义。你要是不喜欢炫耀可以用这个字。明朝的《金瓶梅》这本小说里面用的就是这个字。噢,说这个你也不懂。"

圭海笑着解释道。虎彻对这个字很满意,既感觉规规矩矩的,字形又有一种说不出的美感。

他用这个字刻下了铭文。

虝彻入道兴里

此太刀一代三振之内作置者也　宽文四年八月吉日

这是一把木纹肌理紧致,有大量沸点纹的长刀。浅波浪形刃纹中交杂着互目纹,不时出现刃纹脚。刃纹边缘的雾状纹紧凑而柔和,小颗粒沸点纹清晰醒目。

此刀浑然天成,没有任何装腔作势之感。虎彻所刻铭文的意思是,像这样的刀一辈子能锻造三把就满足了。明天就要试刀了,虽然加右卫门说没有问题,但是毕竟要与别人的刀比试,心中还是难以平静。心里的不安让虎彻不自觉地抬了抬头。

正当他们汗流浃背地准备着土坛的时候,刀剑奉行押田丰胜和阿部家的管家来了。好像是来检查帷帐,并且决定将军和阁僚们座椅的摆放场所的。

押田丰胜发现了虎彻:

"你怎么又来了……"

虎彻赶紧跪下。要是惹怒了押田被赶走了,就没法观看试刀了。

加右卫门赶忙跑过来,单膝跪下:

"押田大人,他虽只是刀匠,但是品行当中有许多令我钦佩之处,所以将他列入我弟子们的末席。试刀大会对于刀匠来说是难得的学习机会,还请您多包涵!"

明天的试刀会并没有邀请刀匠。将军家纲和幕府阁僚们将会悉数到场,混入无关人员肯定是不好的。

"你为何如此偏袒这个刀匠?"

押田问道。虎彻仍然跪拜在地,不敢抬头。

"因为他的刀锋利。这个刀匠所锻之刀无比锋利。在下偏袒某位刀匠,除了他的刀锋利之外没有其他理由。"

虎彻在一旁默默地听着,忍不住抬起了头。他感到胸口好像受到了冲击。加右卫门为什么总是夸奖虎彻的刀,今天是第一次听他说出这么直截了当的理由。

"哼!锋不锋利虽然也很重要,但是,要成为将军家的御用刀匠,还有比这更重要的。"

押田语气严肃地说道。

"请问那是什么呢?"

加右卫门仍然恭恭敬敬地问道。

"刀是用于作战的武器。作为将军家的御用刀匠,拥有锻造出宝刀的本领自不必说,同时,一旦发生交战,还必须要有能够立刻锻造出一千把刀的能力。"

"一千把……"

虎彻默念了一遍。

"没错。打仗是不等人的。假如敌人攻过来了,而我方的刀不够,你说,该怎么办?"

押田盯着虎彻问道。虎彻一时语塞,回答不上来。

"康继一门人数众多,只要发动一下,一千把刀很快就打出来了。"

长曾祢一族虽说也是铁匠世家,但都是打制盔甲、锁具和五金用品的。确实,发生战役时不可能一下子打出大量的刀来。即便是一百把也很难完成。短时间内能打造出大量的刀,也是刀匠很重要的本事。

"好吧,看在加右卫门的面子上,准许你明天随从观看。不过,你可不要小看康继而奢望获得什么天下第一等的名誉。"

虎彻低下头,心中的愤懑让他死死地咬紧牙齿。

五十四

将军家纲的轿子到达老中阿部丰后守的郊外宅邸是在巳时头刻(上午九点)。湛蓝的晴空万里无云,阳光明媚,秋风送爽。

老中酒井雅乐头、稻叶美浓守以及水户光圀、松平赖元等身穿礼服,仪容端庄地在宅邸门前迎接家纲。宽永寺大僧都圭海身披袈裟恭候。本阿弥光温也立于一旁。

二十四岁的将军在阿部忠秋的引导下观赏了院子里的菊花,

然后在帷帐中坐定。据说重阳节是用菊花的灵异力量去除邪气的节日,所以首先向将军献上了漂着菊花瓣的酒杯。这个过程中,加右卫门等候在院子的一角,虎彻和他的弟子们一直蹲在加右卫门的身后。从帷帐中不时传来向将军殷勤献礼的声音。

对于武士的家臣们来说,等候就是他们的工作吗?

纹丝不动地一旁等候的不光是加右卫门和他的弟子们。老中、大名等的家臣们也都蹲在帷帐周边静静等候。不可以窃窃私语,也不能随便站起来去小便。

就在蹲得腿脚开始发麻的时候,听见押田丰胜喊道:

"今天的试刀会,首先从大阪的刀匠开始。拿河内守国助的刀来!"

一位年轻的武士将一把套着白木刀鞘的刀交给押田,押田接过来后跪着敬献给将军。

家纲拔出刀身,认真观看。偶尔一阵微风吹动了帷帐,可以看到里面的光景。

"大阪的刀匠以刃纹华丽见长,其中,当今的第二代国助更是大胆地将备前风格的丁字纹烧制成拳头的形状。第一代国助乃是大阪刀匠的鼻祖,正因为如此,可以说第二代继承了优良的血统。"

本阿弥光温不紧不慢地做着说明。

国助的刀虎彻也见过。刀胎子坚固扎实,刀身较厚,整体姿态给人一种强劲感。

土坛就在帷帐的尽头处,夯实得非常坚固。坐在帷帐中央的将军正好可以从正侧面看到试刀的情形。幸运的是,从虎彻所蹲的地方正好也可以看到土坛。

土坛上放着一顶竖条头盔。

加右卫门的弟子将裙裤下摆高高地掖在腰带里,恭敬地接过了国助的刀。只见他单手捧刀,另一只手灵活地脱去和服上衣挂在腰间。

他行了一礼后走到土坛前,使尽浑身力气将刀一挥而下。

一声钝响之后,只见刀身已经嵌进了头盔里。掌管佩刀的衙门捕快取下头盔送到将军面前。

"虽有劈开头盔的说法,但是在锻造头盔的时候,就考虑到了如何锻造得坚固而不会被刀劈开,所以,再有经验的老手也很难将头盔一劈两断。这个头盔已经被劈开到帽檐部分。能够到达这个程度,可以说是一把相当不错的宝刀了。"

听起来像是水户光圀的声音。光圀总是想方设法给文弱的将军培植尚武之心。

试刀从大阪的助广、国贞到江户的法城寺、石堂按次序进行。掌管佩刀的衙门和山野门下的年轻武士轮流试斩头盔,结果都只是劈进去一到两寸,不能完全劈开。

即便如此,围绕在将军身边的阁僚们不住地称赞着"好刀好刀!""哎呀,这个头盔漂亮!"热烈的氛围让虎彻感到心烦。

虎彻的师父兼重因为上了年纪,身体明显虚弱不能锻刀了,由他的儿子第二代兼重接替。

负责试刀的是加右卫门的儿子。这次头盔被劈开的深度达一半以上。虎彻松了一口气。

"拿越前康继来!"

听到了刀剑奉行的声音。

真想看看!

虎彻非常想看看越前康继的刀,可是将军坐在帷帐里面,看不见。

虎彻保持着蹲姿慢慢靠近帷帐,从缝隙中往里面瞅。敬献给将军的是一把三尺有余的长刀。虽然离得远,仍然能看出来那豪壮的刀姿与第一代康继的"骏州打"颇为相似。

"曾侍奉过东照宫殿下的第一代康继乃是名匠,擅长锻造南蛮铁。越前康继是他的三儿子。这也是用南蛮铁锻造的。在庆长以后所锻的新刀当中,此刀品格高雅,实在是古今无双的名刀。"

听了本阿弥光温的介绍,面色白皙的将军手拿着刀点了点头。

真是让人肉麻!

本阿弥肯定是被越前康继给笼络了。越前康继的刀到底哪里品格高雅了?真想上前问个清楚。

虎彻正在生气,突然有人从后面拍了一下他的肩膀。

"你在干什么?"

虎彻吓得赶紧跪倒在地。

"快回到后面去!"

是加右卫门的声音。虎彻舒了口气,背上已是大汗淋漓。

"对不起!"

虎彻小声道歉后,回到了弟子们的行列中。

试刀的武士手拿越前康继的刀,脚在地上擦了两下后用力踩实,双手将刀高高地抡起。

随着一声奇怪的喊叫,头盔被劈成了两半,刀深深地嵌入了土坛里。

嗟!

虎彻忍不住咂了一下舌头。越前康继的刀不可能锋利到这种程度。明显是头盔中做了手脚。

加右卫门扭头朝后面看看,眼神中露出笑意。好像在说:果然不出所料。

这样反而感觉轻松了。

这次试刀会,押田之所以允许虎彻混进来,并不是因为他的宽宏大量,是故意这样安排的。夯筑土坛是由加右卫门的弟子们负责的,而头盔则全部是由衙门里掌管佩刀的捕快们负责准备,想要做手脚是轻而易举的事情。

"拿虎彻来!"

帷帐里传来押田的声音。一位捕快小跑着送上前去,能听见他衣服摩擦的声音。帷帐随风摇动着,但看不见里面的情形。

"虎彻原是盔甲师,三十过半才入行做刀匠。他原本就对铁了如指掌,所以打得一手绝妙的好刀。他的刀武用专一,无任何浮夸之处,但质朴刚毅,作为武士的佩刀最适合不过了。"

这次向将军作说明的应该是松平赖元。听到这些赞美之辞,虎彻眼泪都快掉下来了。

土坛那边,武士们正在准备头盔。

一位捕吏正在往头盔里面重新填土。只见他从怀里掏出一个什么东西,为了不让将军和阁僚们注意,他面朝着这边,刚好被虎彻看到了。

是石头!

虎彻定睛而视。那捕吏正准备将一个拳头大小的石块埋进头盔顶部中央部位。看来是想做手脚阻碍头盔被劈开。

虎彻拼命地盯着那边。

仔细一看好像不是石头,是其他什么东西。

那是钢,钢块!

虎彻看到那东西像白银一样闪了一下,应该是从炼制的粗钢上面砸下来的钢块。那种东西是不可能被劈开的。

虎彻准备起身站起来,被加右卫门伸手拦住了。

"可是,这也太……"

虎彻小声在加右卫门的耳边说道。加右卫门站起来,将裙裤下摆高高提起,脚上的白色布袜有点晃眼。

加右卫门一路小跑着进入了帷帐里面。

庭院周围的榉树叶子在风中轻轻摇动。天空碧蓝,真是个秋高气爽的好天气。虎彻眼前除了帷帐什么也看不见。

加右卫门手持大刀出现在了土坛前面。

他将上衣脱到肩膀以下,目光炯炯。

天地间一片寂静。

加右卫门的气魄从全身往外迸发。

只见他轻轻闭上眼睛,将虎彻的刀高高举起。

他将刀举过头顶,上身后倾,刀尖几乎贴地。

加右卫门忽然睁开了眼睛。

他紧咬牙齿,不出任何声音将刀一挥而下。

看那刀刃的锐气,简直像是要斩断天地之轴似的。那银白色的笔直的刀身深深地印刻在了所有人的眼里。

当众人回过神来,虎彻的刀已经深深地嵌入了土坛的下面。

头盔被劈成了两半,连里面的铁块也一分为二了。

成功了!

加右卫门把刀从土坛里轻轻拔了出来。

他将刀举向半空,刀身在阳光的照射下闪闪发光。

虎彻赶紧跑过去,递给加右卫门几张怀纸。加右卫门擦了擦刀,发现刀身笔直,没有任何变形,刀刃也无一处损坏。

现场仍然静悄悄,没有一个人出声。

"果然是好刀!虎彻确实是日本第一刀匠!"

说话的是将军家纲。

五十五

宽永寺的花圃里,胡枝子花已经盛开。

花圃中铺着一块绯红的毛毡,立着一个遮阳斗篷,圭海正在点茶①。茶釜中的水是刚刚从花圃中的井里打上来的。

虎彻恭恭敬敬地端过放在自己面前的茶碗,慢慢品饮。

---

①点茶:日本茶道中指沏抹茶。

喝完茶抬头一看,发现不忍池就在山下不远处。沐浴在秋日午后的阳光下,池水闪着银光。

"那天实在是痛快啊。只要想一想押田当时的表情就兴奋不已。"

那天最后试的是江户第三代康继的刀。试刀的武士用尽浑身力气,只砍进去一寸左右。

大概是因为丢了面子吧,听说没过几天刀剑奉行押田丰胜就辞职了。表面上的理由是年事已高,实际上还是因为颜面尽失,待不下去了吧。

"将军大人看来特别中意你,已经准许在你的刀上刻葵纹。"

"我的刀上可以刻葵纹吗?"

"是的,你可以随意刻。这样一来,你的刀的名声会越来越大。"

"非常感谢!"

圭海看着虎彻道:

"怎么样,你要是希望的话,御用刀匠的事情我继续帮你努力。按你现在的身价,两百石俸禄没有问题。头盔中藏钢块的事阁僚们都知道了。现在推举你当御用刀匠的声音已经占多数。"

"再次感谢!"

虎彻行了一礼,然后问圭海道:

"如果我当了御用刀匠,是否有助于圭海师父实现出头的愿望?"

圭海摇摇头:

"愚蠢的问题。我当时竟然抱有那样的野心,现在想想真是不可思议。比起什么高升,还不如把玩你打的刀心情更加舒畅。我要负责供养才市的亡灵,每日反省自身。"

虎彻缓缓地点了点头:

"这样的话,御用刀匠的事我还是放弃。比起什么出人头地,能够专心于锻打好刀,作为刀匠来说是最幸福不过的事情。"

"是吗?也许是吧。"

圭海又给虎彻点了一碗茶。可能是因为这井水好吧,茶汁如甘露一般在口中扩散开来。

放下茶碗后,圭海将一把短刀放到虎彻面前。

刀鞘和刀柄涂有黑漆,黑色中带有少许青色。

"这不是行光吗?多漂亮的装饰啊。黑漆中还撒了青贝粉。"

虎彻行了一礼后把刀拿到手上。青贝的颗粒像满天的星星一样闪闪发亮:

"我可以看一下吗?"

圭海点了点头:

"这是给你的奖赏……。不,应该说是感谢吧。是对你教给我人生活法的感谢。"

虎彻再次将刀举过头顶,然后脱去刀鞘。

一把八寸五分(约26厘米)长的精致的短刀出现在眼前。刀胎子那透彻的温润感,和当时刻在脑海里的印象一模一样。清澈而幽深的刀胎子本身就充满品位。如果不是刀匠坚持不懈专心致志地锻造,是不可能达到这样的效果的。

虎彻转过身，朝远处等候的正吉招了招手。

正吉迅速跑了过去。

虎彻把刀递给他，正吉恭敬地接过去，立刻睁大了眼睛。

"行光……"

"没错。虽然已经无法得知行光的为人，但我一直感觉他就是刀匠的榜样，不，他应该是所有人的榜样。"

"您说的对，他是一个永远对工作一心一意的匠人。这把短刀就是行光为人的真实写照。"

虎彻把视线投向了正吉手里的行光。

"对了……"

圭海把头转向加右卫门：

"你说杀害贞国的凶手已经抓到了？"

加右卫门是个高个子，保持后背挺直地点了点头：

"是的。凶手就是白柄组水野十郎左卫门手下叫做金时金兵卫的下贱男人。前些日子因为犯了其他的罪被捕，密探在追查他的罪行时，他自己供出了种种罪状，其中就说到了在越前杀害贞国的事。"

虎彻对这个名字有印象，就是上次在京桥的刀市上见过的那个人。

"这么说……"

虎彻往前挪了挪。

"肯定是康继指使的吧？康继冒充我的名号……"

"这个倒没有招。对密探来说，把御用刀匠和杀人犯归为一伙也是有所忌惮的。"

虎彻看了看正吉,发现他脸色无任何变化。

"那凶手怎么处理?"

"虽说身份低微,但也是将军的家臣,本来应该切腹的,由于他罪行太重,决定明天进行腰斩试刀。如果想报仇的话可以交给你来,也可以用你打的刀。"

加右卫门看着正吉。正吉最近试着锻了几把刀,常请加右卫门评点。

正吉摇了摇头:

"谢谢您的好意。不过,我现在不想这样做。我做不到用自己的手去杀人,而且,如果可能,我希望我锻的刀是用于让人活的,而不是让人死的。"

圭海点点头:

"也好!短时间内应该不可能发生战役。在太平之世,能够让我们凝视自身的生与死的刀才是理想的刀。你迟早是要继承贞国的名号的。"

正吉还是摇摇头:

"不。父亲是位很好的刀匠,对贞国这个名字也很喜欢。但是,虎彻师父是更厉害的刀匠。如果将来能取师父名字中的一个字,名号兴正,作为刀匠来说就是无上的喜悦了。"

"是吗?"

"是的。还请师父们成全!"

圭海不住地点头。秋日的高空中飘着几道卷云。能够生活在这片天空下，真的比什么都好。

虎彻从宽永寺的黑门出来后来到了不忍池边。

他渡过小桥，来到池中的岛上参拜辩才天女。虽然铁匠铺就开在旁边，却很少来这里。

虎彻发现庙前有一个熟悉的女人的背影，正低着头在那祈祷。

他默默地在背后看着。

女人转过身，不好意思地低下了头。原来是妻子阿雪。

"怎么啦？祈祷什么呢？"

阿雪笑着摇摇头：

"保密。可以吗？"

阿雪微笑着看着眼前的池子。荷花早已凋谢，蜂巢一样的莲蓬也已干枯，呈茶褐色。

"不知道明年还能否盛开。"

"当然会盛开了。我们可以从二楼一起观赏。"

"要是能这样就好了……"

"没问题的，你我都会长寿的。"

阿雪认真地点了点头。

"行光短刀回来了。正吉，拿给她看看。"

正吉点点头，从织锦的刀袋中取出了短刀。

阿雪双手接过刀，在池边蹲下，脱去刀鞘，默默凝视：

"真好看……"

"嗯，漂亮吧。"

"在摇晃呢。"

"……"

"在摇晃,在颤抖。铁、光、池子、荷花、风、天空、声音、味道、我的生命、你的生命,一切都在晃动,在颤抖。"

阿雪一边凝视着刀一边说道。

"晃动,颤抖……"

听阿雪这么一说,虎彻好像也感觉到了。就连那么坚硬的铁,加热到沸腾以后也会晃动、颤抖。世上所有的一切肯定都会晃动,会颤抖。

"生命的一刹那……"

阿雪继续看着短刀说道。

"正因为生命只有短暂的刹那,所以才要拼命地活着……"

虎彻看着妻子白白的脖颈道。

长曾祢虎彻自那以后继续一心锻刀,留下了很多名刀。

他一生中最高的杰作可以推测大概是在近十年之后,也就是迎来花甲之年前后所作。

在那时,虎彻留下了一生中唯此一把刻上三叶葵纹的短刀。看来本人也相当满意,刀柄脚上一丝不苟地刻着八幡大菩萨、天照大神、春日大明神等神的名字。可能他是认为与其说是自己所作,不如说是天神降临到他身上。

虎彻活到了六十五岁,一直没有停止锻刀。

关于妻子阿雪的死,古书上未做任何记录。

鸣　谢

小笠原信夫　　原东京国立博物馆刀剑室　室长·工艺科　科长
河内国平　　　刀匠
木原明　　　　日本美术刀剑保存协会日刀保风箱炉技师长
铃木卓夫　　　原日本美术刀剑保存协会风箱炉科　科长
藤代兴里　　　磨刀师

主要参考资料

《风箱炉制铁与日本刀的科学》 铃木卓夫(雄山阁出版)

《长曾祢虎彻新考》 小笠原信夫(雄山阁出版)

《虎彻大鉴》 日本美术刀剑保存协会 编·刊

《康继代代小论》(上·中·下) 藤代兴里(《刀剑美术》昭和六十一年 5—7月号)

《康继大鉴》 佐藤贯一(日本美术刀剑保存协会 刊行)

《斩首浅右卫门刀剑押形》(上·下) 福永醉剑(雄山阁出版)

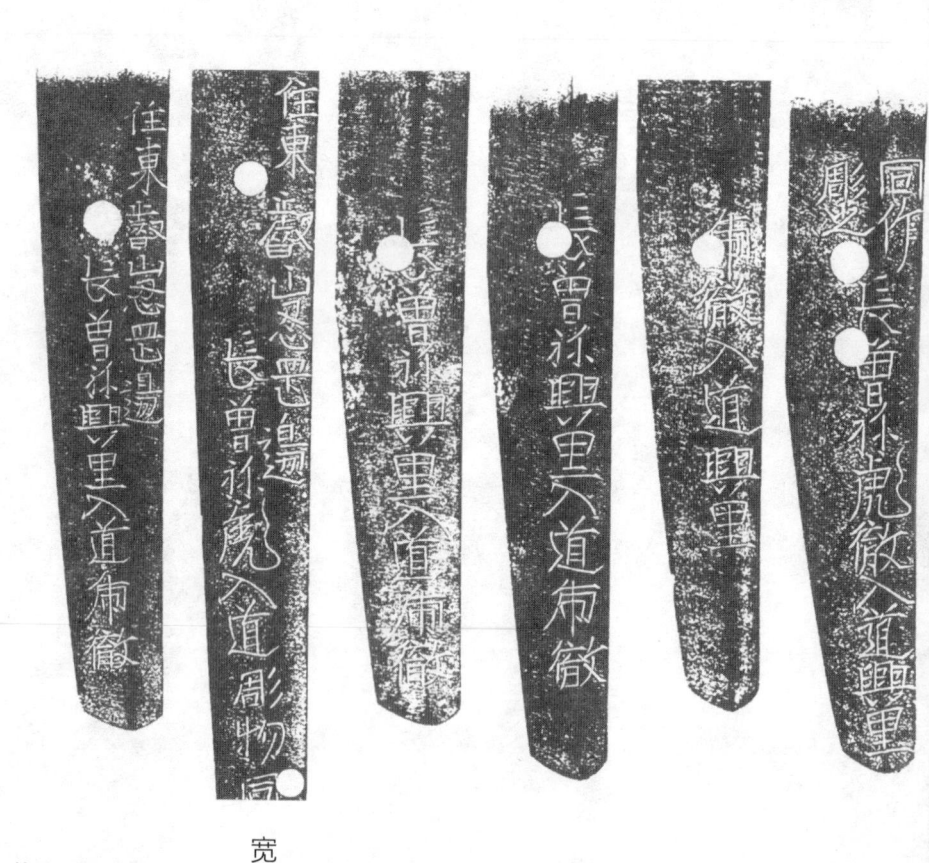

虎彻

住東叡山忠吳邊 長曾祢興里入道布徹	住東叡山忠吳邊 長曾祢虎入道彫物同	長曾祢興里入道布徹	長曾祢興里入道布徹	長曾祢虎徹入道興里	同作 長曾祢虎徹入道興里 彫之
最終年紀 延宝五年二月 藤代興里 編 (1677年)	寛文十一年二月 (1671年)	寛文九年六月 (1669年)	寛文五年八月 (1665年)	寛文四年八月 (1664年)	寛文四年六月 (1664年)

铭文变化

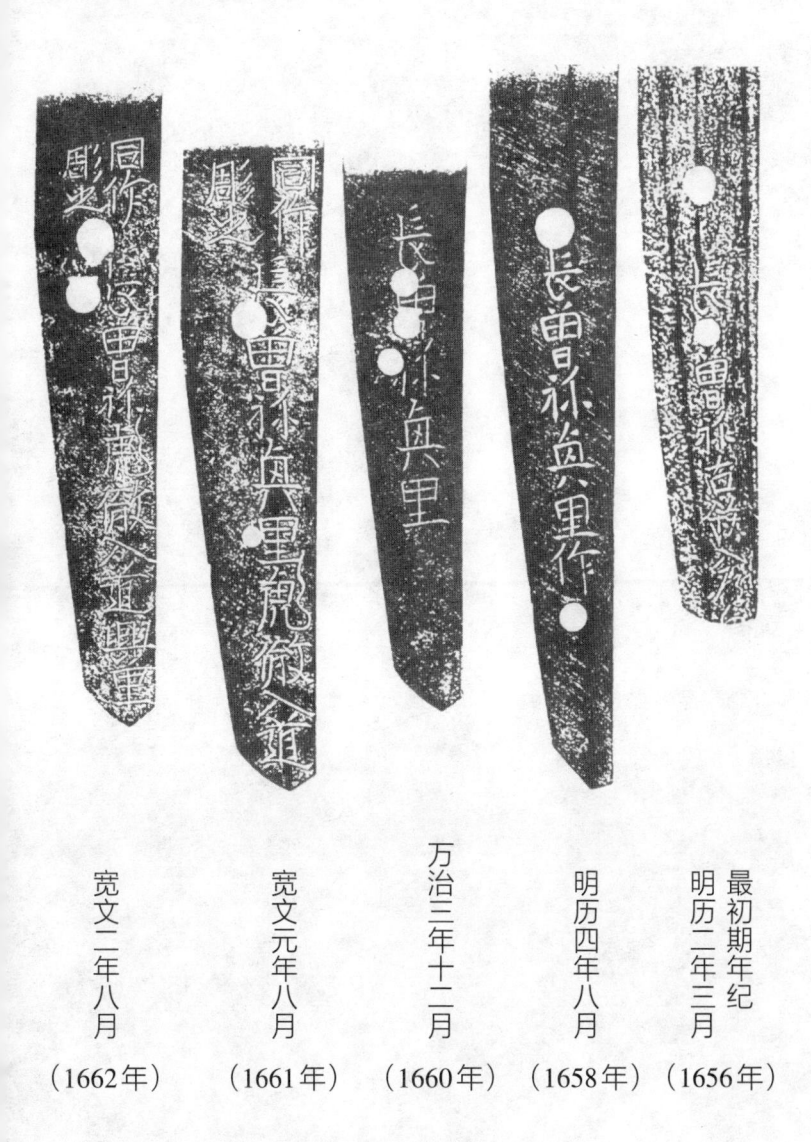

宽文二年八月（1662年）

宽文元年八月（1661年）

万治三年十二月（1660年）

明历四年八月（1658年）

最初期年纪 明历二年三月（1656年）